트레샤 퓨전 판타지 장편소설

WISHBOOKS FUSION FANTASY STORY

마왕성 플레이어

완결

13

파왕성
플레이어

CONTENTS

◀ 82장 ▶
조짐

밤의 지배자인 르네와 접촉하며 많은 사실이 밝혀지고 베일에 가려져 있던 진실들이 점점 그 형태를 보이기 시작했다. 직접 신이란 존재와 마주한 탓인지 사건의 스케일은 더욱 커져 보였고, 아직도 머릿속의 생각들이 좀처럼 정리가 되질 않고 있었다.

스르륵.

르네가 건네준 물건은 나침반 모형의 펜던트와 양피지 한 장이었다.

-네가 날 믿든 안 믿든 자유지만 이거 한 가지만 알아두렴. 꼭두각시의 최후는 언제나 비참했다는 것을. 과연 시스

템을 완벽히 장악한 베로니카가 변수였던 너란 존재를 그냥 가만히 놔둘까?

아니지. 절대 그럴 리가 없어. 이미 내 권능은 하멜의 시스템을 구축하는데 거의 소진한 상태고, 신위에 오른 이후 남아 있던 권한마저 너에게 봉인된 채로 넘어간 상태야.

즉, 더 이상 내게 하멜의 시스템에 간섭할 능력은 남아 있지 않단 뜻이지. 미리 알아챘더라면 나름대로 대비라도 해두었겠지만 인제 와서 후회해 봤자 전부 소용없는 짓이겠지.

그러니 괜한 희망은 가지지 않는 게 좋을 거다. 부디 현명한 선택을 하길 바라마.

양피지에 적힌 긴 내용에 두 눈동자가 이리저리 굴러간다.

'어쩐지 선택권을 준다 싶더니. 결국은 선택의 자유를 주는 척하면서 일방적으로 선택을 강요하는군.'

우선 신이 건네준 펜던트는 보류하기로 했다. 그리고 신속히 결계 바깥으로 나서는 차원 여행자들을 보며 생각들을 정리해 갔다.

'좋아, 정리해 보면 하멜은 헨드릭이란 변수로 인해 계속 리셋되며 차원 자체가 폐쇄되었단 거고. 불안정한 시스템의 권한을 차지하기 위해 베로니카가 헨드릭이란 변수를 이용하려 들었다……. 대충 정리해 보면 이 정도겠지.'

그런 문제를 해결하기 위해 신계에서 파견된 차원 여행자들. 그 속에서 플레이어로 잠입하는 것을 자처한 리더 현성휘까지. 어찌 보면 유태현이란 가명을 쓴 성휘는 하멜을 정상으로 돌려놓기 위해 목표를 노려온 것이나 다름없었다.

물론 그런 시도마저 고용찬이란 새로운 변수 때문에 실패했지만 말이다.

'결론은 내가 베로니카에게 완전히 이용당하고 있었단 것일 테지.'

아직 르네를 완전히 믿는 것은 아니었지만 현실적으로 지금은 그녀의 말이 가장 설득력이 있었다. 실제로 차원 여행자들마저 인정한 하멜의 창시자이지 않던가.

신위에 오른 존재가 여태껏 하멜의 문제를 모르고 있었단 게 수상하긴 했지만 일단 르네의 설명에 큰 가능성을 두고 있었다.

'내게 선택하라는 건가?'

인제 와서 영웅 행세라도 하라는 것일까.

파지직!

웃기지도 않는 소리다. 전생 때부터 자신의 목표는 오직 현대로의 귀환이었다.

'차원을 관리하는 신들, 의뢰를 수행하는 차원 여행자, 하멜의 불안정한 시스템. 그딴 건 애초에 관심도 없었어. 그저 귀

환에 방해되는 요소들은 전부 제거할 뿐이야.'

물론 사건에 휘말린 이상 주변의 모든 것을 이용할 생각이었다. 그리고 더 나아가 자신을 이용했던 베로니카에게도 복수를 할 작정이었다. 애당초 시스템의 변수에 영혼이 이식된 상태였으니까 말이다.

'그나저나 헨드릭 프로이스의 죽음이 리셋의 원인이었다니. 도저히 믿기지 않는군. 그렇다면 이놈은 수천, 수만 번 동안 리셋을 겪어왔다는 건가?'

문득 길서드 경과 조우했을 때가 떠올랐다.

'말해. 내가 모르는 사실들을. 저놈이 누구인지, 오르비안이 어떻게 죽었는지. 그리고 네가 이전 생에서 어떻게 마지막까지 살아남았던 것인지 전부 다 말해.'

'그럴 수 있었으면 내가 이렇게 몸을 차지하려 들지 않았겠지. 원래 삶에 대한 미련은 없었어. 만약 미래가 이렇게 바뀌지 않았더라면 그대로 잠자코 봉인되어 있었겠지.'

'뭐?'

'크흐흐흐. 빌어먹을 시스템이 제약을 걸어두었어. 어떤 진실도 자세히 말하지 못해. 지금이 아니라면 본래 내 몸을 찾을 수도 없겠지. 그러니 부탁이야. 제 발 내 손으로 직접 미래를 바꾸게 해줘.'

그때 놈의 반응은 마치 초탈한 듯한 자가 보일 법한 반응이었다.

'시간이 되는 대로 놈과 다시 대화를 시도해 봐야겠어.'

일단 마왕성으로 돌아가 차후 계획 및 대책을 세워봐야 했다.

지이이잉!

마침 품속에 있던 통신 수정구가 반짝거리기 시작했다.

-마왕님. 마왕님. 제 목소리가 들리십니까?!

"그레고리인가. 잘 들리니 걱정 마라."

-하아. 함께 악몽의 탑으로 가셨던 마왕분들께 소식을 듣고 무척이나 걱정했습니다. 그래도 이제라도 통신이 돼서 다행입니다.

"금방 돌아갈 예정이다. 혹여 바쿤에 무슨 일은 없었나?"

-아, 정신이 없었군요. 지금 이럴 때가 아닙니다. 급히 마왕성으로 돌아오셔야 합니다. 마왕님!

평소 차분하던 그레고리의 목소리에 조급함이 깃들어 있었다.

"무슨 일이지?"

-하, 하이델 가주님께서…….

조짐이 좋지 않다. 이전에 사건이 터질 때와는 묘하게 다른 느낌이었다.

-바쿤에 플레이어를 데려오셨습니다!

"……빌어먹을."

기어코 일이 터지고야 말았다.

쾅!

거칠게 문을 열고 들어서자 몸을 오들오들 떨고 있는 성직자 여인과 침중한 얼굴로 앉아 있는 마족이 보였다.

1차로 소환된 플레이어 신아람. 그리고 록시의 아버지이자 하이델의 가주인 제이먼.

접대실 안으로 보이는 둘의 모습에 와락 인상이 구겨졌지만 거기서 끝이 아니었다.

"마계 위원회에서 따로 소식은 전해 들었다. 그래도 몸 성히 돌아왔구나."

"……."

"자, 그래서 이번 일을 어떻게 생각하느냐. 헨드릭. 과연 내가 무슨 결정을 내려야 할지 해답을 알려다오."

하필이면 펠드릭 프로이스가 함께 자리해 있었다. 그것도 지난번 전투를 통해 S급에 도달한 불의 왕이 말이다.

험악한 인상을 지은 채 아람을 노려보는 그의 눈빛에 용찬은 최악의 상황이란 것을 깨달았다. 그리고 조심히 제이먼을 곁눈질하며 현 상황에 대해 고민했다.

'무작정 신아람을 데리고 바쿤으로 찾아온 제이먼 하이델. 그리고 그 광경을 목격한 펠드릭 프로이스까지. 이건 절대 가볍게 넘어갈 수 없는 문제야.'

마계에 인간이 있다는 것 자체가 문제였다. 만약 이 사실을 마계 위원회가 알게 된다면 제이먼은 물론 그와 관련된 프로이스 가문까지 피해를 입을 수도 있었다.

"저, 저기 여긴 어디인가요? 절 어디로 데려오신 거죠?"

"보다시피 마계다."

"아아, 마계라면 마족들의?!"

혼란스러운 듯 횡설수설하던 아람이 품속에서 십자가를 꺼내 든다.

"무, 물러나세요. 무슨 의도로 저를 여기로 데려오신 것인지는 모르겠지만 절대 당신들의 뜻대로 되지 않을 거예요!"

"……."

"제 손에 들고 있는 십자가가 보이시죠?! 다치기 싫으시면 얼른 저를 원래 있던 곳으로……."

"이거 참, 생전 처음 보는 인간에게 뱀파이어 취급까지 당하게 되는군."

"어, 어라? 십자가가 안 통하는 건가."

십자가를 내려다보며 안절부절못하는 모습이 애처롭기까지 했다. 아마 기억을 잃은 탓에 제대로 마족들의 대처법조차 알지 못하는 것일 터.

딱!

어쩔 수 없이 제이먼이 직접 수면 마법을 걸면서 소란은 잠재워졌다.

"하아. 펠드릭. 미처 말을 못 했지만, 이 플레이어가 록시의 친모일세."

"……설마 그때 악몽의 탑에서?"

"그래. 그때 나의 목숨을 구해준 여인이지. 부디 이해해 주게. 상황이 좋지 않아 이렇게 바쿤까지 데려온 거니까."

"아무리 그렇다고 해도 인간을 마계로 데려온 것은 어리석은 짓이야. 그 정도 판단은 할 수 있을 거라 여기고 있었는데 대체 무슨 심산으로 그 여자를 데려온 거냐. 그것도 한창 서열전을 진행 중인 헨드릭의 마왕성으로 말이다."

차라리 본인의 저택으로 데려갔다면 사건에 관여되지는 않았을 것이다. 그런 펠드릭의 강압적인 시선에 무척이나 망설이고 있던 제이먼이 뒤늦게 입을 열었다.

"사실 헨드릭 프로이스에게 한 가지 부탁을 하러 왔네."

"부탁?"

"그래. 이제 곧 서열전이 막을 내리지 않는가. 그래서 서열 1위의 가능성이 있는 헨드릭에게……."

콰직!

미처 말이 끝나기도 전에 접대실의 테이블이 박살 난다. 대충 제이먼의 의도를 알아차린 펠드릭은 절대 용납 못 한다는 듯 사납게 그를 노려보며 분노를 표했다.

"자네 지금 그 발언이 매우 위험천만하다는 것을 알고나 있는 건가? 거기다가 다른 마왕도 아니고 헨드릭 프로이스라니! 인간을 마계에 들이는 것을 허용케 하면 마계 전체가 발칵 뒤집힐걸세!"

"부탁하네. 어떤 대가든 전부 수용하겠네!"

"정말 어이가 없군. 헨드릭. 네가 직접 말해봐라."

불현듯 시선이 용찬에게로 모여들자 방 안으로 적막이 흘렀다. 잘하면 바쿤에 속한 인간들까지 마계에서 인정받을 수 있는 기회다.

하지만 그것은 서열 1위가 되어 마계의 통치권을 얻었을 때 가능한 일이었고, 인간과 앙숙으로 지내던 마계에선 위험부담이 매우 큰 일이기도 했다.

'아니, 그것도 그렇지만 지금 신아람은 성국과 관련이 되어 있어. 여기서 그녀를 맡게 된다면 어떤 식이든 자베스교 놈들과 충돌하게 될 거야.'

아직 성국을 건드리기엔 이른 시기였다. 지금은 오히려 아람을 원래 있던 마을로 돌려보내고 서열전부터 마무리하는 게 최적의 방법일 것이다.

'아직 조슈아의 소식은 못 들은 것 같고. 차라리 이번 기회에 제이먼까지 처리하는 게 나을지도 모르겠어.'

계획에 방해가 되는 존재는 미리 처리해 놔야 편했다. 때문에 용찬도 펠드릭의 의견에 손을 들어주며 아람을 돌려보내려 했다. 하지만 일이 마냥 쉽게 풀리진 않는 것일까.

[침입자들을 발견했습니다. 자베스교의 무리가 바쿤 인근에 도착했습니다. 강대한 신성력에 능력치가 하락합니다.]

시스템이 새로운 적의 출현을 알려왔다.

'설마 신아람을 데려오던 도중 놈들에게 들킨 건가?'

창가를 통해 바깥을 내다보자 멀리서부터 수천의 실루엣이 가까워지는 게 확인됐다. 첫 추격에 저 정도 인원을 파견한 것으로 보아 성국은 이미 아람의 가치를 완벽히 파악한 듯했다.

"음? 이 기운은?!"

마침 펠드릭도 추격대의 신성력을 느낀 것인지 자리에서 벌떡 일어났다.

"위르겐. 전방으로 보이는 적들의 시야를 파악해라."

-페페펭. 알겠습니다!

지시를 받은 위르겐이 금방 더글라스의 효과를 이용해 무리가 다가오는 방향의 시야를 밝혔다.

수천의 성기사 및 성직자들 사이로 펄럭거리고 있는 십자가 문양의 깃발. 이단 심문관으로 보이는 수백 명의 철퇴를 든 성기사들까지. 평균적으로 놈들의 등급이 B급 이상인 것을 파악하자 서둘러 바쿤의 병사들에게 지시를 내렸다.

"그레고리. 전 병력을 1층으로 집결……."

"기다리거라."

"가주님?"

"기왕 적들을 막는 것이면 깔끔한 방법이 좋겠지. 플레이어들도 아닌 대륙인 놈들의 습격이니까 서열전의 규칙을 어기는 것도 아닐 테고 말이야."

특히나 플레이어들 이전부터 마족들을 최악의 생물체라고 취급하던 성국이다. 이단 심문관들의 추악함을 오래전부터 알고 있던 펠드릭은 몹시 불쾌하다는 눈빛으로 천천히 발걸음을 옮겼다.

"제이먼. 자네는 나중에 다시 얘기하도록 하지."

"……자, 잠깐. 아무리 자네라고 해도 저 정도 숫자의 성국 놈들이면!"

"신법석을 걱정하는 건가?"

"마족 특성상 신성력에 취약한 것은 자네라도 어쩔 수 없을 걸세!"

"얌전히 보고나 있게."

펠드릭이 S급에 도달했단 것은 거의 극소수만 알고 있는 사실이었다. 그것을 모르던 제이먼은 그저 당황스럽기만 했지만, 그는 일초의 망설임도 없이 바쿤을 나섰고, 얼마 되지 않아 성국의 무리와 대치하게 됐다.

"마족! 네놈들이 성녀 후보로 선정되어 있던 플레이어를 데려간 것을 확인……."

"사라지거라."

단 한마디. 겨우 한마디에 대지가 하얗게 물들었다. 새하얗게 타들어 가는 불길들 속에서 드러나는 것은 왕의 위압적인 두 눈빛.

일부 등급이 높던 성기사와 성직자들이 급히 신성 마법을 발휘하며 왕의 불꽃을 버티려 했지만, 그들마저도 끝내 목숨을 잃어가고 있었다.

"대, 대체 이게 무슨?!"

전혀 믿기지 않는 광경에 제이먼이 당황한다. 곁에 서 있던 용찬은 그런 제이먼은 신경도 쓰지 않고, 서서히 마무리되어 가는 성국의 무리들을 보며 고민했다.

그리고.

-이거 참 곤란하네요.

불현듯 들려오는 낯선 목소리에 급히 고개를 들어 올렸다.

처음엔 자베스 교의 신앙을 전파하기 위해 도시를 만들었다. 하지만 그때 당시 대륙은 교단을 부정적으로 여기고 있었고, 이득을 위해 사람을 끌어모으는 이교도로 취급했다.

물론 절실한 가르침 끝에 신도가 되는 자들도 존재하긴 했지만 그 시작은 초라하기 그지없었고, 대주교 필레몽은 더 나아가 하나의 왕국을 짓기로 마음먹었다.

성국. 오직 자베스 교의 믿음 끝에 구원받은 자들을 위한 낙원이었고 그 시도는 단숨에 먹혀들었다.

'저희 자베스 교의 가르침을 받은 분들이라면 누구든 성국의 주민이 될 수 있습니다.'

교단의 신도들에게 수많은 혜택을 선사하며 대륙인을 끌어들인 것이다. 어떤 조건도 없는 망명권, 신도들에게 주어지는 일정한 땅의 지분, 믿기지 않을 정도로 낮은 세금까지.

대륙을 떠돌던 방랑자들에겐 치명적인 유혹일 수밖에 없었고, 나중에 가선 몰락한 귀족들과 변방의 마을 주민들까지 몰려오게 됐다.

'절실한 신도임을 증명하는 방법은 간단합니다. 부디 자베스 교

의 가르침을 더욱 널리 전파할 수 있게 교단에 투자해 주십시오.'

자베스 교의 가르침이란 명목 하에 투자를 받는다. 그리고 투자를 해준 자들에겐 추가 혜택을 선사한다.

대주교 필레몽은 이런 방식을 통해 성국을 여태껏 발전시켜 왔고, 이단 심문관이란 단체를 설립해 이교도로 추정되는 자들을 박멸하여 그들의 모든 것을 회수해 왔다.

'정말 마음에 드는 국가란 말이지.'

릴리스는 자베스 교가 마음에 들었다. 아니, 정확히는 대주교인 필레몽의 방식이 매우 흥미로웠다. 때문에 평소에 생각지도 않았던 성녀 행세를 하며 자베스 교의 중심이 됐던 것이었다.

그리고 신규 지역 렌슬릿에서 두 번째 성녀 후보가 발견되던 날.

'어쩔 예정이신가요. 플레이어라면 섣불리 접근하기 힘드실 텐데.'

'마을 주민들의 정보로 추정해 볼 때 지금 그녀는 기억을 잃은 것 같습니다. 가볍게 미끼를 던지며 차근차근 두꺼운 벽을 공략해 봐야겠죠.'

다시금 필레몽의 마수가 신규 지역 렌슬릿에 뻗어갔다.

상대는 A급 고위 프리스트로 추정되는 기억을 잃은 플레이어였고, 필레몽은 가장 먼저 하급 성기사 및 성직자들을 파견해 마을에 동화되게 만들었다. 그리고 일주일에 한 번씩 성당으로 찾아가게 시키며 천천히 떡밥을 풀어갔다.

그때까진 미리 계획해 둔 대로 일이 착착 진행되고 있었고, 얼마 되지 않아 신아람이란 플레이어가 넘어올 것으로 추정했다. 하지만 변수가 발생했다.

'대, 대주교님. 큰일 났습니다! 마을에 잠입한 마족이 신아람을 데리고 마계로 도주했습니다!'

불현듯 마족이 나타나 팔람베르크에 파견된 성기사들을 제압하고 신아람을 데려간 것이다. 필레몽은 상황이 매우 악화됐단 것을 깨닫고 즉시 성국의 성법사들을 파견해 놈의 마력을 추적했다. 그리고 이동 마법의 좌표가 바쿤이란 마왕성으로 이어진 것을 파악했지만.

화르르륵!

도리어 마계로 파견한 이단 심문관 및 성기사들이 전멸당한 상태였다.

'정말 곤란한데. 보아하니 홍염의 패자라 불리는 펠드릭 프로이스란 마족 같은데 언제 저렇게 강해진 거지. 아니, 그보단…….'

상황을 파악하기 위해 성기사들과 따로 움직이고 있던 릴리스는 자신의 눈을 의심했다. 당장 무리를 단숨에 괴멸시킨 펠드릭도 놀라웠지만 마왕성 내부에 있던 자는 더더욱 그녀를 당황스럽게 만들었다.

'영혼이 두 개라고?'

백색의 마녀 릴리스. 그녀가 처음으로 고용찬을 발견하는 순간이었다.

'저 여자는?'

우아한 백색 드레스를 입고 있는 여인이 공중으로 날아든다.

기품이 넘치는 자세와 인형처럼 오밀조밀한 이목구비. 마치 성은을 입은 것처럼 강대한 신성력이 전신으로 느껴지자 사뭇 긴장감이 주위로 파고들었다.

"정말 곤란하다구요. 이렇게 멋대로 저희 성녀 후보를 데려간 것도 모자라 파견시킨 성기사들과 성직자들까지 괴멸시켜 버리시다니. 너무 하다고 생각하지 않으시나요?"

"그저 침입한 적을 격퇴한 것뿐이다. 넌 누구지?"

"오히려 제가 묻고 싶은데 말이죠. 대체 어떻게 영혼이 두 개씩이나 존재……."

콰앙!

최상층의 성벽이 단숨에 허물어진다. 파괴된 잔해가 순식간에 사방으로 날아들었고, 백색 드레스의 여인은 가볍게 보호막을 펼쳐 파편들을 막아냈다.

용찬은 망설일 것도 없이 다크 윙을 시전하며 그녀가 있던 공중으로 날아갔다.

"하멜의 마녀인가?"

"……잠깐만요. 어떻게 마녀에 대해서 아시는 거죠?"

"먼저 내 질문에 대답하는 게 좋을 거야. 아무리 조율자라고 해도 봐주지 않으니까."

가장 먼저 물의 정령 레비가 어깨 위로 날아들었다. 그 다음 어둠의 정령 체셔가 머리 위에서 날카로운 눈빛을 자아냈고, 얼마 되지 않아 불의 정령 쥬시까지 품에서 불길을 뿜어냈다. 하멜의 정령사들도 대부분 해내지 못한 세 정령과의 계약. 그런 광경에 릴리스가 처음으로 인상을 구겼지만 거기서 끝이 아니었다.

파지지직!

"뇌전의 속성력까지?!"

무려 네 가지의 속성력이 자신을 위협하려 들자 절로 식은땀이 흘러내렸다.

"헨드릭. 그 여자도 성국에서 찾아온 인물이더냐?"

"일단 나도 돕도록 하겠네."

뒤늦게 펠드릭과 제이먼까지 앞뒤로 가세하자 완전히 포위당한 형태가 되고 말았다. 용찬과 제이먼도 그렇지만 성국의 무리를 단숨에 괴멸시킨 펠드릭도 굉장히 위험했다.

"도망갈 생각은 하지 않는 게 좋을 거다."

"하아. 꼭 이렇게까지 해야 되는 건가요. 제겐 공격 의사조차 없는데 말이죠."

"네가 평범한 존재였더라면 이렇게까지 하지 않았겠지. 자, 내 질문에 대답해라."

"……이러면 저도 어쩔 수 없이 원군을 불러들여야 하잖아요."

온화한 미소 속에서 두 눈동자가 붉게 물든다.

"어딜 감히!"

소환 마법이란 것을 파악한 제이먼이 재빨리 좌표를 방해하기 시작했지만 그것은 착각에 불과했다.

샤아아앙!

마력 대신 오히려 신성력이 뿜어져 나오며 주변 일대를 빛으로 강타한 것이다.

[빛의 심판자 저거넛이 소환됩니다.]

[빛의 심문관 잭서가 소환됩니다.]

[빛의 인도자 로우마니가 소환됩니다.]

자베스 교의 자존심이라 불리는 세 명의 기사단장이 모습을 드러낸다. 오래전, 세 개의 신기를 하사받았던 세 명의 인간. 기억에 남은, 익숙한 안면에 절로 눈살이 찌푸려졌다.

'성창 롱기누스, 빛의 철퇴 란두인, 인도의 지팡이 제미언.'

각각 어마어마한 신성력을 품고 있는 세 개의 신기들은 능력마저 상상을 초월했다.

"부르셨습니까, 성녀님."

"성녀?"

인도의 지팡이를 쥐고 있던 백발의 노인이 먼저 고개를 숙이자 뒤따라 두 명의 기사단장도 예의를 차렸다. 설마 저들의 중심에 있는 마녀가 성국의 첫 번째 성녀인 것일까.

'대체 어떻게 된 거지. 전생에선 첫 번째 성녀 따윈 존재하지도 않았는데. 설마 이것도 미래가 바뀐 영향 때문인가?'

다른 자도 아니고 마녀가 성녀로 추앙받고 있었다. 그런 광경에 짐짓 당황해하던 용찬은 신기를 쥔 세 기사단장을 경계하며 거리를 벌렸다.

현재 놈들은 A급 히어로 축에서도 최상급에 속하는 실력자들. 플레이어 시절 때였다면 망설이지 않고 폭주 모드를 사용해 교전을 벌였겠지만 마족인 지금은 달랐다.

[성창 롱기누스, 빛의 철퇴 란두인, 인도의 지팡이 제이먼의 영

향으로 능력치, 마력, 기력이 대폭 하락합니다.]

신성력은 마족에게 있어 치명적인 독과도 같았다. 아무리 S급에 도달한 펠드릭이라 할지라도 패널티를 끌어안고 셋을 동시에 상대하긴 힘들 것이다. 그것은 용찬과 제이먼도 마찬가지였고 놈들과 대치한 채로 잠시 동태를 살피게 됐다.

"그냥 편안하게 대화로 풀었으면 이런 일도 벌어지지 않았을 거예요. 그렇지 않나요, 헨드릭 프로이스?"

"무작정 마계에 침입한 놈들이 할 말은 아닌 것 같은데."

"어머. 먼저 저희 성녀 후보분을 데려가신 것은 그쪽일 텐데요?"

"……쯧. 대화로는 끝이 없겠군."

"저희는 그저 신아람을 돌려주기만 한다면 이대로 돌아갈 거예요. 물론 제 개인적인 궁금증이 있긴 하지만 지금은 성녀 후보부터 먼저 해결해야겠죠?"

마치 미리 점찍어둔 물건처럼 아람을 도구로 취급한다. 그런 성국의 일방적인 태도는 전생과 달라진 게 하나도 없었다. 게다가 지금 시간대의 아람은 성국의 제안을 받아들이지도 않았다. 그런데도 놈들은 이미 자신들의 소유라는 것처럼 아람을 데려가려 했다.

"웃기지 마라! 아람은……."

"하이델 가주님."

진실을 폭로하려던 제이먼의 입이 꾹 다물어진다.

'여기서 제이먼과 신아람의 관계를 밝혀봤자 놈들이 물러날 리 없지. 오히려 진실을 알게 되면 아람을 타락했다고 여기고 더욱 득달같이 달려들겠지.'

자베스 교에게 있어서 타락한 성녀는 있어선 안 될 존재나 다름없었다. 그 정도로 신앙심이 높은 자들에게 괜한 건수를 던져줘선 안 됐다.

"아무튼 어쩌시겠어요?"

"……네놈들, 너희가 지금 무슨 행동을 하는지 알고나 있는 거냐."

"물론이죠. 저희는 마계와 전쟁을 선포할 각오까지 하고 찾아온 거예요. 그 정도로 성녀 후보는 저희에게 있어 매우 중요한 존재거든요."

뻔뻔하기 그지없는 미소에 인내심이 한계까지 치닫는다.

화르륵!

마력에 의해 발산된 백염이 성녀의 눈앞에서 가로막힌다.

전신 투구 속에서 푸른 안광을 내뿜는 빛의 심판자 저거넛. 그가 직접 성창을 이용해 공격을 막아내자 펠드릭도 거기서 그치지 않고 대지로 운석을 불러들였다.

"오늘 여기서 네놈들을 모조리 소멸시켜 주마."

"겨우 저거 가지고?"

"뭐라?!"

빛의 심문관 잭서가 철퇴를 높이 치켜들자 빛의 가루들이 꽃잎처럼 흩날렸다.

[빛의 심문관 잭서가 신의 은총을 시전했습니다. 지정된 목표를 향해 신성력이 부여된 빛의 줄기가 쏘아집니다.]

점차 모여들던 빛의 가루들이 하나의 줄기가 되어 쏘아진다. 목표는 다름 아닌 펠드릭이 불러들인 거대한 운석.

신기의 위력을 증명하듯 잭서에 의해 시전된 신의 은총은 강대한 신성력을 발휘했고, 얼마 되지 않아 빛의 줄기가 거대한 운석을 꿰뚫었다.

쾅! 콰앙! 쾅!

대지로 떨어져 내리는 운석의 파편들. 그 속에서 불의 왕과 세 기사단장의 시선이 교차하고 있었다.

'역시 신기의 패널티를 끌어안은 채 놈들과 정면 승부를 하는 것은 무리가 있어.'

물론 그렇다고 해서 못 이길 상대도 아니었지만 문제는 성녀라 불리고 있는 마녀였다. 때문에 고민이 먼저 앞서고 있었지만 이대로 가다간 끝이 없었다.

할 수 없이 용찬은 품속에 있던 광기의 반지를 꺼내며 살기를 드러냈다.

"정 그렇게 싸움을 원한다면 들……."

"잠깐 멈추거라."

"음?"

불현듯 들려온 목소리에 고개가 돌아간다. 언제 바깥으로 나온 것인지 붉은 망토를 걸친 아리샤가 천천히 이쪽으로 걸어오고 있었다.

"너, 너는?!"

"오랜만이로구나, 릴리스."

"자, 잠깐만. 왜 네가 여기에 있는 거야?!"

"나야 볼 일이 있어서 잠시 동안 머물고 있지. 그나저나 아직도 그 버릇은 고치지 못한 모양이로구나."

"으읏!"

용찬과 일행들에게 집중한 나머지 바큰에 머물고 있던 아리샤를 눈치채지 못하고 있던 것일까. 차분한 인상을 유지하고 있던 릴리스가 처음으로 얼굴을 붉히며 입술을 깨물었다. 그리고 용찬과 아리샤를 번갈아 쳐다보더니 이내 등을 돌렸다.

"……오늘은 물러가겠어요."

"서, 성녀님?"

"시끄러워요. 잔말 말고 따라오세요."

버럭 신경질을 부리던 릴리스가 세 명의 기사단장을 데리고 홀연히 사라진다.

너무도 순식간에 벌어진 상황에 용찬, 펠드릭, 제이먼은 멍하니 두 눈만 깜빡거렸다. 그리고 얼마 되지 않아 용찬의 머리에 신경질적인 목소리가 들려왔다.

-야! 너 아리샤랑 무슨 관계야?!

마녀 릴리스였다.

◀ 83장 ▶

불사왕

성국에서 파견한 성기사와 이단 심문관. 뒤늦게 등장한 세 명의 기사단장까지. 그들이 바쿤의 영역에 침입해 선전포고를 한 소식은 빠르게 퍼져 나갔다. 이를 심각히 여긴 마계 위원회는 신속히 프로이스 가문과 바쿤으로 일원을 보내어 이유 및 발단을 조사했지만, 별다른 원인은 밝혀지지 않았고 되려 용찬이 언급한 플레이어들과의 접점을 의심하며 성국의 움직임을 주시하기 시작했다.

"어이, 들었어? 성국 놈들이 선전포고했다나 봐."

"갑자기 가만히 있던 놈들이 왜 그 지랄이래? 미친 거 아니야?!"

"듣기론 악몽의 탑 41층 임무를 수행하던 도중 처리한 플레이어 중 일부가 성국과 연결되어 있었나 봐."

"이거 장난이 아닌데. 자칫 잘못하면 수백 년 전에 벌어진 신마 대전이 다시 벌어질 수도 있겠어."

미리 아람을 작센 지역으로 보낸 덕분에 사건의 발단이 제이먼이란 것은 끝내 밝혀지지 않았고, 마족들은 오래전 발발했던 첫 번째 신마 대전을 떠올리며 불안에 떨고 있었다.

신의 존재가 부정된다는 이유로 원정을 벌였던 성국.

첫 번째 목표는 당연히 마계의 마족들이었고, 그때도 놈들은 자신의 신성력을 증명하기 위해 신마 대전을 벌였었다. 결과는 아슬아슬한 승리. 마족에게 치명적인 신법석과 신성 기술 등을 사용하는 성기사들은 매섭기 그지없었고, 마계 위원회가 간신히 대처법을 찾아내면서 역으로 그들을 마계에서 토벌했었다.

'전생에서 벌어졌던 플레이어들과 마족들의 전쟁에서도 놈들은 신법석의 대처법을 찾아냈었지. 하지만 삼신기는 아니야.'

자신의 손에 무참히 살해당했었던 세 명의 기사단장. 하지만 그때는 플레이어로서 그들을 제압한 것이었고, 지금은 마족의 몸으로 놈들을 상대해야 했다.

"한시도 긴장을 늦추지 말거라. 헨드릭. 물론 제대로 전투에 임한 것은 아니지만 놈들은 내 기술을 가볍게 막아낸 놈들이다."

"알겠습니다."

"그나저나 신기가 그렇게나 마족들의 능력에 큰 영향을 줄

줄이야. 한 놈씩 떨어트린다면 충분히 제압할 만하겠지만 세 명이 동시에 뭉쳐 있을 땐 꽤나 고전하겠어."

사실상 삼신기의 페널티가 모조리 부여되면 아무리 불의 왕이라도 능력의 절반밖에 끌어내지 못했다. 때문에 각개 격파를 떠올리기도 했지만 그것도 원하는 대로 될지가 의문이었다.

할 수 없이 펠드릭은 바쿤 주위로 프로이스 가의 병사들을 배치하며 임시방편을 세웠다. 그리고 이미 전쟁을 선포한 성국에게 대항하기 위해 마계 위원회가 다시 소집령을 내리며 전쟁의 불씨가 다시 지펴지고 있었다.

"뀨우우우."

"옳지. 옳지. 착하구나."

무릎 위에 앉은 쥬시가 온갖 애교를 부린다. 아리샤는 의자에 앉아 쥬시의 보드라운 털을 쓰다듬었고, 얼마 되지 않아 눈앞의 용찬에게로 고개를 돌렸다.

-야, 대답 안 해?! 무슨 관계냐니까!

손에 쥐어진 통신 수정구에서 흘러나오는 과격한 목소리. 전에 만났던 성녀를 떠올리기 힘들 만큼 완전히 뒤바뀐 그녀의 태도였다.

"그래서 백색의 마녀 릴리스가 대체 누구지?"

"우리와 같은 조율자 중 한 명이지. 주로 신성 마법을 다루는 릴리스는 오래전부터 성국에 관심이 있었어. 그래서 대륙에 있을 거라고 어느 정도 예상은 하고 있었지만 아예 성국의 성녀로서 활동하고 있을 줄이야."

"대체 무슨 관계길래 이렇게 호들갑을 떠는 거냐."

"관계는 무슨. 그저 예전부터 다른 마녀들보다 내게 흥미가 많아 졸졸 따라다니며 귀찮게 했던 아이일 뿐이지. 에잉. 그나저나 인간을 자신의 꼭두각시처럼 부리는 저 성격은 아직도 그대로인 모양이로구만."

주로 인간의 내면에 파고들어 그들의 반응과 심리. 그리고 행동 등을 흥미롭게 관찰해 온 릴리스였다. 아마 성국의 성녀가 된 것도 놈들의 종교 활동에 큰 흥미를 얻어 아주 가까이서 그들을 관찰해 온 것일 터. 일명 유희라고 할까나.

물론 용찬의 입장에선 전혀 이해되지 않는 고약한 취미였지만 말이다.

-우, 우리 작고 귀여운 아리샤에게 대체 무슨 짓을 한…….

"에잉. 이리 줘보거라!"

듣다 못한 아리샤가 직접 통신 수정구를 뺏어 들었다.

"헛소리 작작하고 무슨 의도인지나 말하거라. 정녕 성녀 후보를 데려가기 위해 기사단장까지 불러들였던 게냐?"

-다, 당연한 거 아냐. 그 녀석들이 먼저 우리가 점 찍어두었던 성녀 후보를 데려갔다고. 만약 내가 아니었더라도 대주교가 필사적으로 되찾기 위해 나섰을 거라고.

"흐응. 그래서 넌 어떻게 생각하느냐. 설마 내가 있는 이 마왕성을 아직도 노리고 있는 건 아니겠지?"

-으으, 대체 아리샤. 네가 왜 거기 있는 건데.

대화로 볼 때 릴리스는 단순히 흥미를 넘어 아리샤를 매우 소중히 여기는 듯했다. 그 증거로 가볍게 자초지종을 설명해 주자 바쿤으로의 진격을 처음으로 망설이기 시작했다.

하지만 그것도 잠시.

-하아, 아무리 내가 빠진다고 해도 이미 대주교의 귀에 들어간 일이야. 더 이상 되돌릴 수도 없다고. 무조건 성녀의 말을 듣는 멍청이들도 아니고 기사단장들도 그저 날 호위하기 위해 나타난 거였으니까.

릴리스가 한숨을 푹 내쉬며 성국의 현 상황을 알려왔다.

그런 대답에 용찬과 아리샤는 동시에 서로를 쳐다보며 두 눈을 깜박거렸고, 얼마 되지 않아 그녀가 나중에 따로 방문하겠다는 말을 남기며 통신을 끊었다.

'이거 큰일이야. 이래서 성국과는 웬만해선 안 부딪히려 했는데. 차라리 서열전이 끝난 이후였다면…….'

너무 이른 시기였다. 게다가 베로니카가 언제 어디서 수작질을 부리고 있을지 모르는 일이지 않은가. 당장 그녀와 사태후에게 집중해도 모자랄 마당에 성국까지 개입되자 여러모로 골치가 아파졌다.

"이거, 이거 어쩔 수 없이 성국과 전면전을 치러야겠구나."

"점점 복잡하게 돌아가는군."

"마계 위원회의 소집이 일주일 뒤라고 했느냐?"

"아마 그럴 거다."

"흐음. 그러면 그전까지 충분히 준비를 해두어야겠구나. 일단 이것을 받거라, 헨드릭."

둥둥 떠다니던 초록색의 장화가 탁자 위에 놓여진다.

[페어리의 장화]

[등급: 유니크]

[옵션: 민첩 7, 마력 4, 친화력 3 상승, 타격을 받을 시 무중력 모드로 돌입해 안전한 착지 가능, 하루에 한 번 신형 주위로 소용돌이를 일으키는 '바람의 소용돌이' 시전 가능.]

[설명: 요정의 날개를 이용해 제작된 장화다. 훌륭한 장인의 솜씨가 돋보이는 장비로서 페어리의 주 속성인 바람의 속성력이 부여되어 있다.]

'오호라. 그때 본 요정의 날개로 드디어 장비를 만들어낸 건가?'

안개섬에서 도플갱어를 처치하고 얻어냈던 요정의 날개. 최상급 마법 재료이기도 했던 그 날개를 가지고 마침내 유니크 장비를 탄생시킨 아리샤였다.

"어떠냐. 중간중간에 잭과 월트릿이 많은 도움을 주었어. 이 정도면 쓸 만하지 않겠느냐?"

"마침 새로운 신발이 필요하던 참인데 잘됐군. 고맙게 잘 받도록 하지."

"냐하하하. 네놈에게 고맙단 인사를 받는 게 처음인 것 같구나. 그리 나쁘지 않은 기분이야."

용찬에게 있어 남을 칭찬하거나 고맙단 인사를 전하는 것은 거의 있을 수 없는 일이었지만 그 정도로 페어리의 장화의 옵션은 무척 만족스러웠다.

그렇게 아리샤에게서 새로운 장비를 건네받은 이후 향한 곳은 다름 아닌 던전 라딕.

프로이스 가문의 병사들이 파견된 탓에 어쩔 수 없이 아이리스와 플레이어들을 라딕에 머물게 하고 있었고, 게이트로 들어서자마자 리치에게 훈계를 듣고 있는 한성이 보였다.

-정말 네놈에겐 생각이란 게 없는 모양이로군. 어떻게 이런 간단한 마법도 실패하는 게냐.

"아 놔. 처음부터 잘하는 놈이 어디 있어?!"

"있을 수도 있는 거지. 뭐."

벽에 등을 지고 앉아 있던 레버튼이 넌지시 태클을 걸자 한성의 두 눈동자가 가늘어졌다. 한동안 함께 지내면서 나름 플레이어들끼리 친해진 것일까.

"어라. 헨드릭!"

"좀 늦었네. 그동안 많이 바빴나 봐?"

품속에 안기는 아이리스와 천천히 다가오는 진협을 마지막으로 용병들이 전부 모여들었다.

"일이 좀 있었다."

"그래도 네 병사들에게 신경 좀 써줘. 한동안 바쿤에만 머무르고 있는 탓에 약간 불만이 쌓인 것 같던데."

"으음. 불만이라. 일단 알겠다. 그리고 레버튼."

"어엉? 나?"

부름에 답한 레버튼이 긴장 가득한 표정으로 자리에서 일어난다. 이젠 용찬의 한마디가 그리도 무서운 것인지 벌써부터 몸을 떨고 있었다.

쿠웅!

플레이어들의 앞에 놓여지는 커다란 보물상자.

"퀘스트를 클리어하며 얻은 최상급 보물상자다. 네가 한 번 개봉해 봐라."

"아니, 왜 또 나야."

"캬. 역시 운빨 망겜이지."

한성의 간단명료한 한마디에 울상을 짓는 레버튼이었다.

잠시 보물상자를 레버튼에게 맡기고 돌아온 용찬은 가장 먼저 그레고리를 찾았다.

"아, 마왕님. 마침 잘됐군요. 이번 달의 보고서입니다."

"집무실에 올려둬라. 그것보단 요새 병사들은 어떻지?"

"으음. 저번 임무에서 돌아온 이후 한동안 서열전도 없던 탓에 약간은 긴장이 풀린 감도 없지 않아 있습니다. 몇몇 분들께선 아직도 치열한 전투를 원하고 있고 말이죠."

직접 호감도 및 충성도를 확인하자 일부 하락한 병사들이 보이고 있었다. 그레고리의 말대로 바쿤에 머무르고 있는 시간이 길어지면서 긴장이 풀리고 불만이 쌓이는 경향이 있는 모양이었다.

'그러고 보니 슬슬 병사들의 등급도 A급으로 올려둬야 할 텐데. 우선 소집령 당일이 되기 전까지 수행 과제부터 집중해야겠어.'

용찬은 즉시 최근에 갱신된 수행 과제를 확인했다.

[95. 수인 연합 코르덴의 수인왕 렘릭에게 찾아가십시오.]

언제나 수행 과제는 현 상황에 필요하거나 적합한 내용의 임무 및 퀘스트를 전달해 왔다. 지금 바쿤은 성국의 선전포고로 인해 신기, 신성력, 신법석에 대항할 무언가 다른 수단이 필요한 상황. 한데, 이번 수행 과제는 이해할 수 없을 정도로 난데없는 목표였다.

"……렘릭이라면."

"엇. 마왕님. 손님께서 찾아오신 모양입니다."

"다른 마왕인가?"

"그런 것 아닌 것 같군요. 아, 마계 위원회의 일원이었던 메리란 분이십니다. 일단 제가 접대실까지 안내해 드리도록 하겠습니다."

창밖의 통해 손님의 정체를 확인한 그레고리가 잽싸게 아래층으로 내려갔다. 홀로 남겨진 용찬은 메리의 갑작스러운 방문에도 불구하고 수인왕 렘릭을 떠올리고 있었다.

'수인왕들은 마족들과의 만남을 격하게 거부하고 있어. 아무리 코핀과 접점이 있는 서열 3위의 마왕이라고 해도 피치 못할 사정을 변명으로 만남을 피할 텐데.'

르네의 밤 때 사건만 봐도 수인들은 마족 자체를 격하게 증오해 왔다. 때문에 수인왕들은 마계 위원회와 관련된 일이 아니면 개인적으로 마왕들과 절대 마주하지 않았다.

그런 고민에 머리를 부여잡고 있었을까.

'저도 자세히 아는 것은 아니지만 수인 연합 코르덴과 긴밀한 관계를 맺고 있는 걸로 알아요. 항상 저희를 위해 마계에서 열심히 일해온 메리니까 여기서 나간다면 헨드릭 님께도 큰 도움을 줄 수 있을지 몰라요.'

불현듯 묘족 나레와의 대화가 떠올랐다. 마족의 피가 흐르고 있는 묘족 메리. 그리고 수인 연합 코르덴과 긴밀한 관계를 맺고 있는 마계 위원회의 일원. 이 두 가지 사실을 조합해 보자 금방 결론이 내려졌다.

'이리도 타이밍 좋게 찾아올 줄이야.'

제이먼의 소식을 듣자마자 용찬은 미리 나레에게 언질을 해준 뒤 바쿤으로 귀환했었다. 아마 로헬런이 마계로 돌아오면서 메리도 자신의 도시가 정상으로 돌아왔다는 것을 파악했을 터. 통신 혹은 직접 도시에 방문하며 묘족들에게 그동안의 사정을 분명 들었을 것이다. 그렇게 판단을 서자 용찬은 망설일 것도 없이 접대실로 향했다.

끼이이익!

안으로 보이는 익숙한 은발의 여인. 유독 흔들리는 꼬리에 시선이 가던 마계 위원회의 메리가 접대실에 앉아 있었다.

"아, 헨드릭 프로이스 님. 간만에 뵙게 되네요. 다시 만나게 되어 크나큰 영광……."

"같잖은 예의 차리지 마라."

"……네에."

메리와의 인연은 그리 좋지 못했다. 첫 평가전을 펼칠 때만 해도 바쿤의 병사들을 우습게 여기고 있었으니까. 물론 그 이후 평가전에서 승리하며 태도가 돌변한 그녀였지만 좋은 인상을 받지 못한 것은 부정할 수 없는 사실이었다.

때문에 메리도 잔뜩 움추려든 채 울상을 짓고 있었고, 용찬은 두말할 것도 없이 즉시 본론으로 접어들었다.

"로헬런의 보상건으로 찾아왔겠지?"

"아, 저희 로헬런을 구해주신 것은 진심으로……."

"구차한 것은 됐고, 혹시 수인왕 렘릭과 관련해 최근에 무슨 문제라도 있나?"

"가, 갑자기 그분은 왜?"

"묻는 말에만 대답해라."

강압적인 눈빛에 조그마한 입술이 꾹 다물어진다. 잠깐 눈치를 보던 메리는 할 수 없이 수인왕 렘릭에 대해 떠올리기 시작했고, 얼마 되지 않아 손뼉을 치며 입을 열었다.

"이, 있긴 있어요. 최근에 렘릭 님의 영역에서 죽지 않는 불사의 언데드들이 기승을 부린다고 얼추 들은 게 있어요. 그것 때문에 렘릭 님과 수인들도 골치를 앓고 있다고……."

"잠깐. 죽지 않는 불사?"

"네. 전신 갑주를 착용한 스켈레톤 병사들인 것 같더라구요. 특징이라면……. 아, 갑주에 하나같이 바람개비 같은 문양이 있다고 했어요."

숨이 턱 막혀온다. 도저히 믿기지 않는 정보에 두 눈이 빨갛게 충혈되어 갔고, 마치 망치로 머리를 얻어맞은 것처럼 정신이 혼란해져 왔다.

'불사왕!'

불현듯 흑갑주의 불사자가 뇌리를 스쳐 지나갔다.

콰드득!

리오스 진영에 인접한 북부 어딘가. 어둠만이 존재하는 깊은 동굴 속에서 살갗이 찢겨져 나가는 정체모를 소리가 들려온다. 형체를 알아볼 수 없을 정도로 분해된 시체를 들고 있는 큼지막한 두 손. 도저히 인간이라고 생각지 못할 정도로 덩치가 큰 사내가 온몸에 피를 칠갑한 채로 입가를 말아 올렸다.

"게헤헤헤. 이걸로 어느 정도 회복은 됐나. 길고 길었군."

손바닥에 자리 잡은 기괴한 두 눈동자가 만족스러운 듯 혓바닥을 낼름거렸다.

탐의 화신 사태후. 마계 최북단에서 대륙으로 넘어온 이후

회복 및 능력 복구에 전념했던 그는 어느 정도 돌아온 능력들을 확인한 후 시체를 던져 버렸다.

그리고 먼 지척에서 걸어오는 인영을 파악하며 천천히 고개를 돌렸다.

"그래. 이번에는 또 어딜 갔다 오시나. 아가씨."

"던전의 봉인을 하나 더 풀고 돌아오는 길이에요. 일명 미끼라고나 할까요. 뭐, 사태후 씨에게도 도움이 되는 장비가 봉인된 곳이지만 지금의 당신에겐 그런 건 필요가 없겠죠?"

"게헤헤헤. 그걸 말이라고."

어떤 장비이든 그 속에 내재된 능력을 흡수하는 탐랑이 있었다. 그리고 리오스 진영엔 체이서의 부대가 사로잡혀 있었다. 이렇게 능력까지 회복한 상태에서 마계까지 넘어가는 것은 헛된 시간 낭비에 불과했다.

"그나저나 정말 신기하단 말이지."

사태후의 거친 손길이 가까이 다가온 여인의 후드로 향한다. 전신을 가리던 푸른 로브가 벗겨지자 청명한 금발의 여인이 본 실체를 드러냈다.

"일부 시스템에 간섭할 수 있는 마녀가 조력자를 자처하다니. 도대체 무슨 꿍꿍이를 가지고 있는 거냐. 예언의 마녀 베로니카."

"전에 말씀드린 게 전부예요. 그저 헨드릭 프로이스를 대신해 마저 진영을 붕괴시키는 것. 그것을 위해서 당신을 찾아온 거예요."

"플레이어의 영혼이 들어간 마족이라고 했던가. 어쩐지 이상하긴 했어. 파이칸 고대 유적지를 자유자재로 드나드는 것으로 모자라 마계에서 플레이어란 정체까지 숨기고 활동하고 있었으니까."

이미 계획의 일부는 전해 들은 지 오래다.

시스템의 오류라고 판명된 헨드릭 프로이스란 존재를 해결하기 위해 놈을 대신해 목표를 클리어한다. 그리고 시스템의 제어권을 차지해 세계를 재창조한다.

여태껏 머더러로 활동한 사태후에게 있어 그 사실은 매우 충격적이면서도 당황스러웠다. 또한 의문들도 가득해 선불리 베로니카를 믿기 어려웠지만 실제로 그녀는 자신의 능력들을 증명해 냈었다.

'숨겨진 히든 피스들을 그렇게 쉽게 찾아내는 것을 봤을 땐 온몸에 소름이 돋았었지.'

수년 뒤에 풀리는 일부 던전의 봉인까지 강제로 해제하지 않았던가. 아직도 의문스러운 게 한두 가지가 아니었지만 이것만큼은 확실했다.

'지금의 내게 있어 이 여자는 도움이 된다. 설령 나를 이용하는 것이라고 해도 말이지.'

물론 계획이 성공한 후 막대한 보상을 약속받긴 했지만 그 정도는 시답잖았다. 오히려 홍미가 가는 것은 베로니카가 가지고 있는 시스템의 능력이었다. 때문에 순순히 이용당하고 있었다.

베로니카의 시스템 제어권이 완벽해졌을 때 역으로 그녀의 능력을 강탈하기 위해서. 다른 플레이어였더라면 그런 시도조차 불가능하겠지만 탐랑이 있는 자신이라면 가능했다.

꿈틀꿈틀!

격해진 욕망을 알아차린 것일까. 손바닥에 있던 기괴한 두 눈동자가 기분 좋은 눈웃음을 지었다.

"그나저나 마녀들은 전부 이렇게 인간 같지 않은 외모를 가지고 있는 건가. 게헤헤헤. 점점 더 탐이 나는데?"

"어머, 음흉하셔라."

"이거이거 도저히 못 참겠구만. 진영으로 쳐들어가기 전에 간단히 몸이나 풀어볼까."

"정말 곤란하시다니까. 그래도 당신 같은 분이라면…… 후후훗."

베로니카의 매혹적인 미소 속에서 옷가지들이 떨어져 나간다. 서서히 드러나는 뽀얀 속살에 사태후의 두 눈은 빨갛게 충혈되어 갔고, 실오라기 하나 걸치지 않은 나신이 되자 홍분을 주체하지 못하고 짐승처럼 달려들었다.

그리고. 꿈틀꿈틀.

숲 전체에 피어난 탐랑의 눈동자들을 보며 마녀가 입꼬리를 한껏 말아 올렸다.

"수인 연합 코르덴에 오는 게 세 번째였던가. 여긴 달라진 게 없네."

마계의 게이트를 타고 이동하자 익숙한 도시의 광경이 드러났다. 쭉 늘어진 거리로 북적거리는 이종족들과 마족들. 가장 먼저 계단에서 내려온 루시엔이 곳곳에 보이는 다크 엘프들을 보며 기분 좋은 미소를 자아냈다.

코르덴의 수도 버찰린.

은둔자의 숲과 르네의 밤 이후로 세 번째 방문이었다.

[댄싱 기사 루시엔]

[충성심: 91]

[호감도: 89]

[상태: 여유, 쾌활.]

'그동안 쌓여 있던 불만은 그럭저럭 해결된 모양이군. 뭐, 간

만에 나서는 여정이니 그럴 수밖에 없겠지.'

로헬런에 갇혀 있던 사이 바쿤의 병사들은 제대로 된 전투도 치르지 못한 채 지루한 시간을 보내야 했다. 특히나 악몽의 탑 임무 이후로 서열전도 걸려오지 않았기 때문에 불만이 쌓이는 것은 당연했다. 그래서 이렇게 병사들을 여정에 데려온 것이었고, 코르텐 시민들의 시선은 금세 게이트 쪽으로 집중됐다.

"미친. 서열 3위 바쿤의 병사들이야."

"반전의 마왕도 함께 행차했잖아. 대체 무슨 일이지?"

"제발 큰 문제만 아니었으면 좋겠는데."

서열 3위의 명성은 매우 드높았다. 하지만 일부 이종족들은 그리 환영하지 않는 눈빛으로 불안해하고 있었다. 그런 광경에 함께 게이트로 이동했던 메리가 후드를 눌러쓴 채 넌지시 이유를 설명했다.

"르네의 밤 때도 그랬지만 대부분의 수인들은 마족들을 그리 반기지 않아요. 노예에서 해방되었다고 하지만 아직도 그들을 마계의 일원으로 생각지 않는 마족들이 다수 존재하기 때문이죠."

"갑과 을이란 건가."

"특히나 중간에 마계 위원회까지 끼어 있어서 더욱 그런 것 같아요."

"뭐, 어쩔 수 없는 일이겠지. 그래서 렘릭의 영역까진 어떻게 이동할 셈이지?"

“다행히 수도에선 거리가 제법 가까운 편이에요. 제가 미리 마차를 준비했으니 그걸 타고 이동하도록 해요.”

말이 끝나기가 무섭게 커다란 쌍두마차가 눈앞으로 멈춰 섰다. 후드를 쓴 마부의 머리 위로 튀어나온 귀를 보아 함께 로헬런에서 파견된 묘족인 듯했다.

“읏차! 제가 일등이에요!”

“키에에엑!”

“어이, 한 마차에 다 못 타니까 나머진 뒤에 타라고!”

“너나 저리 비켜. 그 덩치 때문에 내가 못 타잖아!”

미리 자리를 선점하고 있는 헥토르와 칸과 켄, 비좁은 마차 내부를 가리키며 구시렁거리는 딩크, 반대로 딩크의 덩치를 지적하며 버럭 소리치고 있는 루시엔까지.

[ㅍㅅㅍ]

“한심한 것들.”

쿨단과 록시가 그들을 한심하게 쳐다보는 가운데 추가로 두 대의 마차가 앞에 멈춰 섰다. 마차 문을 열고 나오는 한 마리의 놀 인간. 눈가에 새겨진 흉터가 인상적인 그는 머리를 긁적거리며 용찬에게로 다가왔다.

“코르덴에 방문하신다는 소식은 들었지만 이렇게 일찍 찾아오실 줄이야. 하마터면 늦을 뻔했습니다."

"네놈까지 부른 기억은 없는데. 대체 어떻게 된 거지?"

"저희 수인 연합의 정보망을 너무 무시하시는 것 아닙니까. 마왕님."

수인왕 코핀. 딩크 때의 사건 이후로 한동안 만남이 없었던 놈이 어깨를 으쓱거리며 답하자 피식 웃음이 나왔다.

'묘족들과 메리란 위원의 얘기는 쏙 빼놓은 채로 마왕님의 방문 소식을 미리 코핀 쪽으로 던질 예정입니다.'

'수인왕 렘릭을 끌어내기 위해 코핀부터 회유한다 이건가.'

'저번에 사건도 있고 딩크의 친아버지기도 한 자니까 가볍게 무시할 순 없을 겁니다. 바쿤에서 문제를 터트리면 자기 아들까지 피해를 입게 되니까 말이죠.'

수인 연합의 정보망? 확실히 수인들치곤 정보 수집에 열을 쏟아내는 것 같았지만 미리 떡밥을 던진 것은 정보 단체인 테오스였다. 그런 것을 아는지 모르는지 코핀은 태연히 딩크에게 다가가 재회의 기쁨을 나누고 있었고, 메리와 가볍게 눈짓을 교환한 뒤 마차를 출발시켰다. 그리고 흔들리는 마차 안에서 전생의 기억을 회상하게 됐다.

'시간상으로 치면 2개월 뒤에 열리게 되는 던전이었는데. 이렇게 갑자기 불사왕의 군대가 마계에 모습을 드러낼 줄이야.
역시 이것도 베로니카가 미리 수작을 쓴 건가.'

불사왕의 던전이 대륙과 마계로 이어진다는 것은 이미 알고 있던 사실이었다. 하지만 4년 차에 열리게 되는 던전이 벌써부터 열린다는 것은 수상하기 그지없었다. 어쩌면 이것 또한 베로니카가 던져둔 미끼 중 하나일 수도 있을 터.

'독이 든 사과.'

아마 의도는 둘 중 하나일 것이다. 더욱 자신을 성장시켜 목표를 수행하게 돕거나 혹은 던전에 함정을 놓아두었거나. 만약 후자라면 일이 복잡해지겠지만 그런 것을 감안하고서라도 불사자 세트는 반드시 되찾아야 했다.

"렘릭님의 영역 살바토에 도착했습니다."

렛맨들의 왕이라 불리는 렘릭. 그리고 렘릭의 영역 살바토 안에서 살고 있는 수천, 수만 명의 렛맨들까지.

마치 사막의 도시처럼 황폐한 건물들이 곳곳에 세워져 있는 가운데 다섯 대의 마차가 궁전 같은 건물 앞에 멈춰 섰다.

"반갑습니다. 헨드릭 프로이스 님. 그리고 바쿤의 병사 분들. 이번에 안내를 맡게 된 저글이라고 합니다."

반인반서라고 불리는 렛맨들은 하나같이 쥐같이 생긴 얼굴과 꼬리를 가지고 있었고, 그것은 안내를 맡은 저글도 다르지 않았다.

“우와. 렛맨은 처음 봐요!”

“저희가 외부로 나간 적이 없어서 그런 것일 겁니다.”

“혹시 치즈 좋아하세요?”

헥토르의 물음에 인상이 굳어진다. 뒤늦게 루시엔이 헥토르의 머리를 쥐어박으며 뒤로 끌고 왔지만 저글의 안색은 좀처럼 풀리지 않고 있었다.

할 수 없이 메리가 한숨을 푹 내쉬며 품속에서 무언가를 꺼내 들었고, 그것을 건네받자 저글도 안색을 풀고 안내를 하기 시작했다.

“무엇을 건네준 거지?”

“아, 별것 아니에요. 로헬런에서 만든 숙성 프뤼에 치즈를 두 조각 건네준 것뿐이에요.”

“뭐야. 치즈를 싫어해서 저러는 건 줄 알았는데 사실은 엄청 좋아하는 거였어?”

루시엔이 어이없다는 듯 황당한 표정을 지었다.

그렇게 사소한 해프닝을 끝내고 궁전 내부로 진입하자 기다리고 있던 렛맨들이 동시에 고개를 숙였고, 얼마 되지 않아 지하 2층의 접대실에서 두 번째 수인왕을 마주할 수 있었다.

[수인왕 렘릭]

'그래도 A급 네임드 수준은 되는 것 같은데. 역시 내 방문이 그리 달갑지 않은 모양이로군.'

수인 연합 코르덴과 친밀한 관계를 맺고 있던 메리를 이용해 자리를 만들었지만 마족에 대한 경계심은 여전했다. 아마 자신의 의도에 대해 깊게 의문을 품고 있을 터.

"저희 살바토에 오신 것을 진심으로 환영합니다. 헨드릭 프로이스 님. 제가 이 살바토의 영역을 다스리고 있는 수인왕 렘릭입니다."

"알다시피 바쿤을 맡고 있는 헨드릭 프로이스다."

보통 렛맨보다 덩치가 왜소한 렘릭의 악수를 받아들자 방 안으로 침묵이 감돌았다. 그리고 용찬을 제외한 나머지 인원들이 전원 바깥으로 나가게 되자 두 명의 시선이 허공에서 교차했다.

치지직!

입에 문 연초에서 뿜어지는 연기. 묵묵히 테이블에 있던 차를 홀짝거리고 있자 답답해진 것인지 렘릭이 입을 열었다.

"솔직히 전 마왕님의 방문이 그리 달갑지 않습니다. 대체 어떻게 메리와 인연이 닿게 되신 것인지는 잘 모르겠지만 사실상 이번 만남도 어떻게든 거절하려 했습니다."

"그러다가 코핀까지 개입되면서 입장이 난처해졌고?"

"후우우우. 맞습니다. 대체 저희 살바토에 무슨 의도로 찾아오신 것입니까."

예상대로 수인왕 렘릭은 외부와의 교류를 일절 차단하고 있었다. 특히 자존심이 드높은 마족들은 더더욱 그랬고, 웬만해선 다른 존재를 살바토로 끌어들이지 않으려 했다. 그 때문인지 놈은 메리와 코핀을 떠올리며 솔직한 마음을 털어놓았다.

"이봐. 렘릭."

"예."

"난 너희 영역에 피해를 주려고 온 게 아니야. 오히려 너희들을 돕기 위해 찾아온 거라고 말할 수 있지."

"그게 무슨……."

"불사의 군대."

처음으로 렘릭이 연초를 입에 문 채로 몸을 움찔거렸다. 그런 반응에 용찬은 망설이지 않고 더욱 몰아붙였다.

"다른 마족들은 신경도 쓰지 않는 불사의 군대를 내가…… 아니, 바쿤이 해결해 주마. 그것도 무보수로 말이지."

"……진심이십니까?"

"물론."

광기에 물든 악마가 자비로운 미소를 선사했다.

[95. 렘릭의 영역 살바토에서 벌어지고 있는 문제를 해결하십시오.]

[불사왕 0/1]

‘역시 불사왕의 던전이 맞았어. 다른 무언가의 개입으로 인해 던전의 봉인이 일찍 풀리고 만 거야.’

다른 무언가의 개입은 생각해 볼 것도 없었다. 하멜의 일부 시스템에 관여할 수 있는 것은 오직 예언의 마녀뿐일 것이다.

“여기가 살바토의 초입부 마을 슬럼입니다. 그리고 저기가 마을과 유일하게 이어져 있는 바리스 협곡이죠. 불사의 해골 병사 놈들은 며칠 전부터 저 골짜기를 통해 이 마을로 내려왔습니다.”

습격의 흔적이 고스란히 남아 있는 초입부 마을 슬럼. 부서진 건물들 사이로 부상자들이 옮겨지고 렛맨 치료술사들이 부지런히 마력을 끌어 올리는 게 눈에 띄었다. 그리고 렘릭이 가리킨 방향으로 고개를 돌리자 산과 산 사이에 움푹 들어간 긴 골짜기가 보였다.

“워어, 골짜기 스케일이 장난 아닌데. 저렇게 크고 웅장한 골짜기는 처음 봐.”

“저기 골짜기 건너편에서부터 불사의 군단이란 놈들이 몰려온다 이거지?”

“키에엑. 전부 쓸어버린다.”

지형상 적들의 침입을 막는데 무척 용이했지만 문제는 적들의 숫자와 생명력이었다. 전혀 줄어들지 않고 계속해서 몰려오는 불사의 해골 병사들. 때문에 렘릭은 며칠 전에 골짜기를 자체적으로 붕괴시키는 것을 고민까지 했다고 한다.

"그런 고민에 휩싸이던 도중 내가 찾아왔고."

"맞습니다."

"아무튼 마을의 주민들은 전부 피신시켜라. 마을 외곽에 있는 병사들도 전부 물리고. 앞으로 여긴 내가 책임진다."

"……최대한 보는 눈을 줄이겠다. 이 속셈이신 것입니까?"

"그래. 그것은 네놈도 마찬가지다. 슬럼 인근으로 단 한 마리의 쥐새끼도 접근하지 못하게 해라. 설마 계약서까지 작성한 나를 믿지 못하는 것은 아니겠지?"

무보수로 불사의 군대를 토벌해 준다. 참으로 간단명료한 계약서였다. 물론, 그렇다고 해서 조건 자체가 완전히 없는 것은 아니었다. 지금 용찬이 말한 대로 토벌은 오직 바쿤 내에서만 진행되고, 토벌이 완료될 때까지 살바토의 개입은 물론 관전까지 일체 금지시켜 둔 상태였다.

치이이익.

할 수 없이 렘릭도 고개를 끄덕이며 연초를 입에 물었다. 그리고 등을 돌려 부대를 철수시키려던 찰나 외곽에서부터 종소리가 들려왔다.

뎅! 뎅! 뎅!

"놈들이다. 놈들이 다시 쳐들어왔어!"

적습을 알리는 종소리와 함께 건너편 골짜기에서부터 수백의 무리가 전진해 오기 시작했다.

한 명도 빠짐없이 흑갑주를 착용한 스켈레톤 병사들은 투구 안으로 붉은 안광을 내뿜고 있었고, 행렬에 맞춰 질서정연하게 진형을 유지하고 있었다.

"이, 이런. 벌써 습격해 올 줄이야."

"여긴 나한테 맡기고 네놈들은 대피 준비부……."

"알겠습니다!"

"대답 하난 빠르군."

마치 줄행랑을 치듯 급히 렛맨들을 대피시키는 렘릭과 병사들이 보인다. 이것으로 불청객들은 전부 퇴장한 것이나 다름없었다.

"위르겐. 헥토르와 함께 이 근방에 탐색자의 눈을 설치하고 와라."

"페펭, 침입자를 사전에 배제하시려는 속셈이시군요. 알겠습니다!"

"헤헤헤. 갔다 올게요."

혹시 모를 침입자를 대비하기 위해 주변의 시야까지 깔끔히 확보해 두고 있었다. 그렇게 대충 준비를 마친 용찬은 다크 윙을 시전하며 골짜기를 내려다봤다.

'자, 그러면 디펜스를 가장한 역습을 시작해 볼까.'

[불사의 병사]

[등급: C]

[상태: 타고난 재생력.]

불사왕의 군대는 말 그대로 불사의 능력을 가지고 있다. 끝없는 재생력을 기반으로 절단되거나 파손된 부위를 금방 회복하고, 숫자 또한 어마어마한 물량이었다.

서걱!

또 한 마리의 불사의 병사가 루시엔의 레이저 소드에 의해 반토막 난다.

달그락. 달그락!

하지만 놈은 얼마 되지 않아 다시 몸을 재생하며 자리에서 일어났다.

"죽여도 죽여도 끝이 없잖아! 아니, 애초에 이 자식들. 안 죽는다고!"

"그럼 뒤질 때까지 썰어버리라고!"

"그게 말처럼 쉬운 줄……."

콰직!

매서운 철퇴 하운드가 백골을 단숨에 아작 낸다. 바쿤의 병사 중 가장 남다른 파괴력을 보유한 딩크의 일격이었다. 다만, 안타깝게도 불사의 병사는 파편들을 다시 자신의 몸에 부착시키며 재생을 시도하고 있었다.

[록시가 청광을 시전했습니다.]

[수호자 쿨단이 경로 차단을 시전했습니다.]

[칸과 켄이 기체술을 시전했습니다.]

고전하는 것은 다른 병사들도 마찬가지였고, 죽지 않는 불사의 군대의 기세를 좀처럼 꺾지 못하고 있었다.

-저놈들. 골렘처럼 몸 안에 핵 같은 건 없는 거야?

"그런 게 있었으면 진작 병사들에게 알렸겠지."

-이거 큰일인걸. 저렇게 무한한 재생력을 가진 놈들이면 막아도 막아도 끝이 없을 거야.

통신 수정구로 들려오는 진협의 목소리에 고개를 끄덕거렸다. 전생에서도 놈들의 무한한 재생력 때문에 큰 피해를 감수한 적이 있었다. 이렇게 무작정 막는다고 해서 해결될 불사의 군대가 아니었다.

이대로 간다면 오히려 병사들의 체력 및 스태미너만 계속해서 줄어들 터. 더군다나 타지에서 적들을 막아내는 형식이었기에 보급 또한 문제였다.

"물량엔 물량으로 상대해 줘야겠지. 진협, 그것은 아직 멀었나?"

-조금만 더 시간을 벌어야 할 것 같은데?

"어쩔 수 없지."

마침 불사의 군대 사이로 네임드 몬스터로 추정되는 놈들이 보였다. 창과 검을 든 일반 병사들과 달리 도끼, 활, 소태도를 들고 있는 백갑주의 스켈레톤 병사들.

다행히 등급은 C급보다 한 단계 위인 B급 정도였지만 아직까지 용찬을 제외한 병사들은 A급에 도달하지 못했기에 방심은 금물이었다.

[물의 정령 레비가 스노우맨을 소환했습니다.]

[불의 정령 쥬시가 불사조를 소환했습니다.]

[다크 인챈트가 활성화됩니다.]

가장 먼저 방어력에 특화된 정령 스노우맨이 놈들을 빙결시킨다. 그다음은 불을 통해 생명력 및 능력치를 상승하는 불사조들의 매서운 발화 세례였고, 마지막으로 어둠이 깃든 뇌전이 대지로 스며들자 놈들이 가루째로 소멸되어 갔다.

[불사의 병사들이 재생합니다.]

하지만 얼마 되지 않아 재생되기 시작했다.

'역시 이 방법도 먹혀들지 않는군. 그렇다면 일시적으로 움직임을 막을 수밖에.'

용찬은 불사조를 역소환시킨 뒤 스노우맨과 레비의 능력을 통해 적들을 빙결시켜 갔다. 그리고 함께 데려온 실버 부대, 아니, 골드 부대에게 프로즌 인챈트를 지시하며 바쿤의 병사들에게 빙결의 효과를 부여했다.

쩌저저적!

서서히 빙결되어 가는 불사의 군단.

물론 일시적으로 발을 묶은 수준밖에 되지 않았지만 최소한 지속 시간이 끝날 때까진 한숨을 돌릴 수 있었다.

"마왕님. 가져온 마력 포션도 거의 바닥입니다."

"조금만 더 버텨라. 이제 곧……."

콰앙!

약간의 여유를 가질 새도 없는 것일까. 얼어붙은 불사의 병사들을 헤치며 해골마에 올라탄 흑갑주의 기사가 돌진해 왔다.

-마왕! 마왕인가?!

"네놈은?"

-아아, 그리운 놈들이로다. 수만 년 전에 우리를 봉인한 것도 마왕들이었지. 이렇게 풀려나자마자 복수를 할 수 있다니.

정말 행운이 아닐 수가 없군!

"네놈들을 봉인한 게 마왕이라고?"

-그렇다. 고로 후대의 마왕인 네놈에게 가장 먼저 복수의 칼날을 맛보게 해주마.

해골 기사 아인칼. A급 네임드 수준에 달하는 놈은 영문을 알 수 없는 말을 지껄이며 랜스를 치켜들었다.

"뜻밖에 수확이군. 이거 보상 외에도 건져갈 게 많아지겠어."

-덤벼라. 마왕!

불사자 세트 외에도 얻어낼 정보가 있단 사실에 입가가 슥 올라갔다.

하지만 그것도 잠시. 아인칼이 언덕 위에 있던 용찬에게로 랜스를 던지자 그 경로를 따라서 대지 위로 용암이 분출됐다.

"쿨단. 흡수할 수 있나?"

-론물!

전보다 숙련도가 상승한 흡수력이 용암을 빨아들인다. 순식간에 쿨단의 백골이 빨갛게 달아올랐지만 그동안의 전투성과를 자랑하듯 끝까지 버티고 있었다.

그리고 이어지는 아인칼의 랜스 차지.

까앙!

급히 그란디올의 너클에서 마그나카르타로 장비를 교체한 용찬은 양 쪽에 불과 물을 인챈트하며 랜스를 막아냈다.

-오오오. 정령을 다루는 건가. 정말 신기한 마왕이로군!

"감탄할 때가 아닐 텐데?"

-하하하하! 걱정 마라. 설마 나 혼자 무턱대고 돌진했다고 생각하는 것은 아니겠지?

"음?"

반격을 이용해 랜스를 걷어내자 멀리서 전진해 오는 새로운 무리가 눈에 들어왔다. 해골 기사 아이켄을 따라서 추가로 증원에 나선 불사의 군단. 그 숫자만 해도 자그마치 5천은 쉽게 넘어가는 듯 보였다.

-렛맨들의 마을인 이곳을 시작으로 마계 전체를 불사왕님의 영역으로 만들겠다. 우리 앞을 가로막는 자들에겐 절망만 가득할 뿐!

"그래. 던전 안에서 놈이 지켜보고 있단 거지."

-전지전능한 우리 왕께선 모든 것을 꿰뚫어 보고 계…….

투구를 꿰뚫는 어둠의 손길. 형태를 변형한 용찬의 커다란 오른손이 흑염을 머금은 채 아인칼의 머리를 관통하자 일시적으로 움직임이 멈춰 들었다.

"보고 있다면 얘기가 좀 쉬워지겠군. 곧 그리로 가겠다. 타우릿. 네놈에게 다시 한번 영면을 선물해 주도록 하지."

-어, 어떻게 네놈이 우리 불사왕님의 본명을?!

"알 필요 없다."

-커억!

재아무리 불사신이라 할지라도 고통은 느끼게 마련이다.

그 증거로 활활 타오르는 흑염에 비명을 지르는 아인칼이었고, 딩크와 루시엔이 양쪽에서 치고 들어오자 다급히 뒤로 물러나고 있었다.

"젠장. 가면 갈수록 난관이네."

"어림잡아도 5천. 저 정도면 우리가 아무리 난리를 쳐도 못 막아."

"이 정도의 전력이라면 그럴 테지. 하지만……."

딩크와 루시엔이 최악의 상황에 인상을 구기자 바쿤의 마왕이 고개를 들어 올렸다. 불사의 군단을 막아내기 위해 준비한 비장의 한 수. 서서히 슬럼 전체로 그림자가 드리워지자 무언가가 하늘 위를 가득 메우는 게 보였다.

-저, 저건 또 무엇이더냐?!

"네놈들을 위한 선물이지. 그레고리. 착지시켜라."

"알겠습니다!"

중후한 목소리가 골짜기로 울려 퍼지자 커다란 무언가가 슬럼 위로 착지했다.

그것은 다름 아닌 최남단에 위치해 있던 바쿤의 마왕성. 마을의 건물들을 깔아뭉개며 착지한 마왕성의 모습에 아인칼은 당황해했고, 얼마 되지 않아 성 내부에서부터 무기를 치켜든

수천 명의 이종족들이 몰려나왔다.

"잭 가공소 부대 도착!"

작센 지역의 이종족들.

"우리도 빠질 수 없지. 다크 엘프의 저력을 보여주자고!"

바쿤 영역의 다크 엘프들.

"바하무트 부대 도착!"

바하무트의 뱀파이어들.

-이런 전투에 우리가 빠질 수 없지. 자자, 다들 연장 챙겨.

아이리스를 호위하는 푸른 갈퀴 용병단.

그리고.

"묘족들이여. 구원자를 따르라!"

로헬런의 묘족들까지.

뒤늦게 바쿤의 성에서 대기하고 있던 바쿤 고유의 병사들까지 몰려나오자 수만의 대군이 완성됐다.

"자자, 전진 배럭 도착이오!"

마족, 이종족, 몬스터 가릴 것 없이 바쿤을 위해서 모여든 상황. 거기서 리치 델마누스와 함께 도착해 있던 한성이 미리 준비한 시체들을 일으켜 세우자 언데드 대군까지 추가로 늘어났다.

저벅저벅.

이로써 역습의 발판은 만들어졌다. 남은 것은 불사의 군단을 돌파해 놈들의 심장부를 찌르는 것뿐. 반전의 마왕이라 불리오던 그들의 주인은 천천히 아인칼의 앞으로 걸어가며 입을 열었다.

"한 마리도 빠짐없이……."

광기에 번뜩이는 두 눈동자. 빨갛게 물드는 세상 속에서 뒤늦게 광군주가 입가를 말아 올렸다.

"짓밟아라."

"……이 기운은?"

지하보다 더욱 깊숙한 지하. 투구를 손에 쥐고 있던 갈색 머리의 사내가 슬쩍 입꼬리를 말아 올렸다. 이 기운은 오래전 대륙을 혼란케 했던 군주의 살기였다. 그때 당시만 해도 직접 부딪힌 적은 없었지만 광기에 진동하는 이 현상은 제법 느낀 적이 있었다.

"그래. 광군주의 의지를 이어받은 마왕이 있단 말이지."

"왕이시여. 저희 군세를 가로막는 제3의 세력이 나타났습니다."

"알고 있다. 그래서 아인칼을 보낸 것이고 말이지."

충실한 신하들이 일제히 무릎을 꿇는다. 깜깜한 공동 속에서 보이는 것은 흑갑주를 착용한 수만 명의 병사들. 그중에서도 자신의 능력을 인정받아 서열을 높인 기사들만이 자리에 일어 서 있었다.

비록 수만 년 동안 봉인되어 있었지만 이 정도의 군세가 함께 부활했다면 마계 토벌도 그리 불가능은 아닐 것이다. 때문에 일찍이 수인들의 마을을 점령해 첫 전초 기지로 삼으려 했던 것이었지만 때 아닌 마왕의 등장으로 인해 일이 꼬여 버리고 말았다.

-보고 있다면 얘기가 좀 쉬워지겠군. 곧 그리로 가겠다. 타우릿. 네놈에게 다시 한번 영면을 선물해 주도록 하지.

귓가로 헨드릭 프로이스란 마왕의 목소리가 맴돈다. 마치 자신을 알고 있다는 듯한 말투였다.

'내 본명을 알고 있는 마왕이라. 이거 참, 재밌어지는군. 하지만…….'

불사의 군단은 절대 막을 수 없다. 그것이 불사왕, 아니, 타우릿 블레엄이 내린 결론이었다.

두근두근!

마치 기둥처럼 동공 한가운데 세워진 커다란 붉은 비석. 심장처럼 요동치는 비석의 상태에 자연스레 미소가 지어졌다. 저것이 바로 불사의 군단을 다시 재생케 하는 생명의 원천이었다.

'내게 저것이 있는 한 그 누구도 불사의 군단을 멸하지 못할지어다.'

당장은 아인칼이 밀리는 구도였지만 그것도 얼마 가지 않을 것이다. 결국은 마왕과 그들의 병사가 먼저 지쳐 쓰러질 운명이었다.

하지만 그것도 잠시.

-저, 저건 또 무엇이더냐?!

-네놈들을 위한 선물이지. 그레고리. 착지시켜라.

-알겠습니다!

하늘을 비행하던 성이 마을에 착지하더니 이내 수천, 수만의 증원군을 불러들였다. 그런 광경에 타우릿은 기가 막혀 자리에서 벌떡 일어났고, 불사의 병사들도 왕이 당황한 것을 눈치채고 몸을 움찔거렸다.

"마왕성이 비행을 한다고?!"

"와, 왕이시여. 저희 군세에 맞먹는 숫자의 적들이!"

"아하하하. 이거, 참. 어이가 없군. 설마 이 몸을 막기 위해 저런 것까지 준비해 올 줄이야."

전력이란 것일까. 간만에 온몸으로 혈기가 끓어오르기 시작했다.

턱!

거친 손이 얼굴을 감싼다. 손가락 사이로 드러난 눈빛엔 고양감이 물씬 묻어나 있었다.

"좋아. 인정해 주지. 여기까지 도달해 봐라. 헨드릭 프로이스."

왕의 적수. 지금의 놈에게 충분히 자격이 있었다.

[리치 델마누스가 블리자드를 시전했습니다. 극한의 한기가 대지를 뒤덮습니다.]

쩌저적 얼어붙은 흑갑주의 병사들 사이로 도끼날이 파고든다. 가장 먼저 잭 가공소의 이종족들이 달려들자 그다음은 바하무트의 뱀파이어들이었다.

"죽어도 죽어도 계속 부활한다면 차라리 석화시키면 돼!"

"쯔읍. 쯥! 이 자식들. 피에서 비린내가 나는 것 같은데?"

"위험한 놈들은 박쥐로 변신해서 뒤로 도망쳐."

테오스의 정보원들은 물론 영역의 왕들이 직접 이끄는 뱀파이어 대군이었다.

"여기까지 끌려올 줄이야. 젠장. 죽기 싫으면 악이라도 써!"

서쪽의 왕 레폰하르트.

"참으로 해괴한 병사들이로군. 차라리 다리를 노려서 움직임에 제한을 줘라!"

남쪽의 왕 베일리.

"크하하하. 싸움이다. 싸움!"

북쪽의 왕 페툰.

"이런 난전은 별로 땡기지 않는데. 하아, 어쩔 수 없나?"

동쪽의 왕 마틸다까지.

헥토르가 새로운 진혈왕으로 각성한 이후 얼마 되지 않아 A급의 반열에 오른 그들이었다. 비록 중앙의 왕이었던 셀로스가 바쿤의 노예(?)가 되긴 했지만 그 정도는 상관도 쓰지 않는다는 듯 네 명이 똘똘 뭉쳐 뱀파이어들을 지휘하고 있었다.

그리고.

[아이리스가 식물 조종을 시전합니다. 골짜기 인근의 식물들과 교감에 성공했습니다.]

골짜기 좌우로 엔트, 넝쿨 뿌리, 덴드로이드 등등 갖가지 식물형 몬스터들이 내려오자 뒤따라 푸른 갈퀴 용병단도 나서기 시작했다.

-그르르륵!

-속은 텅텅 비어 있는 갑옷 새끼가 기분 나쁘게 연기를 뿜어내고 지랄이여.

-거기서 구시렁거리지 말고 저쪽에 필립이나 도와!

망령들은 현세의 장비를 착용하거나 교체하진 못 했지만 이미 거울성에서 실력을 입증한 최상위 용병단이었다. 때문에 다른 병사들에 비해 뒤처지는 것이 전혀 없었고, 오히려 아이리스를 호위하며 남다른 진형으로 불사의 병사를 상대하고 있었다.

"크루루루루!"

"앗, 그렇게 아무거나 먹어치우는 거 아니야. 재들은 몸에 나쁘다고!"

간간히 마계의 네펜데스 또한 한 몫을 거들고 있는 상황.

화르르륵!

뒤늦게 블랙 야크 고블린들이 불사의 군대 사이로 불길을 만들어내자 소환되어 있던 불사조들의 능력치가 점점 상승하기 시작했다.

"이대로 밀어붙여!"

"좋아. 다들 나를 따르라!"

흡수력의 부작용으로 쉬고 있는 쿨단을 대신해 루시엔이 선봉에 나선다. 그녀를 따라서 오우거, 바질리스크, 트롤들이 일선을 지키고 있었고, 진혈왕 헥토르가 영역의 왕 및 한조 부대를 이끌고 근접 교전에 나서자 밀리고 있던 구도가 역전됐다.

"취이이익. 빙결 마법. 빙결 마법을 사용해라!"

"묘족들의 힘을 보여주자!"

"멀리서 화살을 쏴!"

골드 부대의 원거리 지원, 잭의 장비로 중무장한 묘족들의 돌진, 멀리서 화살로 지원해 주는 다크 엘프들.

그리고.

"흑마도 시작이다. 빌어먹을 것들아!"

미리 준비해 온 시체들에게 생명력을 부여해 흑마도를 발동하는 한성까지. 거의 자멸형 마법인 흑마도였지만 채널링을 시전하고 있던 로드멜이 그룹 힐을 연달아 쏟아붓자 불사의 군대에 못지않은 언데드 대군이 완성됐다.

"위르겐. 추가 증원은?"

"아직까지 없습니다. 페펭."

"좋아. 이대로 돌파한다."

나름 폭주 모드의 숙련도를 쌓은 덕분에 희미하게나마 정신이 유지되고 있었다.

"제가 보조하겠습니다. 마왕님."

"저도 함께 가겠습니다."

성질 변화를 사용한 록시와 광전사의 혈기를 사용한 딩크가 좌우로 보조를 맡자 준비는 모두 끝나 있었다. 미리 위르겐에게 현 상황을 보고 받은 용찬은 망설일 것 없이 전장으로 뛰어들었다.

[겜블 워리어 레버튼이 행운의 오오라를 시전했습니다. 일정 범위 내로 파티원들의 행운 수치를 대폭 상승시킵니다.]

[플레이어 고용찬의 행운 수치가 상승합니다.]

바쿤에 대기 중인 레버튼의 기술로 인해 대폭 상승하는 행운 능력치.

[치명타 성공! 일점 타격의 위력이 두 배로 상승합니다.]

시전하는 기술들마다 높은 확률로 치명타가 작렬했다.

-슬슬 마력이 바닥날 것 같습니다!

-걱정하지 마십시오. 더 페이서 상단에서 준비한 보급 물자들이 바쿤에 가득 있습니다. 언제든 찾아오십시오. 그리고 부상당한 병사들도 신속히 바쿤으로 데려오십시오. 급한 대로 포션으로 치료하겠습니다.

더 페이서 상단주 로버트가 보급을 담당하자 장기전도 문제없어졌다.

-페페펭. 좌측에 창기병 다수!

-랜스 차지를 주로 사용하던 놈들이야. 방패병들부터 앞으로 내세워!

-이런, 우측에 궁병들도 다수 있습니다.

디텍터인 위르겐, 진협. 그리고 집사 그레고리가 지휘 및 상황 전달을 담당하고 있었고, 병사들은 그 세 명의 통신을 믿고 불사의 군대가 갖춘 진형을 돌파해가고 있었다.

-마왕님. 후방에 아인칼입니다!

-페펭. 급한 대로 중력을!

쿠구구궁!

이미 바쿤이 착지한 마을 주변은 영역으로 활성화된 지 오래였다. 때문에 후방에서 급습하던 아인칼에게로 중력을 적용시킬 수 있었고, 그 틈을 타서 용찬이 놈이 들고 있던 랜스를 걷어냈다.

그리고 텅텅 빈 갑옷을 걷어차며 칸과 켄 쪽으로 보냈다.

"키에에엑. 부수자!"

"키에엑. 부숴!"

-뭣이?!

기체술로 강화된 칸과 켄의 샴쉬르와 몽둥이가 랜스를 강타한다. 웨폰 브레이크 기술을 배워두었던 두 블랙 야크 고블린의 공격에 은백의 랜스는 금방 금이 가기 시작했고, 우측으로 치고 들어온 딩크의 철퇴에 끝내 산산조각 나고 말았다.

-히히히힝!

-이, 이런. 여기선 후퇴를!

"어딜 가려고!"

록시의 거대한 마력 팔이 아인칼의 신형을 짓누른다.

화르륵!

꺼지지 않는 흑염이 솟아오르자 해골 기사가 착용하고 있던 갑주는 순식간에 타들어갔고, 광기로 물든 마왕이 대지를 발로 내리찍자 커다란 크레이터가 생겨났다. 그리고 스노우맨이 번쩍 뛰어올라 크레이터로 몸을 던지자 저항할 세도 없이 아인칼이 바닥으로 꺼졌다.

"이대로 전진한다."

한마디.

그저 마왕의 한마디에 사기가 끓어오른다.

"키에에엑. 불한당. 돌진하라!"

"키에엑. 마왕님의 뒤를 따르라!"

죽어도 재생해 부활하는 불사의 군단이었지만 아인칼과 일부 병사를 제외하면 대부분 등급이 낮았다. 때문에 이런 역습이 가능할 수 있었다.

파지지직!

돌진.

쩌저적!

그저 돌진.

콰콰콰쾅!

오직 앞만 바라보고 돌진하는 바쿤의 군세에 적의 진형은 단숨에 붕괴될 수밖에 없었다. 또한, 불로 상대를 태우고 빙결 효과로 적들의 움직임을 상쇄한 덕분에 서서히 길이 열리고 있었다.

마치 모세의 기적처럼 열린 중앙의 길. 마왕과 바쿤의 병사들은 그 길을 통해 천천히 앞으로 나아갔다.

[불사왕의 던전에 진입합니다.]

[난이도: A]

[클리어 횟수: 0]

골짜기 끝에 보이는 것은 커다란 동굴. 불사왕이 부활한 장소이기도 한 던전엔 불사의 병사들이 득실거리고 있었지만, 폭주 모드를 사용한 용찬은 거리낌 없이 눈앞의 적들을 때려 눕히며 안쪽으로 진입했다.

-어허, 그러면 안 되지.

-그르륵?!

리치 델마누스가 마법으로 지원을.

"페펭. 여기서 오른 쪽입니다. 거기서 기운이 느껴지고 있습니다!"

기운 감지를 배운 워르겐이 경로 확보를.

"비켜. 다들 비키라고!"

[+ㅅ+]

섬무를 시전하는 루시엔과 회복에 성공한 쿨단이 선두를

담당하자 금방 내부까지 진입에 성공했다.

저벅저벅.

커다란 동공 속에서 가장 먼저 보이는 것은 왕좌에 앉은 단 한 명의 사내. 마침내 왕이 자리에서 일어나자 그를 호위하던 정예 병사들도 뒤따라 등을 돌렸다.

불사왕 타우릿. 놈은 간만에 호적수를 만난 것처럼 기분 좋은 미소를 띠우며 클레이모어를 꺼내 들었다.

"헨드릭 프로이스라고 했던가."

"불사왕 타우릿."

"호오. 정말로 광군주의 의지를 이어받았군. 어떻게 마왕이 놈을 쓰러트릴 수 있었지?"

"잔말 말고 덤벼라."

증기처럼 피어오르는 검은 연기. 그 속에서 광기로 물든 붉은 안광이 빛을 발하자 살기가 동공을 가득 메웠다.

그리고.

"내 것을 돌려받아야겠어."

불, 물, 뇌전, 어둠이 동시에 신형을 뒤덮었다.

[불사왕 타우릿]

[등급: A(히어로)]

[상태: 불사, 물리 면역, 마법 면역.]

불사왕은 기본적으로 네 개의 패턴을 가지고 있다. 전생에서 용찬이 겪은 패턴은 세 번째까지이며 마지막 최종 패턴은 아직까지 경험해 본 적이 없었다.

'최대한 네 번째 패턴까지 가기 전에 끝낸다. 그리고…….'

정예 기사들이 보호하고 있는 붉은색 비석이 보인다. 일명 생명의 비석이라 불리는 무한 재생의 원동력. 저것이 불사의 군단을 탄생케 만든 원인이었다.

-미친. 타우릿은 그렇다 치고 정예 기사들조차 A급에 속하잖아. 저놈들도 무한한 재생력을 가지고 있다면 최대한 빨리 끝내야 해.

"그래야겠지. 너희들은 저놈들을 맡아라."

"으흐흐흐. 저놈들은 바깥에 떨거지들보단 나아 보이네."

정예 기사들과 나머지 병사들은 자연스레 바쿤 병사들의 몫이 됐다. 진협의 서포트를 받고 있던 용찬은 통신 수정구를 품속에 집어넣은 뒤 타우릿과 마주 섰다.

놈의 주무기는 양손 클레이모어. 느린 공격 속도를 가진 대신 살상력이 높은 무기 중 하나였는데, 지금의 놈에겐 그런 단점 따위 존재하지 않는다고 봐야 했다.

"오오, 속성력을 네 가지씩이나. 도저히 마왕이라고 볼 수 없는……."

"네놈은 입으로 싸우나 보지?"

뇌안, 뇌보, 다크 윙, 레이지 드라이브를 중첩해서 사용하자 금방 무릎이 타우릿의 복부로 도달했다.

퍼억!

강제로 높이 띄워지는 신형.

한쪽 팔을 붙잡고 그대로 일점 타격을 꽂아 넣자 상체로 큰 구멍이 생겨났다. 그리고 그 구멍 속으로 인페르날을 발동하자 꺼지지 않는 흑염이 내장과 살점들을 태워갔다.

"크흐흐. 좋아, 좋아. 이렇게 나와줘야지. 안 그런가. 광군주?!"

타우릿은 입에서 피를 쏟아내면서도 여유로웠다. 하지만 그런 태도도 잠시. 빛을 발하던 어깨의 벡터가 안면에 적중하자 가공할 충격파가 눈앞의 모든 것을 분해시켰다.

털썩!

완전히 머리통과 상체 일부가 날아간 불사의 왕. 보통 보스였다면 이미 즉사하고도 남을 상태였지만 놈은 죽음이 우습기라도 한 듯 몸을 재생하며 일어났다.

"병사들과 똑같이 취급하면 안 되지. 속성력으로 큰 피해를 입혀본다고 한들 이 무한한 재생력이 있으면 이따위 부상쯤은 별것 아니야."

"……."

"재생의 원인을 저 비석으로 보고 병사들을 함께 데려온 것 같은데. 절반은 맞고 절반은 틀렸어. 나는 불사의 병사들과 달리 자체적으로 재생을 한다고. 자, 이제 어쩔 거냐. 광군주, 아니, 마왕 헨드릭 프로이스."

마치 이 상황을 즐기듯 여유롭게 웃으며 물어온다.

타우릿의 말대로 생명의 비석은 단지 불사의 병사들에게 재생력을 줄 뿐 왕에겐 전혀 영향이 없었다. 또한, 놈은 생명의 비석조차 재생시키는 능력까지 가지고 있었다. 즉, 군세를 막기 위해선 지배자인 왕을 먼저 처치해야 된다는 것.

"이러다간 네놈의 병사들이 먼저 쓰러질 것 같……."

덥석!

갈퀴처럼 솟아난 검은 손이 안면을 움켜쥔다. 물리 및 마법 면역을 뚫고 온몸을 감전시키는 뇌전의 속성력. 아예 머리째로 붙잡아 바닥에 내리꽂자 왕의 신형이 기역자로 꺾어졌다.

그리고.

"걱정 마라. 그따위 생각이 들지 않을 정도로 수백, 아니, 수천 번은 죽여줄 테니."

광기에 휩싸인 마왕이 조소를 흘렸다.

파지지직!

용찬이 불사왕을 맡고 있는 사이 바쿤의 병사들은 정예 기사들을 상대로 치열한 접전을 벌이고 있었다.

"칫. 전혀 틈을 안 주잖아!"

정예 기사들의 숫자는 총 열 명. 하나같이 백색 갑주를 착용한 가운데 각기 다른 무기로 여유롭게 대처에 나서고 있었다. 바깥의 병사들과 달리 깔끔한 진형을 구축하는 것은 물론 동료들끼리 정확히 합까지 맞추고 있어 상대하기엔 버거운 놈들이었다.

[정예 기사 페이쳐가 홍련의 화살을 시전했습니다.]

[진혈왕 헥토르가 나선의 창을 시전했습니다.]

콰앙!

허공에서 폭발하는 붉은 빛의 화살. 간신히 나선의 창을 통해 막아냈지만 위력이 얼마나 강한 것인지 사방으로 비산하는 파편들조차 매서웠다.

"히잉. 누님. 재들 너무 강해요."

"알고 있으니까 징징거리지 마. 젠장. 어떻게든 저 헬름 투구 자식부터 뚫어야 할 텐데."

"다른 병사들은 전부 바깥에 있으니 우리끼리 알아서 해결할 수밖에. 일단 다시 간다."

헥토르와 루시엔이 난색을 표하자 록시가 지친 숨을 가다듬으며 다시 돌진했다.

우선 목표는 방패병으로 보이는 헬름형 투구의 정예 기사. 버빌서란 이름을 가진 놈은 쿨단처럼 방어력에만 치중되어 있던 것인지 커다란 카이트 방패에 온 힘을 집중시켰다. 그리고 마력이 담긴 팔이 횡으로 치고 들어오자 타이밍에 맞게 공격을 튕겨냈다.

"이번에는 내 차례다. 빈 깡통 새끼야!"

-하찮은 놈이 감히!

좌측으로 치고 들어온 딩크의 철퇴가 레이피어에 가로막힌다.

[정예 기사 판론이 제이빌 2식을 시전합니다.]

[기력이 담긴 쾌속의 찌르기가 발동됩니다.]

슈수수수숙!

눈으로 도저히 좇아가지 못할 속도의 찌르기가 털로 수북한 온몸을 위협했다. 민첩 및 속도가 빠른 적은 취약이던 딩크는 재빨리 뒤로 물러났지만 이미 신형엔 구멍이 송송송 뚫려져 있었다.

[로드멜이 그룹 힐을 시전합니다. 채널링의 효과로 인해 딩크,

루시엔, 록시의 생명력이 회복됩니다.]

다행히 멀리서 서포트를 해주는 로드멜 덕분에 부상은 금방 회복이 됐지만 좀처럼 전투의 흐름을 가져오지 못하고 있었다. 물론 마왕성 바쿤이 마을에 착지한 덕분에 보급은 지속적으로 이어지고 있었지만 바깥엔 아직도 죽지 않고 살아나는 불사의 군세가 남아 있었다.

'더욱 피해가 커지기 전에 어떻게든 저 비석이라도!'

정예 기사들의 틈 사이로 붉은색이 비석이 눈에 들어온다. 거의 4년간 누구보다 노력하며 실력을 쌓아왔다고 생각했지만 아직도 부족했다.

A급이란 높은 벽. 마왕성의 주인인 용찬은 아주 가볍게 뛰어 넘었지만 그의 병사들은 아니었다. 때문에 루시엔은 평소보다 더욱 냉정히 상황을 들여다보게 됐다.

'잘 봐둬라. 꼬맹아. 네가 어깨너머로 훔쳐 배우던 그 기술들이 전부 하나로 이어지는 길 중 하나였단 것을.'

'뭐?'

'매화, 련, 섬무. 이것들이 합쳐지면 어떻게 되는지 똑똑히 봐둬.'

문득 유이치가 구사했던 구룡섬이 떠올랐다. 플레이어들은 오로지 스킬 및 특성을 아이템과 스킬북으로 배웠지만 NPC들은 특정 조건 및 수련을 통해서도 터득할 수 있었다.

'그 작은 가능성에 모든 것을 걸어본다.'

가장 먼저 적의 허점을 파고드는 매화, 그 다음은 역습을 가하는 련, 마지막으로 속도를 자유자재로 제어하는 극한의 속공 기술인 섬무. 상황 자체만 놓고 보면 시도할 가치는 충분히 있었다.

[@ㅅ@]

"조금만 더 버텨. 뼈다귀 자식아!"

[ㅠㅅㅠ]

"후우. 여기서 반드시 성공시킬 테니까."

굳이 무리하게 빈틈을 만들 필요는 없었다. 아니, 오히려 여기선 자신이 동료들에게 빈틈을 만들어줘야 했다.

지이이잉!

붉은색과 푸른색으로 번쩍거리는 레이저 소드. 쿨단, 딩크, 록시가 일선에서 고전하고 있는 가운데 루시엔의 기력이 점점 형상화되어 가고 있었다.

하지만 그것도 잠시.

[실패! 특수 조건을 달성하지 못했습니다.]

용의 형상으로 만들어지던 기력이 순식간에 흩어졌다.

"왜, 왜 안 되는 거야?!"

"거기서 뭐 하는 거예요. 누님!"

"잠깐만 기다려 보…… 커윽!"

"헙. 누님?!"

긴 사슬낫이 어깨를 스치고 지나간다. 후방에 있던 정예 기사 데빈이 무언가를 준비하던 루시엔을 발견한 모양이다.

그런 광경에 헥토르가 급히 진혈왕의 영역을 선포하며 파마의 장창과 단창을 뽑아 들었지만 혼자서 원거리 기술들을 막기엔 무리였다.

뚝! 뚝!

상당한 출혈에 피가 뚝뚝 떨어지는 가운데 굳어져 있던 인상이 풀려갔다.

'무조건 따라 하려 들지 마라. 깨달음을 얻었다면 네 방식대로 그것을 해석해라.'

천금 같았던 용찬의 조언. 그때 당시만 해도 제대로 이해하지 못했지만 수많은 실패 끝에 무언가 갈피가 잡혀왔다.

'그래. 굳이 따라 할 필요 없어. 다크 엘프인 내 방식대로 기술을 구사하면 돼.'

용으로 승천하진 못 한 이무기는 늘 하늘로 날아오를 날만 기다리며 힘을 키웠다. 비록 하늘의 지배자는 아니었지만 지금은 땅의 지배자로 충분했다.

[조건 달성! 구사섬을 터득했습니다!]

똬리를 튼 뱀처럼 긴 몸통이 생겨난다. 독을 품은 채 먹잇감이 오기만을 기다리던 한 마리의 독사. 레이저 소드에서 뿜어진 기력이 완전히 뱀의 형상을 만들어내자 자연스레 신형이 쏘아졌다.

까앙!

한 번.

까아앙!

두 번.

서걱!

연달아 세 번째까지.

마치 소닉 붐 현상처럼 신속으로 움직여지는 신형 속에서 시퍼런 검날이 정예 기사들의 갑주에 큰 충격을 안겨주었다.

그리고 탱탱볼처럼 튕겨지는 신형이 멈춰 서자 딩크가 그 틈을 놓치지 않고 방패병인 버빌서에게 몸을 던졌다.

"지금이다. 이 자식들아!"

"쿨단 님!"

-완료 준비!

뒤따라 경로 차단이 중앙으로 발동되자 백색의 벽이 정예 기사들을 둘로 갈라놓았다.

[진혈왕 헥토르가 정밀 사격, 스나이핑을 발동합니다.]

[록시가 청광을 발동합니다.]

슬로우 모션처럼 천천히 흘러가는 공간 속 시간. 가장 먼저 헥토르의 화살이 비석 앞에 있던 마지막 정예 기사의 신형을 밀쳐내자, 그다음으로 록시의 청광이 붉은색 비석으로 파고들었다.

쩌저저적!

부서진다. 불사의 군단에게 무한한 재생력을 부여했던 원인이 서서히 부서져 가고 있었다.

"크하하하. 내가 말했을 텐데. 생명의 비석 따위 다시 만들면 된다고!"

실낱같은 희망을 깨부수듯 불사왕이 병사들을 비웃는다. 앞서 말했듯이 놈은 생명의 비석을 다시 만들어내는 능력을 가지고 있었다.

하지만 그런 짓을 하게 내버려 둘 광군주가 아니었다.

"내가 그것을 가만히 보고만 있을 것 같나?"

"크윽. 이 자식이?!"

"무한한 재생력이 끊긴 이 찰나의 순간. 이 짧은 순간이 네놈이 패배하는 요인이다."

전생에서 한 차례 불사왕을 꺾었던 용찬이 타우릿의 능력들을 모를 리가 없었다. 오히려 놈의 특징을 모두 알기 때문에 병사들에게 생명의 비석을 맡긴 것이다.

이로써 바깥에 있는 불사의 군단은 일시적으로 재생이 불가능할 터. 이제 골짜기에 남겨두었던 A급의 전력들과 바쿤의 군세만 던전 안으로 진입하면 게임은 끝이었다.

"이대로 재생되는 생명의 비석을 계속해서 파괴해 주마. 그리고……."

화르르륵!

다시금 흑염이 동공 안을 뒤덮고 그 속에서 악마의 날개가 펄럭거린다. 서서히 던전 내부로 진입하는 바쿤의 군세들. 마침내 마왕의 앞으로 집결한 충성스러운 병사들이 동시에 하늘 위를 올려다본다.

그리고.

"네놈에게 두 번째 영면을 선사해 주지."

지배자의 카리스마가 온 전장을 가득 메웠다.

오래전, 광군주가 대륙을 혼란케 하던 시절. 그때 불멸의 생명력을 지니고 있던 타우릿은 자신의 신하들과 함께 힘을 비축하고 있었다.

불사의 군단을 가능케 했던 생명의 비석. 그 원천을 발견했던 불사왕은 광군주가 영면에 처할 날만을 고대하며 군대를 양성했다. 그리고 생명의 비석과 자신의 몸을 연결시키던 날, 처음으로 세상 바깥으로 나갔다.

'광군주가 드디어 영면에 처했군. 어리석은 녀석. 놈은 너무 준비성이 없었어. 어떻게 대륙을 지배하는지 내가 알려주지.'

인간, 마족, 이종족을 얕보던 광군주의 최후는 매우 허무했다. 겨우 단 한 명의 마왕에게 영면을 당했으니 죽어서도 억울해할 것이다.

하지만 자신은 달랐다. 이미 불사의 군단은 완성됐고, 생명의 비석이 파괴된다고 해도 다시 재생하면 끝이었다. 그런 철저한 준비 끝에 원정에 나선 타우릿은 자신감이 넘쳤다. 그리고 정벌 과정도 매우 만족스러웠다. 현 마계의 일인자인 그녀를 만나기 전까진 말이다.

'흐응. 죽어도 죽지 않는 병사라. 그야말로 불사의 군대로구나.'
'크하하하. 네가 마계의 지배자더냐?'
'마계의 지배자는 좀 우습고 그냥 간단히 마황이라 불러주지 않겠어?'

자신을 마황이라고 칭한 흑발의 마족 여인. 그 폭군이던 광군주조차 단신으로 제압했던 그녀는 무척이나 강했다.
무한한 재생력을 가지고 있던 병사들을 단숨에 전멸시킬 정도였으니 실력은 결코 부정할 수 없었다.
때문에 몇 날 며칠을 지새우며 생명의 비석을 재생시킨 타우릿이었지만, 마황은 끄떡도 하지 않고 오히려 불사왕을 마계 서부 끝자락까지 몰아붙였다. 그리고 생명의 비석, 불사의 군대, 불사왕을 한꺼번에 봉인시키며 대륙을 혼란을 연달아 종결시켰다.

그게 수만년 전의 일.
지금 생각해 봐도 어이가 없어 웃음이 나올 지경이었다.
'또다시 그렇게 허무하게 당할 순 없는 노릇이지.'

이번 생의 첫 상대는 헨드릭 프로이스란 마왕이었다. 광군주의 의지를 이어받은 것은 물론 불사의 군대를 압도하는 군세를 가진 채 자신을 던전 안까지 몰아넣었지만 이 정도는 우스운 수준이었다.

'마황 르네. 그녀보단 약하다. 고로 이 전쟁의 승리는 나의 것이다!'

그저 놈의 속성력에 농락당하기만 하던 육신이 청색으로 물들어간다.

푸쉬이이익-!

수증기처럼 피어오르는 기력과 마력.

"네놈의 군사들을 이곳으로 불러들인 것을 후회하게 될 거다."

마치 연기처럼 동공 안을 가득 메우는 기력과 마력의 흐름 속에서 타우릿이 청안을 드러냈다.

[불사왕 타우릿이 기력 지배를 시전했습니다. 지정된 공간 속 기력을 조종합니다.]

[마력 지배를 시전합니다. 지정된 공간 속 마력을 조종합니다.]

'한껏 열이 받았나 보군. 한 번에 세 번째 패턴까지 넘어갈 줄이야.'

이로써 동공 안에서 기력과 마력을 컨트롤 하는 것은 불가능해졌다. 던전 안에 진입한 바쿤의 병사들이 기력과 마력을 지배당하는 것은 물론 용찬마저 오로지 속성력만으로 전투를 이끌어 가야만 하는 상황이었다.

"뭐, 뭐야. 내 기력이 빨려 들어가고 있어?"

"너희들은 생명의 비석에 집중해라. 그리고 쿨단. 네놈이 책임지고 입구를 봉쇄해."

-한다. 막는다. 입구를!

마침 산산조각 나던 비석의 파편들이 복원되기 시작했다.

불사왕은 빨아들인 기력과 마력을 정예 기사들에게 나누어 주었고, 안으로 진입한 바쿤의 병사들은 대부분의 기술이 봉인된 채로 강화된 정예 기사들을 상대하게 됐다. 때문에 즉시 쿨단과 방패병들을 입구로 보냈지만 바깥의 군세를 전부 막긴 무리였다.

'최대한 빠르게 이놈을 제압해야 돼.'

이제부턴 시간 싸움이나 다름없었다.

"크흐흐흐. 자, 이제 본격적으로 시작해 보자고. 네놈이 먼저 나를 쓰러트릴지. 아니면 바깥의 내 군대가 먼저 던전 안으로 진입할지. 무척 기대되는구나."

"끝까지 입만 살았군."

"덤벼라. 헨드릭 프로이스. 이 나를 넘어서 봐라!"

마치 다이너마이트처럼 클레이모어에 뭉친 기력이 일직선으로 터져 나간다.

세 번째 패턴에 들어서면서 본격적으로 반격에 나서기 시작한 불사왕. 그런 놈의 기술을 가까스로 피해낸 용찬은 미리 환영 분신을 생성해 시선을 분산시켰다.

[불사왕 타우릿이 목표 포착을 시전했습니다. 진실된 존재를 발견합니다.]

[그림자 이동술을 시전합니다.]

단숨에 허상들 중 진짜를 발견해낸 타우릿의 클레이모어가 허공을 가른다. 간신히 놈의 그림자로 이동한 덕분에 별다른 피해는 없었지만 반월처럼 날아간 검기가 용찬을 대신해 바쿤의 병사들을 베어 넘기고 있었다.

"끄아아악! 내, 내 팔이!"

신체 일부가 절단된 이종족들이 고통의 비명을 내지른다.

하지만 그것도 잠시. 미리 언데드 대군을 만들어 두었던 한성이 시체들을 앞으로 내세워 바쿤의 병사들을 지키기 시작했다.

"이 멍청한 새끼들아. 전부 뒤로 빠져. 내 언데드 병사들로 몸빵 시킬 테니까!"

-이거 참, 마력을 지배당하니 보호 마법을 쓰는 것조차 어렵군.

"봤냐. 리치 새끼야. 네가 아무것도 못 할 때 나는 언데드를 활용해 병사들을 지키고 있다고. 이제 좀 주인이 달리 보이냐?"

-쯔쯧. 한심한 것.

"뭐야?!"

한성과 델마누스가 티격태격 거리는 사이 섬뜩한 청안이 불을 뿜었다.

"내 앞에서 한눈을 파는 거냐?!"

"크윽!"

"자, 좀 더 실력을 뽐내봐라. 이건 너무 시시하지 않은가?!"

흑색 검신의 클레이모어가 얼음 방패인 나이기스를 꿰뚫는다. 따로 기공술까지 발동해 두었지만 기력을 지배당해 방어력이 최하로 낮아져 있었다.

'네 번째 패턴에서 끝을 낸다. 그때까진 어떻게든 버텨야 해.'

공간 속으로 스며드는 한기가 발목을 얼어붙게 만든다.

화르르륵!

뒤따라 끓어오르던 흑염이 얼어붙은 살점 채로 놈의 신체를 불태워 갔지만 불사왕답게 금방 몸을 재생시켜 버렸다.

할 수 없이 뇌전을 방출하며 뒤로 물러나 어둠화를 재시전하는 용찬이었지만 이동 속도까지 급상승한 타우릿을 묶어두기엔 무리가 있었다.

까앙! 까앙!

좌우로 튀어 오르는 불똥에 이리저리 두 눈동자가 굴러간다.

-우측에서 온다! 여기서 한번 틈을 내줘!

'그래야겠지.'

진협의 목소리에 온몸이 굳어졌다. 놈의 속도를 추월할 수 없다면 차라리 틈을 내주어 억지로 틈을 만들어야 했다. 그리고 그 시도는 정확히 먹혀들었다.

카앙!

"뭣이?"

스톤 스킨의 효과로 클레이모어가 팅겨져 나가자 그 반동으로 인해 타우릿의 균형이 일시적으로 무너졌다.

촤르르륵!

가장 먼저 어둠의 쇠사슬이.

쩌저적!

두 번째로 강렬한 한기가.

파지지직!

세 번째로 전신을 감전시키는 뇌전이.

화르르륵!

마지막으로 살점을 태우는 흑염이 대지를 뒤덮자 네 가지 속성력이 한데 모였다.

얼어붙은 채 감전되고 녹아드는 반복적인 과정. 뒤늦게 붉은 안광이 이채를 발하자 양 손으로 어둠이 몰려들었다.

[필리모터의 효과가 발동 됩니다. 마그나카르트타가 공명합니다. 흑룡왕의 진노 활성화! 파이렛 3식이 발동 됩니다.]

수십 번씩이나 재생되는 타우릿의 신형으로 파고드는 주먹 세례. 관통 효과까지 부여된 상태에서 흑염의 위력까지 증폭되자 끊임없이 신체를 복원하던 재생력에 제동이 걸렸다.

"끄아아아아. 이 자시이이익!"

"아무리 불사왕이라도 고통은 남들과 똑같이 느낄 테지."

"죽…… 여 버릴 테다!"

뼛속까지 스며드는 불길에 가슴팍의 살점들이 타들어 간다. 벌어진 균열 사이로 보이는 것은 타우릿에게 불사의 능력을 부여한 원인. 바로 생명의 원천이라고 하는 재생의 돌이었다.

정확히 심장부에 박혀 있는 붉은색 돌에 입가가 슥 올라갔고, 흑염 속에서 발버둥 치던 놈이 마침내 네 번째 패턴에 들어섰다.

[불사왕 타우릿이 생명력 흡수를 시전했습니다. 일정 시간 모든 피해를 생명력으로 흡수합니다. 일정 시간 동안 상대방에게 피해를 줄 시 그 대상의 생명력을 흡수합니다.]

이젠 고통조차 즐기기 시작한다. 피해를 받든 주든 모든 것은 자신의 생명력으로 흡수되니 더 이상 망설여지는 것도 없을 것이다.

"날 여기까지 몰아붙일 줄이야. 칭찬해 주마. 헨드릭 프로이스!"

"네놈의 칭찬 따위 듣고 싶지 않은데 말이지."

"듣고 싶지 않아도 들어야 할 거다!"

검은 불길을 헤집고 튀어나온 클레이모어가 정면으로 쇄도했다. 네 번째 패턴에 들어서면서 위력까지 함께 증가한 탓에 검날을 그대로 막아내는 것은 무척이나 위험했다.

하지만 용찬은 그런 위험조차 감수하며 달려들었다.

그리고 시작된 두 남자의 혈전.

퍼억!

뇌전이 실린 주먹이 안면을 강타하자 타우릿의 신형이 밀려난다.

"그래. 좀 더 공격해라. 모든 피해는 나의 생명력으로 뒤바뀐다. 그리고……."

푸욱!

복부로 파고드는 흑색 검신의 클레이모어. 깊은 내상에 입 밖으로 피가 울컥 쏟아졌지만 용찬은 물러서지 않았다.

"내가 주는 피해조차 생명력으로 변환되지."

"……."

"크하하하. 이젠 자포자기라도 한 거냐. 내 검날을 피하지도 않다니!"

"애초에 피할 필요가 없으니까 그런 거다."

치열한 공방 끝에 박살이 난 흉갑의 파편들이 우수수 떨어져나간다. 이미 복부엔 깊은 자상이 생겨난 상황. 그럼에도 불구하고 용찬은 입가에 미소를 띠며 복부에 박힌 검날을 건틀렛으로 잡아챘다.

슈우우우웅!

둘 사이로 휘몰아치는 폭풍 같은 바람.

[페어리의 신발의 효과가 발동됩니다. 바람의 소용돌이가 시전 됩니다. 주위로 소용돌이가 몰아칩니다.]

아예 동공 안에서 소용돌이를 시전하자 근처에 있던 바쿤 병사들까지 멀리 날아가기 시작했다. 그런 광경에 당황한 타우릿은 검 손잡이를 잡아당겼고, 용찬은 끝까지 검날을 붙잡은 채 버텼다.

"떨어져라. 헨드릭 프로이스!"

"불가."

"이, 이 자식이!"

"누가 먼저 죽는지 한번 내기해 볼까."

광기가 담긴 미소에 오한이 들린다. 소용돌이 안에서 퍼져가는 흑염. 불의 정령과 계약한 용찬은 별다른 피해가 없었지만 불사왕 타우릿은 끝없는 고통 속에서 계속 재생이 반복되고 있었다.

퍼억! 퍽! 퍽!

"떨어져. 떨어져어어어어!"

"쿨럭, 쿨럭. 왜 그러지. 불사왕. 왜 겁에 질려 있나?"

흠씬 두들겨 맞아도 결코 떨어지지 않았다. 오히려 안면을 구타당하면 당할수록 더욱 검날을 끌어안았다.

정녕 미친 것일까. 도저히 이해할 수 없는 행동에 불사왕은 혼란에 빠졌고, 얼마 되지 않아 검 손잡이를 놓게 됐다.

"어, 어리석은 놈. 이렇게 검을 포기하고 빠져나가면……."

"어딜 가려고 그러지?"

"이것은?!"

소용돌이를 뒤덮고 형성되는 또 하나의 경계. 겜블 워리어인 레버튼이 최상급 보물 상자에서 뽑아냈던 아이템이 용찬의 입에 물려 있었다.

[레지너스의 결계를 사용했습니다. 일정 시간 동안 기력, 마력, 물리력이 통하지 않는 결계가 소환됩니다.]

[사용 횟수를 초과해 아이템이 제거됩니다.]

비록 일회용 아이템이긴 했지만 효과는 무척 쓸 만했다. 입안에서 사르르 녹아드는 구슬 모양의 아이템에 불사왕의 두 눈이 휘둥그레졌고, 도저히 기술이 통하지 않는 결계에 끝내 고개를 돌리고야 말았다.

'어, 어째서 이렇게까지?'

생명력에 한계가 있는 마족이었다. 자신과 달리 재생조차 불가능한 한낱 생명체이지 않던가. 한데, 놈은 죽는 것도 두렵지 않은 것인지 자신의 목숨까지 불사르며 발을 묶고 있었다.

악마, 아니, 악마보다 더욱 사악한 존재였다.

덥석!

그런 괴물 같은 정신력에 기가 질려 있던 차, 악마의 손길이 어깨를 짓눌렀다.

"왜 그러지. 무엇이 그리 불안하지?"

"이, 이거 놔라!"

"어디 그 무한한 재생력에 대해서 다시 떠들어봐. 벌써 이렇게 조용해지면 어떡해?"

"괴, 괴물 자식!"

"뭐라고?"

"네놈은 괴물이다아아아!"

공포에 질린 목소리에 절로 입꼬리가 올라간다. 자신이 괴물이라면 눈앞에 있는 놈은 대체 무엇이란 말인가. 인체의 내부가 훤히 들여다보이는 것은 물론 타들어가던 살점까지 계속해서 재생되고 있지 않은가. 이런 그로테스크한 광경을 연출시키는 놈이 더욱 괴물에 걸맞지 않을까.

"내놔."

"뭣?!"

"이제 내 것을 돌려받아야겠어."

용찬의 손이 가슴팍에 박혀 있던 생명의 돌로 향한다. 한창 겁에 질려 있던 타우릿은 저항할 새도 없이 생명의 원천을 붙잡혔다.

"아, 안 돼. 이것만은!"

"……."

"제발, 이러지 마. 이것은……."

불사왕이 고개를 저으며 뒷걸음질 친다. 불로불사를 손에 넣은 자가 이리도 꼴사납게 목숨을 구걸하고 있었다.

"불가."

악마에겐 자비가 없었다.

푸샤아아악!

손을 잡아당기자 살점 채로 뜯겨져 나가는 생명의 돌. 피가 분수처럼 쏟아지는 가운데 무한한 재생력을 가지고 있던 불사왕의 신체가 먼지처럼 흩어지기 시작했다.

"아, 안 돼. 이럴 순……. 이럴 순 없어!"

불사의 군대를 만들었던 불사왕 타우릿. 비참히 바닥을 기어 다니던 그는 애절하게 손을 뻗으며 고개를 들어 올렸다. 그리고 마지막으로 볼 수 있었다.

'아아.'

자신을 내려다보며 광소를 자아내는 악마를.

그렇게.

스르르륵.

불사왕은 영면에 처했다.

◀ 84장 ▶

흑단

[생명의 돌을 제거했습니다. 무한한 재생력 특성이 소멸됩니다. 불사왕이 영면에 듭니다.]

불로불사의 힘을 얻어냈던 불사의 왕 타우릿. 하지만 균형을 중시하는 하멜에서 영원히 죽지 않는 존재 따윈 있을 수 없었다. 그 증거로 놈은 무한한 재생력의 원천이던 생명의 돌을 빼앗기자마자 소멸당해 버렸지 않은가. 이제 생명의 비석과 상관없이 불사의 군대는 모조리 전멸당한 것이나 다름없었다.

'드디어 전생의 장비들을 모두 되찾은 건가.'

활활 타오르던 시체가 재로 돌아가자 왕이 착용하고 있던 흑갑주가 바닥으로 떨어졌다.

불사자의 투구(유니크), 불사자의 전신 갑주(유니크), 불사자의 장갑(유니크), 불사자의 부츠(유니크).

무려 200%의 자연 치유력, 정밀한 흉갑의 세 배씩이나 되는 방어력, 하루에 한 번씩 발동할 수 있는 '드레인 모드' 스킬까지. 그 외 다른 효과들도 각각 부위에 달려 있긴 했지만 이 세 가지 효과가 불사자 세트의 핵심이었다.

'그리고 이건…….'

손에 쥐어져 있던 생명의 돌이 가루가 되어 흩어진다.

'역시 생명의 돌은 전생과 똑같이 사라지는군.'

불사왕처럼 무한한 재생력을 가질 기회. 하지만 그런 기회가 쉽게 찾아올 리 없었다. 헛된 기대감에 용찬은 쓴 웃음을 흘리며 자리에서 일어났다. 그리고 한달음에 달려온 로드멜의 집중 치유를 받으며 루시엔에게로 고개를 돌렸다.

[댄싱 기사 루시엔]

[등급: A]

[상태: 만족.]

마침내 바쿤의 고유 병사들 중에서 첫 번째 A급 병사가 탄생했다. 그 주인공은 다름 아닌 다크 엘프 루시엔이었고, 그녀는 처음으로 자신만의 기술을 만들어냈단 사실에 넋을 놓고 있었다.

"……이게 구사섬?"

"네 방식대로 기술을 변형시킨 거다. 그리고 그게 A급이란 벽을 뚫는 돌파구가 되었지."

"아……!"

"그래. 이제 넌 A급이다. 루시엔."

강함에 대한 욕심과 삶의 원동력이 되었던 복수심. 그 두 가지가 D급이던 루시엔을 여기까지 이끌어준 것이나 다름없었다. 본인도 뒤늦게 그것을 자각한 것인지 금세 얼굴이 환해졌고, 다른 병사들의 축하를 받으며 성취감을 잔뜩 만끽하고 있었다. 그리고 입구를 지키고 있던 쿨단과 방패병들까지 전부 돌아오자 모두의 시선이 용찬에게로 향했다.

작센 지역의 이종족들, 바쿤 영역의 다크 엘프들, 바하무트 왕국의 뱀파이어들, 아이리스를 호위하던 푸른 갈퀴 용병단, 로헬런의 묘족들, 바쿤의 병사들까지.

처음으로 총집결해 적을 무찌른 바쿤만의 군세였다.

"마왕님. 한 말씀 해주시죠."

"별로 말할 것도 없는 것 같군. 당연한 승리였을 뿐이다."

"와아아아아-!"

그레고리의 박수를 시작으로 커다란 환호성이 공동 안으로 울려 퍼졌다.

마족, 이종족, 망령 등 종족과 상관없이 함께 만들어낸 대승리.

그렇게.

"돌아간다."

바쿤은 불사의 군세를 잠재우며 또다시 코르덴에서 명성을 드높였다.

"저, 정말로 불사의 군세를 격퇴해 주실 줄이야. 이 수인왕 렘릭. 헨드릭 프로이스 님의 자애에 큰 감동을 먹었습니다!"

"감사합니다. 헨드릭 프로이스 님!"

"감사합니다!"

불사의 군세의 위협에 그리도 큰 곤란을 겪고 있던 것일까. 깔끔히 던전 안의 불사왕까지 토벌하고 돌아오자 살바토의 렛맨들이 동시에 고개를 숙였다.

수인왕 렘릭까지 바닥에 엎드리는 광경에 되려 당황스러운 것은 용찬 쪽이었고, 그는 무보수란 계약서와 상관없이 5백만 골드와 3만가량의 젬까지 건네주며 호의를 표했다.

[수인왕 렘릭의 호감도가 대폭 상승했습니다. 코르덴의 영역 살바토와의 우호도가 대폭 상승했습니다.]

예상치 못한 우호도 증가까지. 이로써 마족들을 경계하던 살바토와의 벽은 어느 정도 허물어졌다고 볼 수 있었다.

"언제든 저희 도움이 필요하면 이 통신 수정구로 연락해 주십시오."

"이건 정말 생각지도 못한 보상인데. 이렇게까지 해주는 이유라도 있는 건가?"

"……사실 코핀에게 헨드릭 프로이스 님에 대해서 좀 들은 게 있습니다. 종족과 상관없이 모든 자들을 포용한다고 말이죠. 르네의 밤 당시 일어난 사건도 그렇고. 저희가 마왕님께 거는 기대 및 희망이 무척이나 많습니다. 부디 서열 1위에 등극하셔서 마계를 올바른 길로 이끌어주시길."

즉, 미래를 위한 투자란 것이다. 뱀파이어, 묘족, 다크 엘프, 언데드, 기타 수인들까지. 이토록 수인들을 아무런 편견 없이 받아들였던 마왕은 없었기에 그들이 거는 기대감은 예상보다 더욱 클 수밖에 없었다.

'위르겐 놈이 말했던 나만의 아군이 이런 것을 뜻했던 건가. 만일 수인왕들까지 움직이게 만들 수 있다면 마계가 한바탕 뒤집어질지도 모르겠어.'

이미 일부 마왕들도 바쿤을 동맹 관계로 여기고 있었다. 비록 몇 명의 마족들은 따로 조건이 붙어 있었지만 강자의 지시엔 꼼짝도 못 하는 것이 현 마계의 실태였다. 이제 남은 것은 서열 1위에 등극해 마계의 통치권을 따내는 것뿐.

그러기 위해선 우선적으로 마계 위원회를 장악해야 했다.

'서열 1위 대현자 아가프. 전생의 장비들은 전부 되찾았지만 과연 영멸의 권능을 가진 놈을 상대로 승리할 수 있을까?'

탐의 특성 못지않게 사기적인 권능인 영멸. 전생은 물론 과거까지 전부 수상하게 그지없는 아가프였다. 어떻게 유태현이 놈을 이긴 것인지조차 밝혀진 게 없는 가운데 선불리 선전포고하는 것은 자멸을 택하는 것이나 다름없을 것이다.

그런 긴 고민에 사로잡힌 채 바쿤으로 돌아왔을까.

"오오, 기다렸네. 헨드릭 프로이스."

"허허, 이 늙은이를 오래 기다리게 만드는구만."

"……대체 이게 무슨 조화인지."

안면이 익숙한 세 명의 마족이 접대실에서 용찬을 맞이했다. 가장 먼저 멋대로 아람을 데려왔던 제이먼 하이델, 과거의 진실을 알려주었던 에칸 리스엘. 그리고 고민의 원인이었던 대현자 아카프까지.

쌩뚱 맞은 조합에 인상이 와락 구겨졌지만 찻잔을 들고 있던 아가프와 눈이 마주치자 금세 눈빛 속으로 살기가 멤돌았다.

"네놈이 여긴 무슨 일이지. 저번 마계 위원회의 의뢰를 끝으로 다시 서열전이 이어지고 있을 텐데."

"걱정 말게. 오히려 난 자네를 도우러 온 것뿐이니까."

"돕는다고?"

"흑단."

푸른 마녀 베로니카와 함께 흑막이라고 예상하고 있던 정체불명의 집단. 그리고 마계 위원회의 최상위 간부로서 마왕성의 모든 시스템을 만들었다던 마계의 관리자. 그런 놈들이 불현듯 언급되자 곁에 있던 제이먼과 에칸의 두 눈까지 휘둥그레졌다.

"몇백 년 전부터 흑단에 대해서 조사해 오던 게 바로 나였지. 그리고 며칠 전에 한 가지 해답에 도달했네."

"그게 뭐지."

"놈들 뒤에 또 다른 무언가가 있다는 것을 말일세."

설마 푸른 마녀의 정체를 알아챈 것일까. 인자하던 두 눈빛이 가늘어지자 방 안으로 묘한 침묵이 흘렀다.

그리고.

-그렇지 않나. 헨드릭 프로이스.

"……."

-아니, 고용찬.

뇌리로 들려오던 고요한 목소리가 서늘한 비수가 되어 심장으로 날아왔다.

'기다리고 있었네. 플레이어 유태현.'

'제 이름을 잘 알고 계시는군요.'

마왕성에서 마주한 서열 1위의 마왕과 영웅이라 칭송받던 플레이어. 마계의 최전선이 뚫리고 끝내 자신의 마왕성까지 함락당하기 직전이었지만 아가프의 표정은 평온하기만 했다. 그런 표정에 위화감은 느낀 태현은 주변을 빙빙 돌면서 그를 경계했다.

'잘 알다마다. 벌써 몇 번째 자네와 얼굴을 마주하는 것인데. 모르면 섭하지.'

'몇 번째?'

'내 권능은 말일세. 참으로 자비가 없어. 상대방이 가진 것 중 하나를 완전히 지워 버리거든. 그야말로 영멸이야. 껄껄껄. 정말 너무하다고 생각하지 않나?'

'......'

'근데 들어보게. 더 어이가 없는 것은 이놈의 권능을 사용하는

대가가 내 기억이란 거야.'

마치 평온한 일상을 즐기듯 아가프가 편안한 자세로 바닥에 앉은 채 네모난 상자를 꺼내 들었다. 혹여 제압용 아이템일까 싶어 미리 그림자를 소환해둔 태현이었지만 다행히 그런 일은 벌어지지 않았다.

'그래서 생각했지. 차라리 지워질 기억이라면 일부만이라도 미리 보관해 두자고. 그래서 이 기억의 보고에 내 일부의 기억을 저장해 두기 시작했어. 다행히 용량에 제한이 없어 편하게 지워진 기억의 일부를 들여다볼 수 있었고, 내 바람도 어느 정도 이루어졌지. 헌데, 어느 날부터 기억의 보고에 이상이 생기기 시작했어.'

'이상?'

'갑자기 보고에 저장된 기억들이 터무니없이 늘어난 게야. 도저히 숫자를 헤아리지 못할 정도로 말일세.'

'대체 아까 전부터 무슨 말을……'

'전생의 기억.'

끊임없이 반복되어 온 하멜의 리셋, 차원의 문제를 해결하기 위해 찾아온 차원 여행자들, 전생의 기억들까지 저장해 온 기억의 보고, 다시금 마주한 대현자 아가프와 차원 여행자 유태현까지.

이런 만남이 한두 번이 아니었단 사실에 태현은 혼란을 느꼈다.

'대체 언제부터…… 아니, 저를 이렇게 만난 게 처음이 아니란 뜻입니까?'

'그렇다네. 차원 여행자 유태현, 아니, 현성휘. 자네는 매번 플레이어들의 영웅으로서 여기까지 돌파했었고, 전생의 기억을 알고 있는 나를 만나서 지금처럼 큰 혼란을 느꼈었지.'

'…….'

'즉, 자네는 실패한 것을 깨닫지 못하고 리셋의 영향으로 매번 이렇게 전쟁을 일으켜 차원의 문제를 해결하려 든 걸세.'

하멜이 계속 리셋됐다는 것은 이미 알고 있던 사실이다. 때문에 플레이어로 잠입해 시스템에 빈틈을 만들려고 했던 것이었건만. 이건 되려 리셋에 함께 집어삼켜져 똑같은 일을 무한적으로 반복하고 있던 셈이다.

하지만.

'믿을 수 없군요. 제게도 그 기억들을 보여주시죠.'

그렇다고 해서 섣불리 적을 믿는 것은 어리석은 짓이었다.

그런 경계 어린 태도에 아가프는 껄껄 웃기 시작했고, 얼마 되지 않아 손에 들고 있던 기억의 보고를 집어 던졌다.

'불가능하네. 이건 오직 나만이 볼 수 있어.'

'사용자 인식 아이템.'

'자, 그리고 여기서 자넨 이렇게 말하겠지.'

'기억을 확인하지 못하는 이상 당신의 말을 섣불리 믿을 순 없습니다.'

'기억을 확인하지 못하는 이상 당신의 말을 섣불리 믿을 순 없습니다. 라고 말일세.'

정확한 타이밍에 똑같은 대사. 그리고 비슷한 어조까지. 미리 예상이라도 하고 있었다는 듯 대사를 따라한 아가프가 즐거운 듯 자리에서 일어나 껄껄껄 웃었다.

'지금 장난하자는 겁니까?'

성휘의 입장에선 상대방에게 농락당하는 기분이었지만 말이다. 그렇게 가벼운 해프닝이 끝나자 점점 바깥이 어수선해지기 시작했다. 아마 타이란트 길드원들이 성휘를 뒤따라 마왕성에 진입하기 시작한 것일 터. 이제 거의 시간이 없단 것을 깨달은 아가프는 다시금 본론으로 들어섰다.

'어떡할 텐가. 이래도 자네는 똑같은 실수를 반복할 텐가?'

'리셋의 원인은?'

'나도 모르네. 그저 알 수 있는 것은 항상 마지막 생존자가 헨드릭 프로이스였단 것. 마지막까지 자네와 함께 살아남는 게 항상 고용찬이란 플레이어였단 것. 그리고 게이트를 넘어가는 순간 리셋이 발생했단 것. 이 정도뿐이네.'

'……헨드릭 프로이스와 고용찬.'

'자, 선택하게나.'

무언가에 사로잡힌 듯 곰곰이 생각하던 절대자의 두 눈가가 가늘어진다. 그리고 뒤늦게 결심을 했단 듯 팔짱을 끼며 입을 열었다.

'뭐, 얘기는 잘 들었습니다. 하지만 목표 클리어는 계속 시도합니다. 여기까지 와서 포기할 수도 없는 노릇이고 말이죠.'

'결국 결론은 그건가.'

'그래서 말입니다만. 당신이 보험이 되어주셨으면 합니다.'

'……오호라.'

'물론 여기서 당신은 죽게 되겠지만 만약 다음 생이나 다다음 생에서 전과 다른 흐름으로 미래가 이어지거나 혹은 제가 이 시기보다 더 일찍 죽게 된다면 즉시 헨드릭 프로이스에게 접근하십시오.'

'이유는?'

'이런 행각을 벌인 놈도 리셋을 그냥 놔두진 않을 것 같아서 말입니다. 리셋의 원인이 제가 아니라면 나머지 하나는 뻔한 것 아니겠습니까. 그리고…….'

잠시 말에 뜸을 들이던 성휘가 시미터를 꺼내 들었다.

'항상 보험은 세 개 이상 정도는 들어놔야 편해서 말이죠. 그래서 거래의 조건은 무엇입니까?'

'클클클. 간단하네.'

대현자로서 마계의 일인자로 꼽히던 마족이 활짝 팔을 벌린다. 이미 삶에 대한 미련을 완전히 버린 듯한 공허한 눈빛이었다.

'부디 이 지긋지긋한 삶을 끝내주게.'

'거래. 성립.'

긴 대화의 맞춤표를 찍듯 서늘한 시미터가 복부를 가른다. 고통은 없었다. 죽음이 다가오는 두려움 또한 없었다.

털썩.

그저 늘 하던 대로 쓰러진 채 계단으로 내려가는 성훠, 아니, 플레이어들의 영웅인 유태현을 바라볼 뿐이었다.

'아…… 기억을 저장하는 것을 잊을 뻔했군.'

서서히 깜깜해져 가는 시야 속에서 실낱같은 마력이 보고로 전달됐다. 이로써 이번 생의 일부 기억도 보고에 저장이 된 셈이었다. 만약 이번 생을 끝으로 하멜의 리셋이 끝난다면 보고를 확인하지 않아도 될 터.

하지만 그것조차 쉽지 않았다.

'보험 얘기도 벌써 몇 번째인지. 끄응. 이런 대화도 지긋지긋해지는군. 과연 이번 생은 어찌 될지. 참으로…… 궁금해…… 지는구만.'

뼛속까지 스며드는 한기에 절로 눈이 감긴다. 대체 이번이 몇 번째 죽음인 것일까. 사뭇 궁금해졌지만 이내 그 해답을 찾는 것조차 귀찮아졌다.

'나 자신을 영멸시킬 수 있었으면 좋았으련만.'

끝내 아쉬움이 발목을 붙잡았지만 이미 대현자의 두 눈은 감겨 있었다.

그리고.

"잠시 자리를 옮기도록 하지."

다시금 눈을 떴을 땐 이미 자신은 헨드릭 프로이스의 앞에 서 있었다.

똑같은 삶이 수십 번 반복되는 느낌은 어떤 느낌일까. 겨우 한 번의 리셋을 겪어 본 용찬으로선 절대 알지 못하는 미지의 영역이었다. 때문에 아가프가 진실을 밝혀올 때도 쉽사리 입을 열지 못했다.

하멜의 리셋을 해결하기 위해 플레이어로 잠입해 게이트를 여는 것을 시도했던 차원 여행자 현성휘. 하지만 그런 시도 끝에 자신마저 리셋에 집어삼켜지며 수십, 수백 번 시행착오를 범했던 전생의 기억들.

비록 본인은 알아채지 못하고 있었지만 언제나 대현자가 그 기억들을 지켜봐 왔었다. 그리고 유태현(현성휘)이 죽자마자 거래했던 대로 이렇게 헨드릭 프로이스에게 접근한 것이었다.

"잠깐. 헨드릭 프로이스는 그렇다 치고 내가 고용찬이란 사실은 어떻게 안 거지?"

"언제나 마지막에 살아남는 자는 항상 유태현과 고용찬이었으니까. 거기서 힌트를 얻은 게지. 어찌 보면 유태현, 아니, 현성휘란 자는 이런 상황까지 예상한 걸지도 몰라."

"……."

최소한의 보험. 그 세 개 중 하나가 자신일지도 모른다는 생각에 절로 인상이 굳어졌다.

'이놈의 추측이 맞다면 완전히 현성휘란 놈에게 놀아난 격이로군. 설마 내 복수심까지 이용한 건가.'

만약 그렇다면 나머지 보험 중 하나는 눈앞의 아가프일 가능성이 높았다. 놈에게 이용당했단 사실에 점점 이가 갈렸지만 이럴 때일수록 더욱 냉정해져야 했다.

"한 가지만 더 묻도록 하지. 어떻게 네가 만든 기억의 보고는 리셋의 영향을 받지 않은 거지?"

"허허, 아닐세. 기억의 보고 또한 리셋의 영향으로 매번 사라졌었어. 단지 안에 든 기억이 다른 차원에 저장되어 그대로 보관되어 있었을 뿐이지."

"……즉, 전생의 기억을 알아차리는 시기가 기억의 보고를 다시 제작했을 때. 라는 건가?"

"그런 셈이지. 자, 보게나."

마치 네모난 퍼즐처럼 생긴 상자가 공중에 둥둥 떠 다닌다.

[기억의 보고]

'이런 아이템이 존재할 줄이야. 그래도 대현자란 호칭 값은 한다 이건가. 유니크 아이템을 손수 제작해 낼 줄이야.'

저장된 기억이 다른 차원에 보관되는 것이라면 전생의 기억을 파악하고 있는 것도 어느 정도 납득이 됐다. 그 증거로 차원의 일부만 연결되어 있던 로헬런도 도시의 시간만 계속 반복되었지 않던가.

대충 전후 과정을 이해한 용찬은 고개를 끄덕이며 본론으로 접어들었다.

"그래서 내게 무슨 용건이 있는 거지. 아까 흑단에 대해서 얘기했던 것 같던데."

"내가 기억의 보고를 제작해 전생의 기억들을 깨달을 때마다 가장 먼저 조사한 것이 무엇인지 아나?"

"헨드릭 프로이스와 플레이어 유태현에 대해서?"

"아닐세. 바로 마계 위원회의 최상위 집단 흑단일세. 항상 똑같은 흐름으로 살아가던 다른 마족들과 다르게 그놈들은 하멜이 리셋 될 때마다 매번 다른 동태를 보였네. 마치 무언가를 실험하듯 말이지. 그리고 이번 생에선 바뀐 미래에 맞춰가듯 순간마다 준비된 무언가를 꺼내 들었고 말이지."

"그게 저번에 내렸던 임무란 건가?"

"정녕 이상하단 것을 못 느꼈었나? 다른 가문들과 위원들이 자네를 방해할 때마다 흑단은 가만히 지켜만 보고 있었네. 그리고 로이스가 있던 샤들리 가문도 그래. 마치 자네가 있는 프로이스 가문을 몰아세우기 위해 준비해 둔 장치 같은 느낌이야."

"……설마."

"그래. 자네가 헨드릭 프로이스의 몸을 얻을 때까지. 수십, 수백 번을 실험하며 이런 상황을 만들어온 거야. 오직 자네를 성장시키기 위해서."

"아니, 잠깐만. 그 과정 도중 내가 죽어버리기라도 하면……."

"그러면 실험은 실패인 거지. 어차피 자네가 죽으면 하멜은 리셋되니까. 다시 시작하면 그만인 게야."

뒷목이 서늘해진다. 이마로 맺힌 식은땀이 흘러내리고 최상층의 방 안은 묘한 기류로 가득해져 갔다.

오직 헨드릭 프로이스를 위한 실험대. 마왕성의 시스템까지 직접 고안해 낸 흑단이라면 충분히 가능성이 있는 얘기였다.

'그렇다면 흑단 놈들은 여태껏 베로니카의 지시를 따라서 이런 실험을 계속 반복해 왔단 건가?'

어쩌면 마왕성과 서열전을 만든 것도 자신 때문일지 몰랐다. 르네가 남긴 마왕성 플레이어의 시스템을 최대로 활용하기 위해서. 그리고 최대한 자신을 성장시켜 마왕으로서의 목표를 클리어시키기 위해서.

'마…… 녀 베로니카!'

붉게 충혈된 두 눈이 커져간다. 이토록 분노를 느낀 적이 또 있었던가. 태현에게 배신을 당했을 때도 이 정도만큼은 아니었다.

"어떻게 하겠나. 나와 손을 잡겠는가?"

"……좋아. 네놈을 이용해 주도록 하지. 원하는 것을 말해라."

"끌끌끌. 내 소원엔 변함이 없네. 그저 이 지긋지긋한 생을 끝내주게."

수염을 매만지던 아가프가 인자한 미소로 대답했다.

"가장 먼저 해야 할 일은 흑단과 접촉이 있던 에칸에게 이야기를 전해 듣는 것일세."

기억의 수정을 가지고 있었던 에칸 리스엘은 악몽의 탑에서 벌어진 일이 흑단의 소행이란 것을 알고 있었다. 그런 사실을 알면서도 용찬과 제이먼에게 기억을 보여주었던 의도가 무엇인지. 우선 그것부터 파악해야 했다.

"그 일이 벌어진 지 얼마 되지 않아 놈들이 찾아왔었네. 이유야 뻔했지. 나를 입막음하기 위해서 찾아온 것이었고, 나는 서열전에 전혀 관여하지 않는 쪽으로 수입원들을 늘려서 마계의 지분을 차지했었어. 에린을 최대한 흑단과 얽히지 않게 하기 위해서 말이지."

"그런데도 저와 제이먼 님께 기억을 보여주신 이유가 무엇입니까?"

"최소한의 양심과 가책. 그것 때문이었지. 그래도 사건의 가장 큰 피해자였던 제이먼의 부탁이었기에 기억의 수정을 건넨 것이었어. 적어도 자네와 제이먼은 흑단에 대해서 잘 모르니까 말일세. 하지만……."

뒷말은 듣지 않아도 뻔했다. 전혀 예상치도 못하게 마계 청문회가 열리면서 흑단이 직접 본모습을 드러냈던 것이다.

때문에 에칸이 이렇게 제이먼과 함께 바쿤으로 찾아온 것이었고, 전후 상황을 모두 파악한 용찬은 우선적으로 둘을 돌려보냈다. 그리고 르네가 건넨 펜던트를 꺼내든 채 깊은 고민에 빠졌다.

'선택은 자유란다. 그것을 가지고 흑단에게 찾아가든 그냥 네가 하고 싶은 대로 움직이든 마음대로 하거라. 만약 네가 전자를 고르지 않는다고 해도 그 누구도 탓하지 않을 거다. 넌 엄연히 피해자니까 말이지.'

베로니카가 설계해 둔 판에 놀아난 최대의 피해자. 그 사실은 절대 부정할 수 없었다.

'선택하란 건가?'

이대로 순순히 희생양이 될지, 아니면 최대한 발버둥을 칠지. 두 선택지 모두 어떤 결과가 기다리고 있을지는 미지수였지만 굳이 선택한다면 후자였다.

때문에 자리에서 일어섰다. 그리고 아가프에게 걸어갔다.

"결정했는가?"

"흑단에게로 찾아간다."

"끌끌. 보조하도록 하지."

목적지는 마계 위원회의 본부. 다행히 건물이 상업 국가 골프레스의 수도에 위치해 있었기 때문에 이동하는 것은 그리 어렵지 않았다. 그렇게 서열 1위의 보조를 받으며 게이트를 넘어가자 웅장한 크기의 본부 건물이 눈앞에 들어왔다.

"서열 3위 헨드릭 프로이스 님과 서열 1위 아가프 론델 님. 신원 확인이 됐습니다. 방문한 목적을 말씀해 주십시오."

예상대로 입구를 지키고 있던 경비병이 의도를 물어왔다. 아마 서열 1위인 아가프와 동행하고 있는 것이 수상하게 보이는 것일 터.

"흑단을 만나러 왔다."

"죄송합니다만. 본부의 출입은 우선적으로 간부 위원의 허가부터 받아오셔야……."

"내가 허가를 내주었네."

뒤늦게 안쪽에서부터 중년 사내가 걸어 나오자 경비병들이 좌우로 갈라졌다. 중립파의 위원으로서 현재 간부직의 자리까지 올라온 마족. 바로 골렌 프리도스였다.

"약간 늦었군. 왜 이제 찾아오는 건가."

"죄송합니다."

"아무튼 들어오게."

라윈 플라그와 겐트 다이러스가 처벌을 받으면서 영향력이 더욱 높아진 골렌은 경비병의 시선따윈 신경도 쓰지 않고 용찬과 아가프를 내부로 맞이했다.

"갑자기 흑단을 만나고 싶다며 내게 통신을 하다니. 대체 무슨 의도인 건가?"

"차후에 전부 설명해 드리도록 하겠습니다."

"음. 당장은 밝힐 수 없는 모양이로군. 우선 알겠네. 바로 최상층으로 안내해 주도록 하지."

마치 프로이스가의 저택처럼 층마다 이동 마법진이 놓여진 마계 위원회 본부. 일찍이 내부 구조를 꿰차고 있던 골렌은 둘을 곧장 최상층으로 안내했고, 가장 경계가 삼엄한 꼭대기 층에서 발걸음을 멈춰 세웠다.

저벅저벅.

광대 복장을 한 마족이 맞은편에서 다가온다.

"아, 잠깐만 정지해 주시겠습니까."

"램버스로군. 무슨 일인가?"

"오늘 골렌 님께서 올리신 일정이 취소되어서 말입니다. 죄송합니다만. 일행분들께선 돌아가 주셔야 할 것 같습니다."

"취소? 분명 처음엔 허가가 떨어진 것으로 아는데?"

"흑단 분들께서 급한 사정이 생기셔서 말입니다."

"무슨 말도 안 되는……."

"만약 이를 수행하지 못하시겠다면 저로서도 무력을 행사할 수밖에 없습니다."

너무도 갑작스러운 대응에 골렌이 뒷걸음질 쳤다. 무려 A급으로 알려진 상위 간부 램버스의 위협이었기에 당황스러울 수밖에 없었다.

다만.

"이렇게 나온다 이거군."

놈들에겐 안타깝게도 그런 위협은 용찬에게 통하지 않았다. 오히려 하룻강아지가 범 무서운 줄 모르고 짖는 꼴로 보일 뿐이었다.

"하아, 어쩔 수 없군요. 죄송하지만 잠깐 저와 같이 이동해 주셔야겠습니다."

프로이스 가문과 샤들리 가문의 충돌을 한순간에 잠재웠던 궁극의 이동술이 발동된다. 금장식이 가득한 복도 사이로 만들어지는 직사각형 모양의 문.

[램버스가 차원 관문을 시전했습니다.]

어떤 존재도 감히 거부할 수 없는 차원의 틈이었다.

"허허. 젊은이가 성질이 급하구만."

"당신은 빠져주시……."

"여기부턴 자네 혼자 움직이도록 하게."

무언가 비장의 수가 있단 것을 파악한 것인지 대현자가 앞서 지팡이를 휘둘렀다.

[대현자 아가프가 영멸의 권능을 발동했습니다. 램버스의 차원 특성이 사라집니다. 영멸된 특성의 등급이 한계치를 넘겼습니다. 패널티가 세 배로 적용됩니다.]

섬광같은 푸른빛이 복도를 뒤덮자 복도로 생성됐던 차원 관문이 사라졌다. 그리고 얼마 되지 않아 멍하니 자리에 서 있던 아가프가 머리를 긁적거렸다.

"허어…… 여긴 어디인고?"

"……대현자 아가프. 당신은 기억의 소멸이 두렵지도 않으신 겁니까."

"아, 간부 위원인 램버스로군. 자네가 그렇게 말하는 것을 보니 내가 권능을 사용한 것 같은데 잠시만 기다려 보게."

허둥지둥 기억의 보고를 찾는 폼이 안쓰럽기까지 하다. 아마 아가프는 권능을 사용해 오면서 저런 상황을 수백, 수천 번도 넘게 겪어왔을 것이다.

'그래 봤자 저장된 기억도 일부에 지나지 않을 텐데. 그 정도로 저놈도 절박하다 이건가?'

그저 원하는 것은 진정한 죽음. 어쩌면 리셋의 원인이었던 헨드릭도 저런 심정일지 몰랐다. 할 수 없이 용찬은 멍하니 서 있던 셋을 복도에 내버려 둔 채 정면에 있던 문을 열고 안으로 들어섰다.

"헨드릭 프로이스?"

가장 먼저 보이는 것은 전신 로브를 착용한 채 서 있는 수십 명의 인영. 그리고 안쪽으로 이어지는 방 안의 또 다른 통로였다.

"네놈은 이곳에 초청받지 않았을 텐데?"

"일정은 취소되었다. 돌아가라. 반전의 마왕."

"멋대로 최상층 방 안에 침입하다니. 이것은 절대 쉽게 넘어갈 수 없는 사항이다!"

그저 이렇게 멀리서 지껄이기만 하는 놈들이다. 여태껏 이런 놈들에게 이용당했단 것일까. 어이가 없어 웃음이 나올 지경이었다.

파지지직!

"입 다물어라."

흉흉한 기세가 살기가 되어 방 안을 가득 메웠다.

"네, 네놈이 감히……!"

"오늘부로 흑단은 존재하지 않는다."

손에 쥐어 있는 것은 르네가 건네주었던 펜던트. 당황해하던 흑단이 나침반 모형의 펜던트를 확인하자 방 안으로 신성한 어둠이 몰려왔다.

털썩! 털썩!

수십 명의 흑단 일원들이 차례대로 한쪽 무릎을 꿇는다. 전에 보이던 것과는 확연히 다른 태도다.

"어머니의 후계자를 뵙습니다."

"어머니의 후계자를 뵙습니다."

"어머니의 후계자를 뵙습니다."

마계의 창조주이자 흑단이란 단체를 만들어 마계를 관리하려 했던 마신 르네. 그런 절대자의 의지를 이어받은 용찬의 앞으로 모두가 고개를 숙였다.

그리고.

"이제부턴 내가 마계 그 자체다."

새로운 마황의 탄생을 알려왔다.

"이곳입니다."

"여긴 저택의 지하?"

긴 나선 계단을 따라서 깊은 지하로 내려가자 벽에 걸려 있던 횃불들이 줄지어 빛을 밝힌다. 몇백 년 동안 가문의 원로들조차 출입이 금해진 미지의 영역이다.

그런 금지된 구역에 발을 내딛자 등골로 식은땀이 맺혔다. 반면 안내를 맡은 벨리스는 이 지하에 자주 들락날락 거렸던 것인지 익숙한 발걸음으로 계단을 내려갔다.

끼이이익!

굳게 닫혀 있던 철문을 열고 들어서자 금강석으로 디자인된 방 안 풍경이 드러났다.

"……이건 대체?"

테이블 위로 표시된 마계 모형의 지도, 마치 한 세력의 전력을 파악하는 듯한 메세지의 숫자들, 인공적으로 만든 연못 위로 고통스러워하는 물의 정령들까지. 도저히 이해할 수 없는 정체불명의 장치들에 로저스가 인상을 굳혔다.

"전부 흑단에게서 받은 물품들입니다. 이 인공 샘은 강제로 물의 정령을 계약시키는 소비용 아이템, 이 지도는 현 마계의 상황을 실시간으로 알려주는 지속형 아이템. 그리고 이 메세지에 적힌 내용들은 프로이스 가문의 전력을 상세히 표시해주고 있습니다."

"또 없는 거냐?"

"……예?"

"또 없냔 말이다!"

심상치 않은 분위기에 벨리스가 마른 침을 삼켰다. 이토록 로저스가 분노한 적은 로이스에게 구속의 방울을 당한 이후로 처음이었다.

"안쪽."

"안쪽이라고?"

"예. 안쪽에 보시면 일시적으로 등급을 상승시켜 주는 영약들과 펠드릭 프로이스의 현 위치를 알려주는 매직 스크린, 스킬과 특성을 강화시켜 주는 기타 아이템 등등까지. 전부 전 가주님께서 흑단과의 거래를 통해서 받은……."

콰콰콰쾅!

끓어오르던 분노가 수증기처럼 피어오른다. 방 안에 배치되어 있던 장치들은 두 마리의 수룡에 금방 집어삼켜졌고, 분을 삭히던 로저스는 거친 숨을 토해내며 고개를 돌렸다.

"즉, 여태까지 우리 가문은 흑단의 지원을 통해 서열을 유지했다. 이 뜻인가?"

"……."

"샤들리 가문의 명예는?"

대답하지 않았다.

"샤들리 가문의 위상은?"

아니, 대답하지 못했다. 애초부터 샤들리 가문의 모든 것은 흑단으로부터 만들어진 것이었기 때문에. 벨리스는 끝까지 입을 다물고 있을 수밖에 없었다.

"그래. 그랬던 거였군. 이 가문 자체가 거짓이었어."

연못에 발이 묶인 채 오들오들 몸을 떨던 정령들의 두 눈이 휘둥그레진다. 아까 전의 분노는 다 어디로 간 것인지 로저스가 고개를 떨구며 연못에 가득 차 있던 물들을 흡수하기 시작했다.

"너희들의 보금자리로 돌아가거라."

수십 년간의 저주스러운 속박. 구속의 방울에 조종당하던 로저스였기에 정령들의 심정을 충분히 이해할 수 있었다. 그렇게 자유의 몸이 된 정령들은 혹시라도 다시 붙잡힐까 싶어 급히 방 안을 벗어났다.

이로써 방 안에 남겨진 것은 파괴의 흔적들 뿐.

하나같이 가문을 비상하게 만드는 장치들이었지만 로저스의 눈에는 그저 가문을 썩어 문드러지게 만드는 저주로 밖에 보이지 않았다.

"그래서 흑단의 의도는 무엇이었지?"

"저도 자세히는 알지 못하지만 프로이스 가문의 영향력을 최대한으로 억제하고 자신들이 원할 때 프로이스 가를 위기로 몰리게끔 만들려는 속셈으로 보였습니다."

"그렇다면 두 가문이 맺은 정략결혼도."

"예."

"프로이스 가문의 배신자였던 마델 또한."

"그렇습니다."

더 이상은 물어볼 것도 없었다. 그동안 두 가문은 흑단의 손에 놀아난 것뿐이었다. 그 사실에 다시금 분노가 치밀어 올랐지만 최대한 냉정을 유지하려 노력했다. 그리고 결심 어린 두 눈빛으로 자리에서 일어났다.

"오늘부로 이전의 샤들리 가문은 잊어라. 이제부턴 내가 가문의 중심이 되어 새로운 역사를 만들어낼 것이다."

"그 말씀은?"

"베일."

만감이 교차하는 방 안으로 한 줄기의 빛이 쏟아진다.

"앞으로 나를 로저스 베일이라고 불러라."

"……베일 가문."

"우리 베일 가문은 가장 먼저 마계를 자기 멋대로 주물러 왔던 흑단을 칠 것이다. 그리고……."

로저스 샤들리, 아니, 로저스 베일이 명했다.

"당당히 우리의 명예를 되찾을 것이다."

어머니의 후계자. 아마도 그들에게 있어 어머니는 마계를 창

조한 르네일 것이다.

'르네가 마신이란 것은 다행히 거짓이 아닌 것 같은데. 펜던트를 보여주자마자 이렇게 한순간에 태도가 바뀔 줄이야. 그렇다면 이놈들은 베로니카에게 조종당하고 있었던 건가?'

대체 어떻게 신의 대리자가 차원의 시스템에 간섭할 수 있게 된 것일까. 뒤늦게 그런 의문이 떠오른 용찬은 흑단을 시험해 볼 겸 가볍게 질문을 던졌다.

"흑단에 속한 네놈들의 정체는 대체 무엇이지?"

"기본적으로 육체의 구성은 마족과 동일합니다. 다만, 그릇이 불안정해 물리력은 행사할 수 없습니다."

"흑단의 총 숫자는?"

"여기 있는 24명의 인원이 전부입니다."

"그동안 누구의 지시를 따르고 있었지?"

"조율자 베로니카. 어머니께서 남기신 시스템의 권한 일부를 차지해 흑단의 설정을 강제적으로 변경시켰었습니다."

"설정이라고?"

"저희들의 의무 및 목적, 주체, 행동 방식까지 전부 자신을 위한 방향으로 변경시켰었습니다."

질문에 대한 대답은 대체적으로 만족스러웠다. 이전까지 흑단의 주체가 베로니카였다면 지금은 르네의 펜던트를 쥐고 있는 용찬이었다. 이미 르네의 후계자로 인식된 것 같았기 때문에 더욱 시험해 볼 필요도 없을 터.

쿠콰쾅!

일단 소란스러운 바깥 복도를 정리하는 게 우선이었다.

"위원들이 찾아온 건가?"

"침입자 경보가 울린 듯합니다. 어떻게 하시겠습니까?"

"전부 물려. 아가프는 따로 대기시키고."

"알겠습니다."

르네의 손에 의해서 만들어진 존재라곤 하나 지금은 실질적인 마계 위원회의 우두머리였다. 그 증거로 놈들은 즉각 본부에 지시를 내리면서 간단히 소동을 마무리시켰다. 그렇게 바깥이 잠잠해지자 용찬은 본격적으로 궁금하던 것들을 묻기 시작했다.

"마녀 베로니카가 어떻게 시스템의 일부 권한을 손에 넣은 거지?"

"저희로서도 알 수 없습니다. 그저 하나 알고 있다면 그녀가 오래전부터 자기 존재에 대해서 의문을 품었단 것 정도입니다."

"자기 자신에 대한 의문이라. 갈수록 복잡해지는군. 그래서 현재 베로니카는 무엇을 꾸미고 있지?"

"탑의 특성을 가진 사태후와 접촉. 그리고 머더러들을 집결시켜 진영 간의 경쟁을 촉진시킬 예정인 것 같습니다."

진영을 무너트리기 위해 각 진영의 내부에서 분란을 조장한다. 그 중심이 바로 체이서의 두령인 사태후. 과연 치밀한 여우다운 발상이었다.

"벌써 그런 계획까지……. 쯧, 베로니카의 위치는 확보가 됐나?"

"사태후와 접촉한 이후로 연락이 없습니다."

설마 이런 상황까지 예상한 것일까. 아니, 예상한 것이 틀림없었다. 직접 고대신의 제단까지 건네줬던 그녀였기에 그럴 확률이 매우 높았다.

'꼬리를 잘랐다 이건가? 그렇다면 유일한 희망은 차원 여행자들이란 건데.'

르네의 명을 받아 베로니카를 쫓기 시작한 그들이었다. 미리 놈들에게서 통신 수정구를 건네받은 후였지만 아직까지 연락이 없는 것으로 보아 좀처럼 추적이 쉽지 않은 듯했다.

'정작 일을 벌여둔 장본인은 보이지도 않는 상황이고.'

차원 여행자들의 리더 현성휘. 유태현이란 가명을 통해 플레이어로 잠입했던 자였지만 가짜 몸에서 벗어난 이후로 쭉 행방불명인 상태였다. 이리저리 복잡한 상황에 머리가 아파진 용찬은 이마를 부여잡은 채 한숨을 내쉬었다.

하지만 그것도 잠시. 아까 전부터 신경 쓰였던 방 안 통로가 다시금 눈에 들어왔다.

"저 안은 어디지?"

"기록실입니다."

"기록실?"

"직접 보시는 게 이해가 가장 빠르실 겁니다. 따라오시죠."

통로를 가리키던 흑단 한 명이 통로 안쪽으로 천천히 걸어 들어간다. 놈을 따라서 좁은 통로를 지나자 전에 있던 방과 비교도 할 수 없을 정도로 넓은 공간이 눈앞으로 펼쳐졌다. 그리고 마치 현대의 모니터처럼 놓인 수백 개의 매직 스크린에 두 눈이 휘둥그레졌다.

"설마?"

"예. 하멜이 리셋될 때마다 기록해 둔 기억들입니다. 기억의 주인은……."

"헨드릭 프로이스…… 겠지."

화면 속에서 발버둥 치고 있는 마족의 정체를 파악하는 순간 빛이 온몸을 감쌌다. 그리고 천천히 감겨 있던 눈을 뜨자 헨드릭의 살아왔던 과정들이 머릿속에 들어오기 시작했다.

'정녕 아무런 재능이 없는 쓸모없는 녀석이로군!'

'할 줄 아는 것도 없는 서열 최하위 마왕이래. 프로이스 가문의 후계자란 게 믿겨지지 않아.'

'포기하겠습니다. 도련님께선 검술에도 마법에도 전혀 재능이 없습니다. 아니, 재능이 없는 것을 떠나서 제 교육이 도련님과 맞지 않는 것 같습니다.'

처음엔 아무런 재능이 없단 것에 절망했다. 하지만 쉽게 포기할 수 없었다. 프로이스 가문의 후계자란 무게와 남들의 시선 때문에 다시금 일어섰다. 그리고 깊은 절망 속에서 끝까지 발버둥을 쳤다.

'네놈을 유폐시키겠다.'

아버지의 명에 의해 어두컴컴한 방 안에 갇히게 됐을 때도 포기하지 않았다. 언제고 자신에게도 한 줄기의 빛이 내려올 거라 믿고 기나긴 시간을 버티고 버텼다. 하지만 그런 무대가 만들어지기도 전에 마계가 멸망하게 됐다.

'네가 마지막 남은 마왕이로군.'

허무한 죽음. 겨우 두 명의 플레이어에게 제대로 타격조차 주지 못하고 절명하고 말았다. 그때까지만 해도 모든 게 무너져 내린 줄 알았지만 아니었다.

'도련님. 식사하실 시간이십니다.'

하멜의 시간 자체가 되돌아간 것이다. 그것도 마왕성을 물려받은 지 얼마 지나지 않은 시간대로 말이다. 처음엔 모든 것이 혼란스럽고 이 현상 자체가 이해가 안 됐지만 한 가지는 알 수 있었다.

기회. 오직 자신 혼자만이 미래를 알고 있었다. 즉, 다시 일어설 기회가 주어진 것이다. 때문에 헨드릭은 차후에 닥쳐올 미래에 대비하고자 전생의 기억을 이용하기 시작했고, 마계의 정보를 통해서 차근차근 준비를 갖춰 나갔다.

그리고 자신의 권능을 각성시키기 위해 온갖 방법을 총동원시켰다.

하지만.

'불가능해.'

'넌 아무것도 하지 못해. 헨드릭 프로이스.'

'고작 한다는 게 그거야?'

어떤 시도를 하든 끝내 권능은 각성하지 않았다. 심지어 자신에게 맞는 능력조차 주어지지 않았다. 그저 약자란 타이틀 속에서 발버둥 치는 한심한 마족일 뿐.

지략과 심리전조차 능하지도 않았던 헨드릭이었기 때문에 더더욱 힘이 절실했지만 그것마저 불가능한 마생이었다. 그리고 리셋이 반복되면 될수록 잊혀져 있던 절망감이 한층 팽배해져 갔다.

'혼자선 아무것도 하지 못하는 놈을 내가 왜 따라야 하지?'

약자를 대하는 시선.

'흥. 내가 널 어떻게 믿어?'

약자에 대한 불신.

'바쿤을 떠나겠어. 이따위 마왕성. 지긋지긋하다고!'

약자에게 느끼는 실망감.

힘이 없으면 어떤 기억과 정보가 있다고 하더라도 미래를 바꾸는 것은 불가능했다. 그것을 뒤늦게 깨달은 헨드릭은 그때서야 모든 것을 내려놓게 됐다.

'에휴. 저 망나니 자식. 대체 무슨 생각으로 살아가는 건지.'
'오늘도 서큐버스들을 불러서 진탕 놀았다나 봐.'
'아주 술꾼이야. 술꾼.'

어느새 주위 시선은 더욱더 자신을 한심하게 내려다보는 듯했다.

익숙하다. 아니, 익숙한 것을 떠나서 이젠 모든 것이 지겨웠다. 그래서 하고 싶은 대로 했다. 어차피 바뀌지 않는 미래따위 포기하기로 한 것이다.

결국 끝에 가서 플레이어들에게 죽는 것은 매한가지인 마생. 더 이상은 삶에 대한 미련은 없었다.

그리고.

'정녕 이 아비의 말이 듣지 않겠단 거냐?!'

수백 번의 리셋 도중 처음으로 아버지에게 반항한 날.

화르르륵!

또다시 펠드릭이 감정 컨트롤에 실패하며 얼굴에 심각한 화상을 입게 됐다. 이젠 본연의 얼굴조차 지워져 버린 비운의 마왕. 활활 타오르는 불길 속에서 펠드릭은 그런 아들을 끌어안은 채 처음으로 눈물을 흘렸다.

'아아, 내가 대체 무슨 짓을.'

'끄으으. 끄르륵!'

'아들아.'

그 사건이 벌어진 이후 전생과 동일하게 저택에 유폐되는 었지만 한 가지만큼은 달랐다.

'내가 손수 제작 의뢰한 가면이다. 받거라.'

망나니의 신분을 가려줄 방패이자 얼굴. 원로들에게서 건네받은 은가면을 쓴 채 평생을 유폐되어 살아간 것이다.

그때까지만 해도 세상 자체가 원망스럽고, 자신을 이렇게 만든 아버지 또한 원망스러웠지만 다시금 죽음이 찾아왔을 때 헨드릭은 깨달을 수 있었다.

아버지. 항상 근엄한 자태로 가문을 지탱하며 약자인 후계자를 멸시하던 그에게도 정이란 게 있었단 것을. 그리고 나약한 아들을 살아남게 하기 위해 매번 자신을 유폐시켰단 것을.

서걱!

유태현이란 플레이어의 시미터에 피가 분수처럼 쏟아질 때도 도저히 잊을 수 없었다.

다시 한번 더 시간이 돌아간다면. 다시 한번만…….

쿠쿠쿠쿵!

불현듯 마왕성 바쿤이 무너져 내린다. 그 속에서 보이는 것은 아까 전까지 피를 뿜으며 쓰러져 있던 헨드릭 프로이스. 놈은 마치 멀쩡해졌다는 듯 자리에 선 채로 고개를 돌렸다.

그리고 지금의 헨드릭을 쳐다봤다.

"착각하면 안 돼."

"……."

"그건 내 능력이 아니야."

무엇을 뜻하는 것일까. 아니, 이미 자신은 알고 있었다.

"권능."

"권능."

아무런 재능이 없던 마족에게 생겨난 특별한 능력. 절대 헨드릭은 가지고 있을 수 없던 마족으로서의 권능.

그것을 깨닫는 순간 세상이 환하게 물들기 시작했다.

"……."

눈을 떴을 땐 이미 모든 진실은 풀려 있었다.

◀ 85장 ▶

빛과 어둠

기나긴 기억 회상은 끝이 났다. 수백, 수천 번 반복되어 온 헨드릭 프로이스란 마족의 삶. 절망만 가득하던 마생 속에서 밝혀진 것은 오래전부터 궁금해하던 회귀에 대한 진실이었다.

"헨드릭 프로이스의 기록을 관측하신 모양이로군요."

"이제야 알겠어."

"무엇을 말씀하시는 겁니까?"

"지금 내가 가진 권능은 헨드릭 프로이스의 것이 아니야. 그저 내 영혼이 마족의 몸에 깃들면서 해방된 새로운 권능일 뿐이지. 오히려 놈의 진정한 권능은……."

불현듯 잊고 있던 헨드릭의 영혼이 떠올랐다. 두 눈이 휘둥그레진 용찬은 급히 '영혼의 파트너' 특성을 발현했다.

[불가능! 영혼이 응답하지 않습니다.]

혹여 또 다른 문제라도 생긴 것일까. 시스템의 제약이 걸려 있던 헨드릭의 영혼이 이젠 응답조차 하지 않고 있었다.

"쯧. 하필 이럴 때……. 어쩔 수 없지. 흑단, 마녀 베로니카가 네놈들을 다시 조종할 가능성은?"

"없습니다. 후계자님께 어머니의 펜던트가 있는 이상 더는 시스템의 간섭이 통하지 않을 것입니다."

"그나마 다행이군."

이로써 마계 위원회를 총괄하는 흑단은 완전히 바쿤의 손에 들어온 것이나 마찬가지였다. 하지만 그렇다고 해서 멋대로 서열전을 종료하고 마황의 자리엔 오를 수는 없었다.

지금 가장 중요한 것은 계기. 이미 아가프와의 거래를 통해 서열 1위는 확정된 마당이니 남은 것은 마계에 자격을 입증하는 것일 터다.

"서열전 종료까지 얼마나 남았지?"

"서열 변동이 거의 없는 현 시기에선 추가 기간 없이 1개월 내에 종료될 예정입니다."

"차라리 잘 됐어. 가장 먼저 성국을 정리해 자격을 입증한다. 그리고 정식으로 마황의 자리에 올라 이번 생의 종지부를 찍는 전쟁을 선포한다."

"전쟁을 선포할 대상은 베로니카와 사태후의 무리들이겠군요. 그렇다면 먼저 후계자님께 보여 드릴 장비들이 있습니다."

"그러고 보니 왜 아까 전부터 나를 후계자라고 부르는 거지? 그냥 고용찬이라고……."

"저희의 창조주이신 르네 님의 의지를 이어받으신 분이기 때문입니다. 자, 따라오시죠."

일찍이 호칭에 못을 박아버리는 흑단이었다.

단순히 르네에게서 받은 펜던트를 활용한 것뿐이었던 용찬은 후계자란 호칭에 이질감을 느끼며 기록실 끝쪽으로 따라나섰다. 그리고 계단 위로 보이는 수정석에 눈길을 주었다.

"저건?"

"후계자시여 어째서 악한 존재로 통하던 마족들에게 마기가 없는지 알고 계십니까?"

신성력과 반대되는 마기. 하지만 현 하멜의 마족들은 마기 대신 권능이란 특수한 능력만을 가지고 있었다. 그것도 극소수의 마족들만이 말이다.

흑단은 수정구 안에 봉인된 무구를 가리키며 마족의 진실을 알려왔다.

"사악한 기운의 원천인 마기는 그야말로 마족에게 있어 필수적인 힘이나 다름없습니다. 하지만 그런 강인한 힘이기 때문에 자칫하면 마계를 멸망시킬 원인이 될 수도 있죠. 그래서 르네 님께선 이 힘을 무구에 봉인해 오셨던 것입니다."

"마신기라 이건가."

"물론 성국이 전쟁을 선포한 이상 저희도 신기에 대항할 만한 무언가가 있어야겠죠."

세 개의 수정구를 건네주던 흑단의 일원이 붉은 안광을 내뿜었다.

신기의 대항마인 마신기. 비록 마족 전체에게 있어야 할 마기가 세 개의 무구로 봉인된 상태였지만 이 정도면 세 명의 기사단장을 상대하기 충분했다.

"만족스럽군, 흑단."

"예."

"소집령을 내려라."

"명을 받들겠습니다."

성국과의 전쟁이 결정되는 순간이었다.

뚝.

정신으로 연결되어 있던 실이 끊어지는 기분이다. 위화감을 느낀 베로니카는 급히 고개를 들어 멀리, 지평선을 올려다봤다.

'역시나.'

마계 위원회를 총괄하던 흑단을 빼앗겼다. 그것도 여태껏 자신에게 이용당하던 플레이어 고용찬에게 말이다. 아마 르네와의 접촉을 통해서 흑단의 설정 오류를 해결할 무언가를 건네받은 것일 터.

이로써 흑단은 더 이상 조종할 수 없었지만 상관없었다.

'시간은 이미 충분히 벌었으니까. 이대로 성국과 전쟁을 벌이게 되면 한동안 마계는 이쪽으로 시선을 주지 못하겠지.'

마침 리오스 진영의 최대 수용소에서 머더러들이 줄지어 빠져나왔다.

"게헤헤헤. 오랜만이구나, 사혁아."

"우라질 두령 새끼. 겁나 빠르게도 오네."

"그 성질 머리는 여전하구만. 자, 소개해 주마. 앞으로 우리 체이서의 두뇌가 되어줄 마녀다."

"마녀?"

두령의 왼팔이라고 불려오던 사혁이 눈살을 찌푸렸다. 파이칸 고대 유적지에서 백련(차혜림)이 사망하면서 머더러들을 체계적으로 이끌 인물의 빈자리가 생기긴 했지만 NPC는 예상외였다. 때문에 다른 수하들과 함께 불만스러운 눈빛으로 베로니카를 쳐다봤지만 그녀는 오히려 기분 좋은 미소로 화답하며 고개를 숙였다.

"푸른 마녀 베로니카라고 해요, 여러분. 앞으로 잘 부탁드립니다."

"……두령. 어쩌자고 NPC까지 데려오신 겁니까."

"걱정 마라. 이 여자의 능력은 내가 보증할 테니까. 잠자코 따라와. 우라질 새끼들아."

항상 이런 식이었다. 언제나 수하들의 의견 따윈 가볍게 묵살해 버리는 두령의 성격.

어느 정도 익숙해졌기에 이전까진 그리 불만을 표한 적이 없었지만 이건 아니었다. 그도 그럴 게 오직 머더러들을 위해 만든 집단 체이서가 아니던가. 한데, 이제 와서 NPC까지 데려오면 그런 체이서의 의미는 사라지는 것이나 다름없었다.

'정말 끝까지 마음에 안 드네. 틈을 봐서 도망치든가 해야지. 원.'

'크흐흐흐. 이미 네 속은 뻔히 들여다보인다, 사혁아.'

서로가 서로를 견제하기 시작한다.

둘의 묘한 눈빛 속에서 들려오는 요란한 발걸음 소리.

가장 먼저 플레이어들의 접근을 알아챈 사혁이 뼈로 이루어진 기다란 검을 뽑아 들었다.

"눈치도 빠르네, 하이드 길드 녀석들. 그래서 계획은 있습니까?"

"게헤헤헤. 우선 권좌들이 텅텅 빈 쿤다 진영을 점령할 예정이다."

“아주 초장부터 스케일도 더럽게 크네.”

“어물쩡 거리지 말고 따라오기나 해.”

“엥? 두령 새끼야. 어딜 혼자…….”

자기도 모르게 속마음을 내뱉은 것도 잠시. 적진 한가운데로 도약한 사태후가 침을 게걸스럽게 흘리며 먹잇감들을 둘러봤다. 그리고 가장 먼저 눈에 띄는 아놀드 파커의 검날을 막아내며 탐의 기운을 끌어냈다.

“수고가 아주 많아. 게헤헤헤. 이만 부하들을 돌려받아야겠어.”

“여기서 네놈들이 빠져나갈 길은 없다. 포기해라, 탐의 화신 사태후.”

“물론 그렇겠지. 네놈들의 입장에선 말야. 뭐, 내가 아직 몸을 다 회복한 것은 아니라서 아슬아슬하긴 하지만 아놀드 파커, 네놈은 전에도 개발렸잖아. 기억이 안 나는 거냐?”

큼지막한 주먹을 옆으로 휘두르자 공간이 유리 깨지듯 부서져 나갔다.

[탐랑 사태후가 레이 빌스를 시전했습니다.]

[플레이어 아놀드 파커가 십자 검법을 시전했습니다.]

까앙!

묵직한 위력이 검날을 타고 몸으로 전해진다.

'크윽. 이 자식. 전보다 더 강해진……!'

제대로 반격을 시도하기에도 벅찬 상황이었다. 어쩔 수 없이 뒤로 물러난 아놀드는 다시금 거리를 유지하며 사태후와 대치했다.

"게헤헤헤. 요새 성국과 접촉하느라 아주 바쁘다고 들었는데. 그냥 그쪽 일이나 보지 그래?"

"……헛소리 지껄이지 마라."

"무언가 착각하는 것 같은데. 아놀드 파커, 지금 너한테 기회를 주는 거라고."

"뭐?"

마치 자비를 선사하듯 탐의 화신이 팔을 활짝 벌리며 입가를 말아 올렸다.

"살 기회 말이다. 여기서 죽으면 말짱 꽝이잖냐. 특별히 네놈들을 살려주겠단 말이다."

"크으읍. 정녕 미친 거냐, 사태후."

"게헤헤헤. 그럴 리가. 내가 미쳤다면 이미……."

쩌적! 쩌적!

한순간 진영의 중심 도시를 꽉 채우는 기괴한 눈동자.

급격히 돌변한 탐랑의 두 눈빛에 랭커라 불리던 플레이어들 전체가 두려움에 휩싸였다.

대체 무슨 일이 벌어지고 있는 것일까.

최근 사태후에 대한 정보가 부족했던 아놀드는 이 믿기지 않는 광경에 입을 열 수 없었다.

"여긴 작살이 났겠지."

"……대체 이게 무슨."

"아무튼 알아들은 것으로 알고 우린 가보마."

일시적으로 하이드 길드의 정신이 혼란스러워진 틈을 타 사태후가 대규모 이동 마법 주문서를 찢었다.

그렇게 대륙의 북부 어딘가로 이동한 체이서의 무리들. 어안이 벙벙했던 것은 머더러들도 마찬가지였던 것인지 사혁이 대표로 두령에게 물었다.

"우리가 갇혀 있던 사이 무슨 짓을 하고 다닌 겁니까, 두령?"

"아아, 별것 아니야. 그저 등급이 한 단계 오른 것뿐이지."

"서, 설마?"

하멜의 역사상 단 한 명도 올라서지 못했던 궁극의 등급.

굳이 대답은 해주지 않았지만 씨익, 올라간 입가가 그 대답을 대신하고 있었다.

당황스럽기 그지없던 사혁은 붉게 충혈된 두 눈으로 베로니카를 쳐다봤지만 그녀 또한 미소를 지을 뿐이었다.

"게헤헤헤. 이로써 도합 5천여 명의 머더러 복귀다. 베로니카."

"계획대로 되고 있네요. 이대로 하이드 길드가 성국을 지원해 준다면 마계를 상대로 더욱 시간을 벌 수 있을 거예요."

"그렇지, 그렇지. 자, 그러면…… 엉?"

피슝!

우거진 나무들 사이로 마력이 담긴 화살이 날아온다. 또 다른 적의 기습이란 것을 파악한 사태후는 즉시 팔을 들어 올려 화살을 막아냈다. 그리고 레이 벌츠로 인근 지형을 완전히 붕괴시키며 수풀과 나무들을 제거했다.

"드디어 찾았다. 푸른 마녀 베로니카."

먼 지척에서 드러나는 여섯 개의 인영. 일찍이 마녀를 추적하고 있던 것인지 정체불명의 인간들이 무장한 장비들을 꺼내 들었다.

"엥? 베로니카. 네가 아는 녀석들이냐?"

"다른 차원에서 건너온 차원 여행자들인 것 같네요. 이미 제 계획의 일부가 들통 나서 말이죠. 아무래도 신들이 저들에게 임무를 내린 것 같네요. 물론 하멜의 시스템상 등급의 패널티를 받고 있는 상태겠지만 말이죠."

"무슨 개 잡소리인지는 모르겠지만 아무튼 잡아 족치면 된다 이거구만?"

"맞아요."

지극히 간단한 결론이었다.

고개를 끄덕인 사태후는 망설일 것도 없이 달려들던 차원 여행자의 머리통을 붙잡았다.

"끄으으윽. 이, 이거 놔!"

"안 되지. 안 돼. 겁도 없이 덤벼들면 뒤지는 거 몰라?"

"끄, 끄아아악!"

푸른 머릿결의 청년이 고통을 호소하며 발버둥을 친다. 하지만 현 하멜의 절대자로 군림하고 있는 괴물에겐 자비가 없었다.

파각!

부수고.

퍼억!

뭉개고.

콰콰콰쾅!

파괴한다.

오로지 그뿐이었다.

그런 잔혹한 광경에 베로니카는 슬쩍 미소를 내비쳤다.

'아무리 다른 차원을 구한 영웅이라 한들 하멜에선 패널티를 받은 채로 등급이 조정되지. 그런 패널티를 감수한 채 지금의 사태후와 대등한 싸움을 벌일 차원 여행자는 거의 없을 거야.'

일찍이 외부의 침입자를 경계하던 하멜의 불안정한 시스템이다. 때문에 S급으로 도달한 탐의 화신 사태후를 선택한 것이었다.

비록 수천 번의 전생 중 대부분 부하에게 배신을 당해 억울

한 죽음을 맞이했었지만 지금은 두령의 오른팔이던 유석우가 없었다.

'전에도 왼팔이던 사혁과 오른팔이던 유석우에게 당했었지. 하지만 고용찬이 레드 시티에서 유석우를 제거해 준 덕분에 그런 걱정은 하지 않아도 돼.'

자신의 계획은 완벽 그 자체였다.

덥석!

마침 마지막 두 명의 차원 여행자가 동시에 목을 붙잡혔다. 사태후는 탐욕스러운 눈빛으로 둘을 들어 올린 채 물었다.

"자, 그래서 추적자는 이걸로 끝이냐?"

"끄르르륵!"

"엥? 안 들리는데?"

"사, 사신……."

"뭐?"

마치 어린애를 데리고 장난을 치듯 되묻는다. 비록 등급이 상승하고 엉뚱한 NPC와 인연이 이어지긴 했지만 잔혹한 성격은 그대로인 두령이었다. 그런 광경에 정신이 얼얼해져 있던 머더러들도 천천히 본 모습을 되찾기 시작했다.

"저 꼴 좀 봐라. 불쌍해 죽겠네."

"역시 두령님이라니까. 불쌍하니까 그냥 몸을 반토막 내서 편안하게 해줍시다."

"아니, 아니지. 차라리 들개들한테 먹이로 던져주는 것도 좋겠어."

정말 즐거운 구경거리가 아닐 수 없었다. 이토록 무자비한 농락이라니.

머더러들은 하나같이 흡족한 미소를 지으며 열렬히 환호성을 내지르기 시작했다.

'게헤헤헤. 역시 미친개의 본성은 그대로지.'

머더러로서의 정체성을 되찾은 수하들의 모습에 기분이 흡족해졌다. 전혀 예상치 못한 차원 여행자들의 기습이었지만 되레 놈들을 이용해 본연의 분위기를 되찾을 수 있었다.

이로써 차원 여행자들의 활용 가치는 끝. 더 이상 필요가 없다고 여긴 사태후는 큼지막한 양손에 악력을 가했다.

"게헤헤. 뒤져라. 하찮은……."

"킬킬킬킬."

정체 모를 불안감이 엄습한다. 유난히 귓가를 자극하는 음산한 웃음 소리에 금방 고개가 돌아갔다.

스르릉.

가장 먼저 보이는 것은 사람 키의 두 배는 되어 보이는 기다란 낫. 그리고 그런 낫을 들고 있는 칙칙한 로브의 청년이었다. 마치 사신처럼 불현듯 모습을 드러낸 놈은 가볍게 박수를 치며 천천히 걸어왔다.

"……너는 또 누구여?"

"아, 잠깐만."

"사, 사바스탄 이 새끼……."

서걱!

사태후의 손에 붙잡혀 있던 두 차원 여행자의 머리통이 떨어졌다.

설마 기습을 시도한 차원 여행자들과 한통속이 아니었던 것일까. 도저히 이해가 안 되는 행동에 두 눈동자가 이리저리 굴러갔다.

그리고 뼛속까지 스며드는 살기에 뒤늦게 긴장을 머금었다.

"킬킬킬. 도움도 안 되는 새끼들은 필요 없지. 안 그래?"

"게헤헤헤. 이 새끼, 누군지는 모르겠지만 상당히 재밌는 놈이잖아."

"이름."

"허?"

"이름을 말해. 그래야 네놈이 죽어서도 나를 잊지 못할 것 아냐?"

르네에 의해서 추가로 파견되었던 차원 여행자 사바스탄. 사신이란 호칭이 붙은 최상위 실력자이기도 한 그가 마침내 낫을 거꾸로 쥐어 들었다.

'서, 설마. 저자는?'

저 익숙한 말투. 동료 따윈 생각하지도 않는다는 태도. 정교한 낫 솜씨까지.

최고 신들에게서 들은 적이 있었다. 한때 하멜처럼 폐쇄되어 있던 차원 '타인워스'에서 폭군의 마왕과 함께 건져낸 최상의 인재!

'안 돼. 여기서 저자와 사태후가 부딪히면…….'

뒤늦게 사신 사바스탄의 정체를 깨달은 베로니카는 급히 자리를 뜨려 했다.

하지만 그것도 잠시.

"체이서 두령 사태후다."

"그래. 체이서의 두령 사태후. 죽어서도 날 잊지 마."

시스템의 패널티 따윈 가볍게 날려 버릴 만한 거대한 살기가 휘몰아쳐 왔다.

그리고.

"쇼 타임."

악몽이 시작됐다.

"성국이 전쟁을 선포한 순간 이미 마계 전역에 비상경보가 발령된 것이나 마찬가지입니다. 저희 마계 위원회의 소집령을 통해서 전쟁에 참여할 마왕 및 가문을 선별하게 되지만 참여를 강제할 순 없고 의무도 아니기 때문에 중립을 선언하는 가문도 있을 거라고 봅니다."

"각자 따로 놀 수도 있단 건가. 그렇다면 전쟁이 대체 무슨 의미를 가지는 거지?"

"대신 전쟁에서 큰 성과를 달성할 시 그에 따른 보상 및 명예가 주어지기 때문에 이번 전쟁을 기회로 여기는 가문들도 많을 것으로 봅니다. 그리고 서열이 낮은 마왕들도 이번 전쟁에서 높은 공헌도를 달성해 자기 입지를 다지려고도 하겠죠."

개인적인 사리사욕이 포함되어 있는 마계의 전쟁.

모든 마족의 단합까지 바란 것은 아니었지만 이건 시작부터 문제가 많았다. 특히나 전쟁의 원인이 바쿤으로 의심되고 있는 상황 속에서 무턱대고 전쟁에 참여할 멍청한 마족은 없을 것이다.

이럴 때일수록 마계의 중심축이 되는 무언가가 필요할 터. 물론 그게 무엇인지에 대해선 길게 고민할 필요도 없었다.

"펠드릭 프로이스를 전쟁의 총사령관으로 임명해라."

마치 뒤에서 몰래 전쟁의 판을 짜듯 소집령은 용찬의 의도대로 흘러갔다.

"총사령관으로 펠드릭 프로이스를 임명한다."

"뭐, 현재 명실상부한 가문이니까. 당연한 결과겠지. 그래서 홍염의 패자 본인은 아무런 불만도 없는 건가?"

"솔직히 샤들리 가문도 사라진 지금은 프로이스 가문의 영향력이 가장 세지 않아? 당장 여기서 거부한다고 해도 누구도 이의를 제기하지 않을 것 같은데."

더 이상 마계 위원회의 압박도 통하지 않는 가문이 프로이스였다. 이미 마왕성인 바쿤 또한 서열 3위에 머물러 있었고, 바이칼을 지배하던 샤들리 가문마저 자멸해 지금은 자유 국가 미첼의 국력이 더욱 보강된 상태였다.

하지만.

"받아들이겠소."

미리 용찬 및 원로들과 상의를 마쳤던 펠드릭에게 총사령관의 자리를 거부할 이유따윈 없었다. 그리고 그 한마디를 시작으로 수 많은 마족들이 자리에서 일어섰다.

"게펄트 가문도 참가하겠다."

"론델 가문도 참가하겠네."

"하이델 가문도 마찬가지일세."

"흥. 우리도 빠질 수 없지. 파이멀린 가문도 참이다."

"실비아 가문도……."

작은 파도가 큰 물결이 되어 들이닥친다. 바쿤과 인연이 닿아 있던 가문들은 물론 수십 명의 마왕들까지. 심지어 뱀파이어 왕국인 바하무트와 최근에 존재를 드러낸 묘족들의 도시 로헬런. 그리고 수인 연합 코르덴, 통치 국가 바이칼까지도.

"참여한다!"

전쟁을 승리로 이끌 주역이 되기 위해 참가 의사를 밝혔다. 물론 그 외에도 더 페이서 상단과 정보 단체 테오스가 미리 섭외해 둔 가문 및 마족들도 있었지만 대부분은 최후방, 변방으로 빠지는 분위기였다.

하지만 그 덕분에 소집령의 흐름은 참여 쪽으로 거의 기울어져 있었고, 뒤늦게 마지막 주역이 암흑궁의 정문을 열고 당당히 모습을 드러냈다.

"베일 가문의 가주 로저스. 우리도 참가한다."

마지막 남아 있던 퍼즐 조각까지 맞춰지는 순간이었다.

'이제 바쿤의 등급도 A급을 코앞에 둔 상황이로군. 전쟁이 시작되기 전에 등급부터 상승시키는 게 좋겠어.'

멜버른의 줄기와 비행 특성이 생긴 이후로 바쿤은 비행 요새 취급을 받고 있었다. 아마 전쟁 당시에도 여러 전략에 유용하게 활용될 것이다.

[98. 바쿤의 병사 인원을 5백 이상 채우십시오.]

[목표: 병사 인원 412/500]

[보상: 병력 등급 상승.]

마침 수행 과제도 마왕성의 등급과 관련해 갱신되어 있었다. 다행히 온갖 서열전의 보상과 수인왕 렘릭의 추가 보수로 인해 젬은 넉넉히 쌓여 있는 상황. 이대로 레버튼의 특성을 이용해 병사를 소환하면 금방 채워질 숫자였지만 그전에 먼저 주요 병사 및 용병들의 전력부터 강화시켜야 했다.

"젠장. 나는 뽑기용 부적 같은 게 아니라고!"

"잔말 말고 따라와라. 몸을 두 동강 내기 전에."

"파업할 거야. 파업할 거라고!"

"파업하는 날, 네 이름은 바쿤에서 사라질 거다."

필요한 준비물(?)은 겜블 워리어인 레버튼. 비록 특수 상점은 오픈할 수 없었지만 장비, 아이템 소환권 및 스킬, 특성, 재능 부여권의 구매 제한이 마침 풀려 있었다.

그렇게 강제로 끌려온 레버튼이 시큰둥한 표정으로 행운의 오오라를 발동하자 용찬의 손에 쥐여져 있던 소환권 두 장이 동시에 찢어졌다.

역시 행운 능력치가 상승한 덕분에 예전처럼 어정쩡한 메세지는 뜨지 않았다. 일순 레버튼을 힐긋 노려본 용찬은 인상을 구긴 채로 소환된 장비들을 확인했다.

'이토록 레어와 유니크 장비가 쉽게 나올 수가 있다니. 어이가 없군.'

르네가 가지고 있던 권능과 합쳐진 마왕성 플레이어 시스템. 은근 불만이 샘솟았지만 그래도 소환된 장비의 종류는 몹시 만족스러웠다.

마법 캐스팅 속도를 상승시켜 주고 마력양을 일시적으로 증폭시키는 마력 순환 팔찌, 힘과 민첩 능력치, 기력을 상승시켜 주고 하루에 한 번 '리버스 블레이드' 스킬을 사용케 하는 데먼의 쌍태도까지. 최근 관심이 부족했던 록시와 A급으로 상승한 루시엔에게 딱 걸맞는 장비들이었다.

"자, 다음은 스킬과 특성 차례다."

"예예. 마음대로 하세요."

"군소리 말고 마력 포션이나 복용해라."

"웁웁!"

행운의 오오라를 장시간 동안 유지하기 위해선 그 정도의 마력이 필요했다. 미리 더 페이서 상단에게서 상급 마력 포션을 받아온 용찬은 강제로 레버튼에게 포션을 먹인 후 차례대로 부여권을 꺼냈다.

'이번 기회에 헥토르와 쿨단도 A급으로 만들면 전력이 더욱 상승할 테지.'

A급을 코 앞에 두고 있던 헥토르에겐 새로운 특성을.

최근 전투마다 부진함을 보였던 쿨단에겐 새로운 스킬을.

[헥토르에게 거대화 특성이 부여됩니다. 등급이 상승했습니다.]

[쿨단에게 회피의 기본 스킬이 부여됩니다. 등급이 상승했습니다.]

다행히 헥토르는 물론 쿨단까지 A급이란 반열에 올랐다. 헌데, 부여된 특성과 스킬이 약간 이상했다.

'거대화는 덩치가 불어나는 만큼 물리 방어력과 마법 방어력이 증폭되는 특성. 그리고 회피의 기본은 일시적으로 회피력을 세 배까지 상승시키는 스킬인데…….'

이건 완전히 정반대로 스킬과 특성이 부여된 격이지 않은가. 원래라면 탱커인 쿨단에게 거대화가. 그리고 민첩한 헥토르에게 회피의 기본이 주어져야 정상이었다.

쿠구구궁!

그런 생각에 사로잡혀 있을 즈음 바깥이 소란스러워졌다. 마치 지진이라도 난 듯 흔들거리는 마왕성 바쿤. 무언가 잘못됐단 것을 깨달은 용찬은 급히 바쿤의 영역을 확인했다.

"와아아아아. 이거 보세요. 마왕님. 저 엄청 커졌어요오오오오-!"

"꺄아아아악. 괴물이다!"

"페펭. 모두 도망쳐라. 헥토르가 거인이 됐다!"

15층 규모의 마왕성의 절반만큼 덩치가 급격히 불어난 거인 헥토르, 대수림에서 황급히 달아나고 있는 다크 엘프들, 도저히 가늠이 안 되는 헥토르의 덩치에 호들갑을 떨고 있는 위르겐까지. 어느새 혼란의 도가니가 된 영역의 상황에 마왕은 넋이 나가 버렸다.

"……맙소사."

[병력 등급이 상승했습니다.]

[방어력 등급이 상승했습니다.]

일련의 소동이 마무리 된 후 마왕성 바쿤의 등급을 올리는 것은 금방이었다. 나머지 부족한 병사 인원은 바질리스크, 와이번, 실버 팽 등등 중, 소형 몬스터로. 필요한 A급 함정과 보호 수단은 최대한 수성에 도움이 되는 효과로 구매를 하며 대충 정리가 끝났다.

[바쿤의 등급이 A급으로 상승합니다.]

[바쿤의 마지막 특성이 활성화됩니다.]

'게이트 특성?'

탄력, 중력, 비행에 이어 네 번째로 활성화된 특성 '게이트'. 간단히 설명을 읽어보자 이동용으로 활용되고 있는 게이트를 점령해 바쿤과 연결시킬 수 있는 효과였다. 하지만 그런 활용성 높은 효과다 보니 제시하는 조건 또한 만만치 않았다.

[필요 부품: S급 마력 코어 0/1]

무려 S급의 마력 코어다. 상당히 만만치 않은 부품에 용찬은 즉시 에린 리스엘에게 통신을 걸었지만 돌아오는 대답은 이것이었다.

-불가능해요. 제 권능으로 합성할 수 있는 것은 A급의 마력 코어 정도라구요.

"A급의 마력 코어를 합성한다 해도 불가능한가?"

-무슨 융합의 권능이 만능인 줄 아세요?!

"흐음. 안타깝군."

할 수 없이 S급 마력 코어는 직접 구해야 한다는 결론이었다. 현 시점에선 대륙과 마계 전역을 뒤진다고 해도 그 정도의 순도 높은 마력석은 찾기 힘들 터. 적어도 S급에 해당되는 무언가를 제압해야만 얻을 수 있는 유니크 이상의 아이템이었다.

'잠깐. 유니크 이상으로 취급되는 신기라면……?'

유니크 다음의 등급은 아직까지 미지의 영역이었다. 하지만 성국이 자랑하는 최고의 무기인 신기라면 그 다음 등급의 장비일 가능성이 매우 컸다. 물론 그것은 흑단에게서 건네받은 마신기 또한 마찬가지였지만 당장 성국과 전쟁을 벌여야 할 판에 무턱대고 마신기를 훼손할 순 없는 노릇이었다.

-마왕님. 로버트입니다. 리스엘 가문에서 물자 지원이 도착했습니다.

-잭 펠터입니다. 전에는 급히 장비를 준비하느라 성능이 그리 좋지 못했지만 이번에는 윌트릿님과 함께 가공소의 직원 전부 최상의 장비로 깔맞춤해 두었습니다.

-헉, 허억. 다페스입니다. 방금 소식이 들어왔는데 마계의 남부로 성국의 기사단이 도착했다고 합니다.

마계 내에서 가장 많은 수입원을 차지하고 있는 리스엘 가문이 본격적으로 물자 지원을. 그로 인해 더 페이서 상단은 더욱 추진력을 얻어 현재 마계의 10대 상단에 당당히 이름을 올리고 있는 상태였다. 그리고 잭 펠터와 윌트릿이 최다 장비 생산지인 가공소를 통해서 한층 높은 성능의 장비를. 마지막으로 흑단의 매직 스크린을 통해서 정보력이 상승한 정보 단체 테오스의 적 출현 보고까지. 예정대로 착착 진행되는 상황에 흡족스러운 미소가 맺혔다.

"이제 전쟁의 시작이군요."

갓 타온 차를 건넨 그레고리가 비장한 표정으로 창밖을 내다봤다.

"슬슬 이 기나긴 여정에 마침표를 찍을 시간이지. 성국만 정리되면 즉시 마계를 지배해 사태후와 베로니카를 칠 예정이다."

"4년. 무척 긴 시간이긴 했습니다."

"그렇지."

서열 최하위권에 있던 망나니가 이렇게 서열 3위까지 올라와 있었다. 지금은 반전의 마왕이란 호칭을 가진 채 당당히 서열전의 우승 후보로 이름을 올린 상황.

4년, 아니, 정확히는 회귀 후 3년간의 기나긴 기억들을 회상하자 만감이 교차했다. 하지만 그것도 잠시. 불현듯 품속에 있던 통신 수정구가 빛을 발하며 수면 아래 잠든 정신을 일깨웠다.

'이건 차원 여행자들에게 받았던 수정구일 텐데?'

마침내 베로니카 혹은 현성휘와 관련해 무언가 알아낸 것일까. 급격히 관심이 동한 용찬은 즉시 통신을 수락했다.

-네놈이 고용찬이란 놈이냐?

"그렇다만. 네놈은 누구지?"

-네놈이랑 현성휘 자식이 싸질러 놓은 똥 대신 치워주러 온 놈이다.

웃음기 머금은 음침한 목소리에 절로 인상이 굳어진다. 로헬런에 있던 차원 여행자들의 목소리가 아니란 것을 깨달은 용찬은 뒤늦게 르네가 말한 최상위 실력자를 떠올렸다.

"사바스탄…… 이라고 했던가?"

-알고 있다니 다행이네. 킬킬킬.

"그래서 무슨 용건이냐."

-아, 조금 문제가 생겨서 말이야. 사태후에게 치명상을 먹이긴 했는데 베로니카란 마녀가 갑자기 술수를 부려서 상황이 약간 곤란하게 됐걸랑.

"놓쳤다. 이거군."

그리 기대한 것은 아니었지만 막상 들으니 아쉽긴 했다. S급의 사태후에게 치명상을 입힐 정도의 차원 여행자라면 최상위 실력자인 것은 분명할 터. 헌데, 마녀의 술수로 놈을 놓치게 됐으니 아쉬운 것은 부정할 수 없었다.

-아무래도 날 차원의 틈새로 이동시킨 것 같은데. 도저히 나갈 틈이 안 보여. 그나마 희소식이라면 이 공간 속에서 현성휘의 기운이 느껴진다는 것 정도?

"……."

-그래도 마녀가 비장의 수로 놔두고 있던 기술은 낭비시킨 것 같으니까 나머진 알아서 해보라고. 르네가 직접 선정한 후계자 나으리니까, 그 정도는 할…….

뒷말은 굳이 듣지 않았다.

강제로 통신을 끊어버린 용찬은 턱을 매만지며 현 상황을 정리했다. 그리고 얼마 되지 않아 결론을 내렸다.

'이제부터는 전부 내 몫이로군.'

이로써 제3자들은 전부 퇴장된 셈이다. 남은 것은 사건의 중심인 자신이 직접 막을 내리는 것뿐이었다.

목표는 마녀 베로니카와 탐의 화신 사태후. 그 두 명의 목을 치기 위해선 먼저 성국이란 무대를 거쳐야 했다.

부우우우우-!

마침내 성국의 출현을 알리는 나팔 소리가 영역으로 울려 퍼졌다.

스르르륵.

불어오는 바람에 휘날리는 암살왕의 머플러. 그 속에서 빛을 발하는 붉은 안광까지. 복수의 화신이었던 두 영혼의 마왕이 천천히 1층으로 내려갔다.

쿵! 쿵! 쿵!

가장 먼저 바쿤의 병사들이.

철컥! 철컥!

두 번째로 바하무트, 로헬런, 잭 가공소, 다크 엘프, 푸른 갈퀴 용병단이.

화르르륵.

마지막으로 프로이스 가문의 본대까지.

"앞장서라. 헨드릭."

"감사합니다."

불의 왕이 직접 주역의 자리를 내밀자 광악도 사양 않고 중심의 자리에 섰다.

"출발한다."

군단의 지배자가 선언했다.

마계 남부의 수성 요새 팔콘. 동서남북 초입부로 건설된 요새 중에서 유일하게 협곡을 둘러싼 지형이며 마계로 넘어오는 이동 게이트를 정면으로 삼아 협곡 전체를 막고 있는 통곡의 벽이었다. 그런 지형 덕분에 침입자의 이동 경로는 오직 협곡의 중앙밖에 없었고, 최남단의 바쿤으로 가기 위해선 어쩔 수 없이 수성 요새인 팔콘을 꿰뚫고 가야만 했다.

"만나게 되어 영광입니다. 수성 요새 팔콘을 책임지고 있는 델리엄입니다."

요새의 사령관인 델리엄은 양쪽으로 삐죽 올라간 콧수염이 돋보이는 중년 마족이었다. 오랜 기간 팔콘을 맡아온 그는 미리 흑단에게서 지시를 받아 전쟁에 참가한 마족들을 차례대로 맞이해 주었다. 그리고 펠드릭의 차례가 오자 깊이 고개를 숙이며 총사령관에 대한 예의를 차렸다.

"환영합니다. 홍염의 패자님."

"이야기는 많이 들었네. 일찍이 마계 위원회에서 지령을 받아 이 요새를 책임지고 있다고 하던데. 성국의 움직임은 어떻지?"

"보다시피 언덕 아래를 사수한 채 공성 준비를 하고 있습니다. 아무래도 해가 질 무렵 본격적인 1차 공세를 펼칠 것 같습니다."

협곡의 중앙을 가로막고 있는 팔콘. 협곡 아래 언덕길을 사수한 채 공성 준비를 하고 있는 성국. 지형상으로 볼 때 무조건 수성을 하는 쪽이 유리할 수밖에 없었지만 안심하긴 일렀다.

"주의해야 할 적은?"

"선봉을 담당하게 된 고위 사제 랭스턴, 이단 심문관 쥬르, 신앙의 공성 병기를 책임지고 있는 공성병 마구스, 신법석을 제작하고 조달의 책임자를 맡고 있는 신법 사제 로이아나, 공중 강습 부대의 단장인 페이잭까지……. 세 명의 기사단장을 견제하기에 앞서 먼저 제거해야 할 주요 인물들이 넘쳐납니다."

"완전히 총 전력을 갖추고 왔군. 그래서 자네 생각은 어떠나? 이 파우스 협곡에서 놈들을 막을 수 있겠나?"

"……아마도 팔콘은 돌파당할 가능성이 큽니다."

"뭐라? 우리의 진력도 그리 만만치는 않을 텐데?"

"그게 문제가 아닙니다. 총사령관님. 오히려 문제는 팔콘 요새의 내구도죠."

델리엄의 눈길이 먼 치에 있는 신앙의 공성 병기로 향했다. 제아무리 통곡의 벽이라 한들 신법석으로 강화된 공성 병기의 포격엔 오래 버티지 못했다. 만약 공성병 및 공성 병기를 앞서 처리한다고 해도 성국의 총 군세를 요새가 버틸지 미지수인 상황.

즉, 마계의 전력과 상관없이 수성 요새 팔콘은 돌파당할 수밖에 없는 운명이란 것이었다.

"으음. 신법석 무력화 장치는?"

"미리 요새에 설치해 두긴 했지만 최대 3번이 한계일 것 같습니다. 때문에 저는 그 후를 대비하고 있습니다."

"그 후라면?"

펠드릭의 물음에 델리엄이 날카로운 눈빛으로 뒤쪽 골짜기를 가리켰다.

"성국의 군대를 각개격파할 수 있는 지형. 저 산호초의 골짜기를 말이죠."

명목상으로 펠드릭이 총사령관에 자리매김한 탓에 그 외 마왕과 가주들은 군단장으로 밀려났다. 당연히 프로이스 가문의 영향력 덕분에 용찬은 1군단장으로 임명받을 수 있었고,

현 서열 3위에 자리하고 있었기 때문에 다른 마족들의 불만 또한 없었다.

그 다음으로 아가프가 2군단장, 베일이란 가문으로 새롭게 태어난 로저스가 3군단장에 오르면서 주요 군부대 배치는 끝난 상태였고, 남아 있던 크로우와 서열 2위의 마왕 벤젠이 4, 5군단장으로 임명받으며 서열을 확고히 했다.

"헤헤. 마왕님. 제가 사격 부대를 맡게 됐어요."

"강습 부대라. 이름은 마음에 안 들지만 그래도 나한테는 딱 맞는걸?"

"전 골드 부대와 더불어 마병단을 이끌게 됐습니다."

"페펭. 여기까지 와서 전술 참모를 맡게 될 줄이야."

그 외 바쿤의 주력 병사들은 자신들의 능력을 인정받아 하위 부대를 각각 하나씩 통솔하게 됐다. 그렇게 전쟁을 위한 준비가 어느 정도 마무리가 되자 곧바로 제1차 회의가 진행됐는데, 시작부터 수성 요새 팔콘을 책임지고 있던 델리엄이 아주 파격적인 제안을 꺼내 들었다.

"수성 요새를 버림패로 사용할 예정입니다."

"버림패?!"

"아니, 시작도 하기 전에 그게 무슨 망발인가!"

물론 반응은 살벌했다. 처음부터 사기가 줄어들 만한 제안을 꺼냈기 때문에. 하지만 신법석의 위력을 알고 있던 용찬은 델리엄의 제안을 흘려듣지 않았다.

'먼저 요새 밖으로 나가 성국의 군세를 토벌하는 것은 전멸 행위. 그렇다고 해서 수성으로 장기전을 노리자니 공성 병기가 두렵고. 특히나 신성력에 약한 마족들이니 오랫동안 요새에서 버티긴 힘들 수밖에 없겠지.'

최대한 요새에서 이득을 얻은 후 빠지는 게 가장 현명한 판단이었다. 문제는 어떤 방식으로 수성 도중 이득을 취할 것인가였는데, 안타깝게도 방법에 대해선 그렇다 할 의견이 나오지 않았다. 그러던 도중 품속에 있던 통신 수정구를 통해 진혁의 목소리가 들려왔다.

-판단은 좋은데 너무 요점만 말했어.

'좋은 방법이라도 있는 거냐?'

-여러 권능을 가진 마족들이 모여 있잖아. 여기선 최대한 그 능력들을 여러 방면으로 활용해야지. 게다가 지형상으로 볼 때 충분히 시간도 끌 수 있고 말야.

'하지만 무작정 권능을 활용해 타격을 주는 것은 어려울 텐데? 이미 일부 계열의 능력들은 고위 사제들의 스킬에 의해 봉인되어 있고 말이지.'

협곡과 골짜기를 중심으로 이동 관련 기술들은 봉인되어 있다. 또한 추적계, 소환계, 감지계, 정신계의 면역 버프가 활성화 되면서 빈틈을 노린 기습조차 불가능한 상태였다.

-어차피 요새를 버림패로 사용할 거라면…….

'음?'

차근차근 풀어주는 설명에 두 눈이 휘둥그레진다.

버림패로 사용할 수성 요새. 각기 다른 효과의 권능 가진 마족들. 유리한 협곡의 지형까지.

"제가 한 가지 발언해도 되겠습니까?"

어둠 속에서 피어나는 미소 속에서 마족들의 시선이 한데 모아졌다. 그리고 점차 밝혀지는 작전에 사령관 및 참모들의 표정이 삽시간에 뒤바뀌었다.

"가능할 것…… 아니, 성공할 수밖에 없겠어."

"그 작전을 수행하기 위해선 시선을 끌 부대도 필요하겠군."

"그래. 최소한 요새를 버림패로 쓸 거면 우리도 그에 합당한 무언가를 가져와야 수지가 맞겠지."

용찬이 발언한 작전의 반응은 괜찮았다. 아니, 괜찮다 못 해 모두 열성적으로 고개를 끄덕이는 분위기였다.

다만 이 작전의 가장 큰 문제는 세 명의 기사단장이었는데, 그 부분에 관련해선 서열 1위 아가프, 서열 2위 벤젠, 서열 3위 헨드릭이 시선을 끄는 것으로 결정됐다. 그렇게 작전 회의가 끝나고 성벽에서 대기하게 된 세 명의 군단장.

"허허, 날이 저물어 가는구만."

전쟁의 시작을 알리는 어둠이 협곡으로 찾아오자 언덕 아래에서 불길함을 간직한 빛이 퍼져 나갔다. 그런 광경에 먼저 대현자인 아가프가 자리를 떴고, 그 다음으로 벤젠이 자리에서 일어났다.

"반전의 마왕 헨드릭 프로이스. 나와 이렇게 마주하는 것은 이번이 처음이던가?"

"벤젠 리벌스."

"자네 어머니껜 신세를 많이 졌다네. 모쪼록 잘 부탁하네."

"……뭐라고?"

여태껏 단 한 번도 충돌하지 않았던 저주의 마왕 벤젠. 전생에선 플레이어들과 연합해 놈을 한 차례 무찌른 적이 있었지만 이런 식으로 마주한 것은 처음이었다. 그런 상황에서 한동안 잊고 있던 오르비안이 언급되자 인상이 굳어졌다. 하지만 의문을 해결할 새도 없이 포성이 쩌렁쩌렁 울리며 전쟁의 시작을 알려왔다.

콰앙!

성벽 한가운데로 박혀 드는 커다란 신법석.

"이런. 피해!"

신성력을 품은 돌멩이가 찬란한 빛을 뿜어내자 성벽 위를 사수하던 마족들이 요란하게 달아나기 시작했다.

'그래도 마녀 릴리스가 개입하지 않은 덕분에 수성 요새 팔콘을 거쳐 가게 됐지만. 역시나 성국의 신성력만큼은 버텨내

질 못하는군. 게다가 후방엔 세 명의 기사단장까지 대기하고 있고.'

다시금 전쟁에 집중한 용찬이 빠르게 상황을 분석했다.

"일단 공성 병기를 파괴하는 게 먼저겠어."

"무리일세. 후방에 있는 공성병이 살아 있는 한 계속해서 신앙의 공성 병기를 제작할 걸세."

"그렇다면 최대한 무력화라도 시켜야겠지."

"그 의견엔 동의하네."

가장 먼저 스태프를 쥔 벤젠이 날아오르던 와이번에 올라탔다.

"서열 2위 마왕 벤젠이다. 놈을 와이번에서 떨어트려라!"

"어림도 없는 소리."

마치 신발에 날개가 달린 것처럼 장비의 비행 능력을 이용해 공중으로 날아오른 공중 강습 부대가 와이번을 노리기 시작했다. 하지만 서열 2위 마왕답게 벤젠은 광역 저주를 퍼부으며 성기사들의 저항력을 최대로 하락시켰고, 얼마 되지 않아 벤젠의 수하들인 흑마법사들이 공중으로 전격 마법을 시전했다.

파지지지직!

감전 상태에 걸린 채로 추락하는 부대원들. 한순간에 20여 명의 성기사들이 죽어 나갔지만 나머지 부상을 입은 자들은 금방 사제들에 의해서 회복이 되고 있었다.

'저놈이 공중 부대를 맡는다면 나는 지상의 부대를 맡아야

겠군.'

마침 성국의 본대가 언덕길을 타고 위로 올라오고 있었다.

"제1군단 집합해라."

"군단장님께서 집합 명령을 내리셨다. 집합!"

"집합하라!"

제1군단은 프로이스 가문의 본대와 바쿤의 병사. 그 외 서열 20위 대의 마왕들이 합쳐진 마계의 주요 전력들이었다.

몇몇 마족들은 아직까지 헨드릭이 1군단장이란 것을 마음에 들어 하지 않는 눈치였지만, 대부분 용찬을 인정하는 분위기였기 때문에 어쩔 수 없이 집합 명령에 따랐다. 그리고 굳건히 닫혀 있던 요새의 정문이 열리자 입을 떡 벌렸다.

"자, 잠깐만. 직접 밖으로 나간다고?"

"미친 거 아니야. 공성 병기의 포격도 날아오고 있는데 정면 충돌하겠다니. 이건 완전 자살 행위잖아."

"대체 무슨 생각이래. 아무리 전투에 자신이 있다고 해도 우린 아니잖아."

두려움은 삽시간에 찾아왔다. 일부는 죽음에 대한 공포 때문에 온몸을 떨고 있었고, 또 일부는 믿기지 않는다는 듯 놀란 두 눈으로 용찬을 쳐다보고 있었다.

하지만 그것도 잠시.

"입 다물어라."

커다란 포효성이 군단 전체로 울려 퍼지자 갖가지 감정들이 먹어 들었다. 그 이후로 마족들을 뒤덮는 것은 강렬한 카리스마. 그런 카리스마를 발현하고 있던 제1군단장은 가장 먼저 요새 밖으로 걸음을 내밀었다.

푸쉬이이익!

흑갑주에서 내뿜어지는 검은 증기. 투구 속에서 광기로 물든 붉은 안광이 비치자 전장으로 전율이 감돌았다.

그리고.

"뒤처지지 마라."

광악의 폭주가 다시금 시작됐다.

취이이익.

광군주의 폭주 모드는 일시적으로 시전자의 능력들을 증폭시켜 주지만 그만큼 체력을 소진하기 때문에 상당히 후유증이 큰 효과이기도 했다. 특히 지속 시간 동안 받은 피해가 한꺼번에 밀려오던 탓에 전생에서도 위급할 때만 사용했었는데, 불사자 세트를 얻은 이후론 그런 걱정을 하지 않게 됐다.

[드레인 모드가 활성화됩니다. 상대방에게 준 타격의 일부를 생명력으로 흡수합니다. 자연 치유력의 효과로 생명력이 재생됩니다.]

재생, 흡수.

폭주 모드의 부작용으로 광군주의 반지가 시전자의 생명력을 앗아가고 있었지만, 불사자 세트의 효과가 그런 하이 리스크를 하이 리턴으로 메우고 있었다.

그리고.

"악이여. 소멸하거라!"

마침 적당한 먹잇감이 광악의 눈에 포착됐다.

[이단 심문관 쥬르]

성격이 포악하기로 유명한 이단 심문관들의 행동 대장. 마치 생전의 앙숙이라도 만난 듯 마족들의 모습에 경기를 일으키며 양손의 철퇴를 빙빙 돌리기 시작했다.

[이단 심문관 쥬르가 신성 재판을 시전합니다. 어깨 부위로 신성력이 담긴 철퇴가 작렬합니다.]

광기에 물든 악마마저 멈칫거리게 만드는 신성 철퇴의 위력.

"낄낄낄. 신이 부름하고 계신다. 네놈을 퇴치할 나에게 다시금 축복을 내려주시기 위해!"

"……."

"그래. 심각한 고통에 말조차 나오지 않는 것이겠지."

어깨를 부여잡은 채 물러난 광악의 모습에 쥬르는 쾌재를 불렀다. 역시 신성력에 약한 마족이기 때문에 본능적으로 두려움을 느끼고 있는 것일까. 좌우로 둘러싼 이단 심문관의 빛 무리들 속에서 쥬르는 승리를 자신했다.

때문에 다시금 철퇴를 휘둘러 자신의 위상을 보이려 했다.

하지만.

덥석!

괴물은 두려움 따위 느끼지 않았다. 아니, 오히려 성가시다는 듯 붉은 안광을 내비치며 철퇴를 붙잡아 자신 쪽으로 당겨 버렸다.

"히에에엑?!"

"할 말은 그게 끝이냐?"

"주, 죽어. 죽어어어어!"

검 형태로 구현된 신성력의 칼날들이 무수히 떨어진다. 마치 폭격처럼 둘이 있던 자리로 연쇄 폭발이 일어나자 제1군단의 병사들은 뒤로 물러났고, 폭발한 신성력은 재앙처럼 미처 피하지 못한 마족들의 살을 빠르게 태워갔다.

쾅! 쾅! 콰앙!

이 정도의 신성력에선 놈도 살아남지 못할 것이다.

"크헤헤헤. 이제 죽었겠지. 악마 놈!"

악마 토벌의 경험이 풍부했던 쥬르는 그렇게 생각했다. 하지만 그는 모르고 있었다. 불사자의 세트엔 자체적으로 속성 내성이 붙어 있단 것을. 그리고 광군주의 효과로 고통 감내가 활성화되어 있단 것을 말이다.

"이제……."

"엉?"

뿌연 연기 속에서 튀어나오는 검은 손길. 미처 피할 새도 없이 목을 부여잡는 용찬의 손에 온몸이 돌처럼 굳어졌다. 그런 죽음에 대한 공포 속에서 밀려오는 것은 끝없는 어둠.

완전히 어둠의 속성력에 집어삼켜진 쥬르는 그 속에서 괴물의 두 눈빛과 마주했다.

"죽어라."

"꺽, 꺼어억!"

고통은 찰나였다. 단말마의 비명을 내지르는 것도 잠시. 완전히 목이 비틀어진 쥬르는 마치 짚신 인형처럼 축 늘어져 버렸다.

"쥬, 쥬르 님께서…… 끄악!"

"도망쳐. 괴물이야!"

"우리로선 상대가 안 돼!"

겁에 질린 이단 심문관들은 본인들의 임무도 잊어버린 채 도망치기 바빴다. 하지만 광악은 그런 자들까지 무참히 살해하고 들었다.

슈우우웅!

도망치는 자들에겐 죽음이란 자비를.

사방으로 불어오는 거대한 폭풍 속에서 용찬은 다시금 자신의 존재감을 확연히 드러냈다.

"전보다 더 강해지셨군. 이젠 나조차 상대가 되지 않겠어."

제1군단장을 뒤따르던 기슈마저 질린다는 듯 고개를 절레절레 거렸다. 저 괴물 같은 자가 현재 마계에서 서열전의 승리 후보로 꼽히고 있는 반전의 마왕. 그리고 프로이스 가문의 후계자이기도 한 자신들의 군주였다.

"이럴 때가 아냐. 얼른 마왕님을 보조하자고."

"우리도 가만히 있을 순 없지."

"어이, 다들 거기서 지켜만 보고 있을 거냐."

프로이스 가의 부대장들이 눈짓을 주자 멍하니 있던 마족들과 병사들도 정신을 차렸다. 전까진 용찬의 태도를 무모하다 못 해 자살 행위라고 여기고 있었지만 지금은 달랐다.

믿고 따를 수 있는 군단장.

"제1군단장님을 따르라!"

이것이 제1군단의 힘이었다.

"허어. 쥬르가 신의 품으로 돌아갔군요. 참으로 마음에 드는 아이였는데…… 무척 아쉽습니다."

언덕 아래에서 전투를 지켜보던 대주교가 탄식을 토했다. 최소한의 희생을 각오하고 전쟁을 선포한 성국이었지만 막상 전장에서 죽어 나가는 병사들을 보게 되니 아쉬움이 물밀듯 밀려왔다. 다만, 그 감정은 병사들의 죽음에 슬퍼하는 것이 아니었다.

좀 더 싸울 수 있었을 텐데. 끝까지 살아남아 자신에게 더욱 도움이 될 수 있었을 텐데. 등등 이런 생각에 아쉬워할 뿐이었다.

'정말 성국의 병사들을 도구로 볼 뿐이군.'

필레몽을 호위하던 세 명의 기사단장이 동시에 인상을 찌푸렸다. 하지만 그런 놈의 부패한 시선을 굳이 지적하진 않았다. 오히려 알면서도 대주교란 직위의 작자를 따르고 있는 것뿐이었다.

빛의 신 자베스에게 직접적으로 축복을 받아 성국을 건설했다는 일화. 그것이 거짓이 아니란 것을 알고 있기 때문에 세 명은 필레몽의 심성을 애써 외면하고 있었다.

"호오. 저 마족이 헨드릭 프로이스로군요. 플레이어의 능력을 함께 사용하는 이형의 마족. 성녀님께 들어서 대충은 알고 있었지만 이렇게 직접 보게 되는 것은 처음이로군요."

"어쩌시겠습니까?"

"이대로 놔두면 중앙선까지 돌파당할 것 같으니 그전에 손을 써두는 게 편하겠죠."

"그렇다면 저희가……."

"아, 괜찮습니다. 가만히 계십시오. 우선 저 악랄한 마족들의 신법석 무효화 장치부터 처리하는 게 먼저입니다."

이렇게 편하게 의자에 반쯤 드러누운 채 전투를 방관한다고 해서 뼛속까지 멍청한 작자는 아니었다. 그리고 그것을 증명하듯 필레몽의 손짓에 공성 병기로 대신법석이 설치됐다.

"저희에게 장기전은 불리하니까 말이죠."

쾅! 쾅! 쾅!

보통 신법석보다 한 단계 강화된 대신법석이다. 위력은 거의 세 배로 증폭된 상태. 마족들에게 있어 재앙과도 다름없는 대신법석이 비처럼 쏟아지자 골짜기의 지형 자체가 파괴되어 갔다. 그리고 헨드릭을 중심으로 한창 기세를 펼치던 제1군단의 질주마저 저지가 됐다.

[신법석 무력화 장치가 발동됩니다.]

[사용 횟수 1/3]

예상대로 신성력을 제거하는 마계의 고유 장치가 발동됐지만 그것도 앞으로 두 번이 한계였다.

'우리의 신 자베스는 참으로 현명해. 우리 성국보다 몇 배는 되는 마계의 전력. 특히 권능이란 특수한 힘을 가진 72명의 마왕들을 상대로 신성력이란 막강한 능력을 건네주었으니까. 이토록 균형이 잘 잡힌 선과 악이 또 있을까.'

보라! 결코 거부할 수 없는 신성력 앞에서 모두가 도망치고 있지 않은가. 심지어 아까 전까지 펄펄 날뛰고 있던 헨드릭 프로이스까지 꼬리를 말고 요새 안으로 도주하고 있었다.

하지만 여기서 그칠 필레몽이 아니었다.

"공중 강습 부대는 공성병들을 도와 협곡의 좌우 정상을 차지하라."

좀 더 효율적인 공성 자리를.

"성기사들은 방패병들을 중심으로 일정 거리를 유지하라."

좀 더 신중한 부대 전술을.

"사제들은 회복을 멈추고 성벽 위의 병사들을 맡아라."

마지막으로 요새 돌파를 위한 준비에 임하며 성국의 전열을 다듬었다. 마족들의 입장에선 최대한 요새에서 자신들의 행보를 막고 싶을 터. 만약 요새가 뚫린다면 그 후 대처가 애매해질 테니 그런 판단은 당연했다.

'무작정 바쿤을 노린다고? 아니지. 우리가 그렇게 멍청할까

봐? 오히려 마계의 외곽부터 차근차근 갉아먹어 주마.'

필레몽은 신기를 가진 세 명의 기사단장만 믿고 전쟁을 선포한 게 아니었다. 그저 승패에 대한 확신이 있었기 때문에 이렇게 여유롭게 전장을 들여다보는 것이었다.

그렇게 한 시간, 두 시간이 흐르고 전장의 과열된 분위기가 흐려졌을까.

쩌저적.

거의 내구도가 한계에 달한 요새의 성벽으로 금이 가기 시작했다.

우수수 떨어져 나가는 성벽의 파편들. 어쩔 수 없이 장기전에선 불리할 수밖에 없는 성국이었지만 그것은 요새 팔콘의 내구도 또한 마찬가지였다.

"오오오. 대주교님. 드디어 통곡의 벽에 금이 가기 시작했습니다!"

"흐음. 그렇군요."

"엇. 대주교님. 왜 그러십니까? 벌써 놈들은 무력화 장치를 세 번씩이나 연달아 사용한 상태입니다. 이제 저희를 막을……."

호들갑을 떨던 신하의 웃음이 벗어 든다. 묘하게 가늘어지는 두 눈. 무언가 불만이 있거나 위화감을 느꼈을 때만 볼 수 있는 대주교의 표정이었다.

"무언가 이상해서 말입니다."

"무, 무엇이 말입니까?"

"저 간악한 자들의 입장에선 어떻게든 저희를 막기 위해 안달이 나 있을 터인데…… 몇 차례 반격을 한 이후로 다신 그런 기미가 보이지 않습니다. 마치 무언가를 기다리는 것처럼 말이죠."

수성 요새 팔콘의 내구도에 한계가 있다는 것쯤은 이미 알고 있었을 것이다. 헌데도 놈들은 최대한의 전력을 투입하지 않은 채 그저 막기에 급급해 있었다. 잠시 턱을 쓸어만지던 필레몽은 좌우 간격이 상당히 좁은 골짜기의 구조를 유심히 들여다봤다.

"일단 뒤로 병사들을 물려야겠군요."

"하, 하지만……."

"뭐 하고 계십니까. 얼른 제 지시를 전달하지 않고."

"……알겠습니다."

도저히 이해가 안 되는 지시였지만 신하는 그저 따를 수밖에 없었다. 그렇게 앞으로 진격해 있던 성기사들이 더욱 거리를 확보하기 위해 뒤로 물러나고 있었을까.

콰콰콰쾅!

공성병들이 위치를 차지하고 있던 좌우 절벽들이 무너져 내리며 언덕길 중앙으로 돌무더기가 떨어졌다. 그와 동시에 쩌저적 얼어붙기 시작한 절벽의 파편들. 미리 성기사들을 뒤로 물린 덕분에 그다지 큰 피해는 없었지만 수천 명의 병력은 꼼짝없이 건너편에 발이 묶여 버리고 말았다.

쿠구구구궁!

마치 지진이라도 난듯 땅이 흔들리더니 이내 뒤로 물러난 병사들 중심으로 커다란 구멍이 생겨났다.

"어, 얼른 뒤로 물러나!"

"젠장. 또다시 일부 병력이!"

"두 번씩이나 연달아 병력을 분산시킨다고?"

"헙, 저길 봐! 구멍에서 물이 차오르고 있…… 꾸르르륵!"

언덕길 중앙, 언덕 초입부, 커다란 구멍으로 인해 길목이 차단된 후방까지. 동시다발적으로 생성된 구멍에서부터 푸른 물이 차오르기 시작했다. 그리고 급상승하는 물줄기를 타고 올라오는 것은 여태껏 모습을 보이지 않던 제3의 군단.

"하아. 땅 파느라 고생했다. 진짜."

"헹. 절반은 거의 내가 팠을 텐데. 엄살하곤."

"우씨."

뒤늦게 굴착의 권능을 가진 가우론과 괴력을 권능을 가진 크로우가 모습을 드러내자 차오르던 물줄기가 그대로 증발되어 갔다.

"저 녀석은?"

"다시 보게 되는군."

불의 왕. 마계의 현존하는 전설인 홍염의 패자.

그런 호칭의 펠드릭이 뒤쪽 구멍을 사수한 채로 앞을 가로막자 기사단장들 사이로 긴장감이 흘러넘쳤다. 하지만 아직까지 그렇다 할 표정 변화가 없던 필레몽은 시큰둥한 눈빛으로 어깨를 으쓱일 뿐이었다.

"그리도 시간을 끌더니 고작 생각한 게 이것입니까? 확실히 병력을 세 번씩 연달아 분산시키면 좀 더 효율적인 전투가 진행되겠죠. 하지만 결국 일부는 희생할 수밖에 없을 텐데요?"

"네놈 눈엔 내가 희생하는 것으로 보이나 보지?"

"그럴 수밖에요. 당신이 시간을 버는 동안 나머지 잔존 병력을 처리하고 다시 합류해 후방을 친다. 이거 아닙니까?"

"틀렸다."

이글거리던 불길을 등지고 서 있던 불의 왕이 고개를 들어 올렸다.

"이미 요새는 버렸다."

불현듯 대지로 틀어박히는 커다란 녹색 줄기. 완전히 성국 본대의 뒤를 점한 마왕성 하나가 밧줄처럼 줄기를 땅에 설치한 후 그대로 착지해 버렸다.

"……이건."

"나머지 잔존 병력 따윈 거들떠보지도 않아. 처음부터 우린 네놈들만을 노렸지."

“허허. 이대로 저희 성기사들이 요새를 점령하고 마계를 친다면 곤란한 것은 그쪽도 마찬가지일 텐데요?”

“괜한 걱정을 하는군.”

필레몽이 코웃음을 치자 펠드릭도 가볍게 실소를 던졌다.

놈들은 알고나 있을까.

구우우우웅!

오히려 걱정해야 할 것은 자신들이란 것을. 불현듯 사방으로 공명하는 정체불명의 기운에 기사단장들은 앞뒤로 경계어린 눈빛을 던졌다.

하지만 그것도 잠시.

“끌끌끌. 이제부터가 본 무대거늘.”

“이것까진 예상 못 했을 거다. 대주교 필레몽.”

섬뜩한 기운의 무구를 꺼내든 아가프와 용찬의 조소에 필레몽의 안색이 굳어졌다.

불의 왕, 대현자, 광악.

현존하는 마계의 절대자들이 동시에 무구의 진정한 능력을 발현한 것이다.

“이, 있을 수 없어. 수만 년 전에 사라졌다던 마기가…….”

“네놈들이 전투에서 승리할 때.”

“뭐, 뭣?”

흑갑주 위로 짙은 마기가 맺힐 무렵, 용찬이 선언했다.

"우린 전쟁에서 승리한다."

빛에 대항하는 어둠이 전장에 도래하는 순간이었다.

오래전부터 끝을 알 수 없을 정도로 이어져 온 빛과 어둠의 싸움. 한 치의 양보도 없이 서로의 영역을 차지하고자 밀고 밀어냈던 전혀 반대되는 성질이었다. 하지만 그런 기나긴 싸움 속에서 끝내 어둠은 사라지고 말았다.

마기. 본래 마족들에게서 존재해야 할 기운이었지만 그런 성질에서 위험을 감지한 신들은 마기 자체를 세계에서 지워 버렸다.

쿠구구궁.

분명 그렇게 알고 있었던 필레몽이었다. 헌데, 지금 눈앞에 보이는 짙은 어둠은 대체 무엇이란 말인가. 그것도 세 명씩이나 동시에 마기를 구현화해 내고 있었다.

[마신기의 효과가 발동됩니다.]

[신기의 효과가 발동됩니다.]

[실패! 두 성질이 충돌합니다.]

이로써 마족들의 능력을 하락시키던 신기의 효과는 무용지물이 됐다. 비록 그 대가로 마신기 또한 효과를 제대로 발현하지 못하고 있었지만 이 정도면 충분했다. 아니, 충분하다 못해 매우 만족스러웠다.

"빛의 심문관 잭서라고 했던가. 어디 그때처럼 한번 막아보거라."

"……홍염의 패자!"

첫 대면 당시 잭서는 삼신기의 효과를 이용해 펠드릭의 기술을 가볍게 막아냈었다. 그리고 마치 그때를 회상하듯 백염이 다시금 대지를 뒤덮었지만 반격은 고사하고 뜨거운 열기를 막는 것도 힘들었다.

할 수 없이 본연의 능력을 이용해 저항력을 높인 세 명의 기사단장. 하지만 하늘 위에서 떨어지는 커다란 운석들만큼은 단순 저항력만으론 버티는 게 불가능했다.

"다, 다들 뭐 하고 계신 겁니까. 얼른 막아내십시오!"

"이런, 로우마니!"

"알고 있네만."

필레몽이 버럭 소리치자 세 명이 동시에 무기를 치켜 올렸다. 무려 S급으로 상승한 불의 왕의 기술이었다. 하지만 그것을 가만히 놔둘 용찬과 아가프가 아니었다.

"네 상대는 나다."

“허허, 이렇게 세 명씩 왔는데 나를 홀로 놔둘 셈인가.”

벡터를 이용한 숄더 어택에 날아가는 저거넛, 심장부로 파고드는 전격의 창을 피하기 위해 어쩔 수 없이 뒤로 물러나는 로우마니까지.

아예 기사단장 두 명이 각각 한 명씩을 맡게 되자 남아 있던 잭서 홀로 펠드릭과 교전을 치르게 됐다. 그리고 남아 있던 군단의 병사들과 이종족들이 합심해서 성국의 잔존 병력들을 치자 본격적인 전투가 벌어졌다.

마계와 성국.

“물러서지 마라. 악을 토벌하라!”

“저 성국의 개들을 마계에서 내쫓아라!”

절대 공존할 수 없는 두 세력의 마지막 전투가 말이다.

“이런 상황을 노려오던 것이었나. 모두들 기존 목적을 포기하고 아군 지원에 들어간다.”

원활한 공성을 위해 공중을 장악하고 있던 페이잭이 등을 돌렸다. 지금은 이렇게 계속해서 마족들의 와이번 병대를 상대할 때가 아니었다. 오히려 지금은 위험에 처한 성국의 본대를 지원하는 게 가장 중요할 것이다.

"어딜 가려고 그러나?"

"비켜라. 저주의 마왕!"

"비키지 않는다면?"

"그렇다면 힘으로 돌파할 수밖에!"

길쭉한 태도와 하나가 된 페이잭이 두 눈을 빛냈다. 등급은 동일한 A급이었지만 저주 계열에 특화된 벤젠은 물리 방어력이 매우 낮았다. 그런 취약점을 미리 파악해 냈기 때문에 망설임 없이 차지 기술을 사용한 것이었지만 뒤늦게 두 마리의 수룡이 튀어나와 앞을 막아섰다.

"설마 내가 혼자서 네놈을 상대할 거란 착각을 한 건 아니겠지?"

"로저스 샤들리?!"

"착각하는 게 한두 가지가 아니군."

가뿐히 수룡 위로 착지한 로저스가 창공 부대를 내려다봤다. 이미 골짜기의 상공엔 벤젠의 병사들뿐만 아니라 카롯의 병사들까지 대부분 집합해 있었다.

그리고 샤들리, 아니, 베일 가문의 정규군까지 하나 둘씩 지상으로 모습을 드러내자 공중 강습 부대원들이 아연실색해 했다.

"로저스 베일이다. 똑똑히 새겨들어라."

"아하하하. 진짜 빌어먹겠군."

수난도 이런 수난이 없을 것이다.

그렇게 두 명의 상위 마왕이 공중 강습 부대를 포위하는 사이 좌우 협곡이 무너져 내리면서 뒤가 사라져 버린 성국의 돌격대는 눈앞의 요새를 목표로 하고 있었다.

"우선 요새를 점령하는 게 먼저겠어."

"그래. 본대에서 다시 통신이 오겠지. 그동안 잠잠해진 요새부터 처리하자고."

"엇, 잠깐. 저게 뭐야?!"

성벽을 수비하던 궁병 및 마법사들도 사라져 있던 요새 팔콘이었다. 때문에 지금이 기회라고 여긴 돌격대였지만 아니나 다를까. 잠잠해져 있던 요새의 정문이 열리며 제3의 군세가 걸어 나오고 있었다.

가장 먼저 보이는 것은 선두에 선 네 명의 이종족. 그것도 다른 이종족들과는 비교적 다른 특징들을 가진 수인들이었다.

"크르르르. 마족들을 위해서 이렇게 전쟁에 참여하게 될 줄이야."

"어머, 정확히는 헨드릭 프로이스 때문이 아니었어?"

"입 닥쳐. 베이라."

"괜히 나한테 화풀이 하긴. 아무튼 프로이스 가문이 보수까지 약속했으니까 열심히들 일하라고."

놀들의 왕 코핀, 서큐버스 왕 베이라, 렛맨들의 왕 렘릭, 리자드맨의 왕 콜로보스까지. 정식으로 마계 위원회의 소집령에 참가한 그들은 프로이스 가문의 협력을 통해 성국과의 전쟁에 지원군으로 찾아온 상태였다.

이번 전쟁에서 수인 연합의 임무는 군단들이 빈 요새를 사수하는 것. 원래라면 온갖 변명을 거들먹거리며 전쟁에 참여하지 않았겠지만 이번만큼은 달랐다.

"헨드릭 프로이스 님을 위해서 참여한 것을 영광으로 알게."

"허어, 그 깐깐하던 렘릭까지 헨드릭 편을 들 줄이야. 이것 참. 나도 나중에 만나봐야겠구만."

"헹. 아무튼 시작해 보자고."

코핀이 두 자루의 클로를 뽑아들자 대화를 주고받던 렘릭과 콜로보스도 고개를 끄덕거렸다.

샤아아앙!

마침 돌격대의 중심이었던 고위 사제 랭스턴도 준비를 마친 상황. 뒤따라 상위 성기사 다슨이 바스타드 소드를 뽑아든 채 성기사들을 이끌기 시작하자 수인들도 포효성을 내지르며 달려들었다.

[수인왕 코핀이 혈전혈투를 시전했습니다.]

[고위 사제 랭스턴이 빛의 기도를 시전했습니다.]

마치 검기처럼 쏘아진 핏빛 칼날들과 그런 칼날을 막아낸 빛의 보호막. 마계 내에서도 상당한 강자에 속하는 A급의 수인왕들이었지만 고위 사제와 상위 성기사도 만만치 않았다. 그 증거로 다수이 휘두른 검격에 트라이던트를 들고 있던 콜로보스의 신형이 뒤로 팍 밀려났다. 그리고 베이라가 발동한 매혹의 가루 앞에서도 정신을 잃지 않고 오히려 신성력을 발휘하며 모든 성기사들을 지켜내고 있었다.

"물러서지 마라. 고작해 봐야 마계에서도 노예 취급당하는 수인 놈들이다!"

"아니, 저 개자식이 진짜 돌았나?!"

"개자식은 네놈들을 두고 말하는 것 같은데. 내 말이 틀린가."

"오냐. 오늘 너 죽고 나 죽자!"

물론 치열한 신경전은 덤이었다.

한편, 기사단장을 제외한 본대를 상대하게 된 바쿤과 2, 3군단.

"무슨 스켈레톤 병사가 이렇게 날쎈 거야?!"

[ㅇㅅㅇ]

방패병답지 않게 이리저리 도주하는 쿨단부터 시작해.

"우하하하하. 나 대박 커졌어요!"

“뭐, 뭐야. 저 뱀파이어?!”

“다 덤벼라. 성국 놈들아!”

궁수답지 않게 덩치가 불어난 진혈왕 헥토르까지. 겉으로만 보면 엉망진창인 전투였지만 둘은 혼란스러운 전장 속에서도 자신들의 역할을 톡톡히 해내고 있었다.

그리고 새로운 장비를 건네받았던 록시와 루시엔이 성국의 주요 인물이었던 신법 사제 로이아나의 앞을 막아서자 뒤따라 상위 성기사들이 진을 펼치기 시작했다.

“내기할까. 누가 먼저 저 사제의 목을 따는지?”

“안 봐도 결과가 뻔히 보이는군.”

“웃기고 있네!”

구사섬을 터득한 루시엔 못지않게 성장한 록시였다. 특히 이번에 마력 순환 팔찌를 통해 A급에 도달한 마법사였기에 주저할 필요가 없는 내기였다.

[신법 사제 로이아나가 결속의 진을 시전했습니다. 성기사들과 사제들의 물리 방어력, 마법 방어력이 상승합니다.]

그런 두 병사의 전력을 어느 정도는 파악한 것인지 로이아나가 급히 버프들을 시전하기 시작했다.

하지만.

[록시가 이중 청광을 시전합니다.]

[루시엔이 구사섬을 시전합니다.]

겨우 신성력이 부여된 버프 가지곤 A급의 둘을 막기엔 역부족이었다.

콰지지직!

섬광처럼 연달아 아홉 번의 베기를 구사하자 종이장처럼 찢겨져 나가는 사제들의 보호막. 거기서 좌우로 쏘아진 청광이 성기사들의 방패를 꿰뚫자 순식간에 진형이 붕괴됐다.

"갈 테니까 보조 잘해!"

"너나 실수하지 마라."

평소에 자주 티격태격하는 둘이었지만 전투가 시작되면 자연스럽게 합을 맞추는 콤비였다. 아마 그동안의 경험들이 성장 및 전투에 큰 영향을 준 것일 터.

"로, 로이아나. 신법석. 내게 신법석을 줘. 어서!"

일방적인 공방 도중 커다란 덩치의 성기사가 난입한다. 마치 묵중한 망치로 두들겨 맞은 듯 플레이트 아머가 이곳저곳 찌그러져 있는 상위 기사였다.

"지금 저 두 명이 안 보이시는 건가요?! 저도 그럴 시간이 없다구요!"

"젠장. 아무튼 내놓으란 말이야!"

"대체 무엇 때문에…… 아?!"

고개를 돌리자 육중한 덩치의 마족이 걸어오는 게 보였다. 온몸에 피칠갑을 한 채로 씨익 웃고 있는 마왕. 그의 모습에 성기사는 사색이 된 채로 몸을 떨었고, 마왕은 가볍게 어깨를 푼 뒤 공중으로 도약했다.

"읏샤. 어딜 가나 했더니 여기로 왔었군."

"제, 제발. 이제 그만!"

"그만하긴. 아직 시작도 안 했는데. 아아, 바쿤의 병사들인가."

괴력의 마왕 크로우. 천성이 전쟁광이었던 그는 성기사들을 두들겨 패는 것에 맛이 들린 듯 가볍게 록시와 루시엔에게 손을 흔들어주더니 이내 성기사와 함께 사라지고 말았다.

순간 무엇이 지나간 것일까. 도저히 가늠조차 되지 않는 상황에 전장으로 고요한 침묵이 흘렀다.

하지만 그것도 잠시.

콰직!

딩크가 철퇴 하운드로 사제의 머리통을 아작 내자 그런 침묵도 순식간에 깨져 버렸다.

"다들 뭐 하고 있는 거여. 후딱 처리하고 다른 쪽도 도와주자고."

"키에엑. 불한당 출동!"

"키엑. 전부 처리하자!"

돌진 부대 불한당, 마병대 골드, 방패 부대 라이언, 궁수 부대 한조까지. 무려 4년간 바쿤을 위해 싸워온 네 개의 부대가 한곳으로 모여들었다.

곧 마왕들간의 서열전은 종료 될 예정. 앞으로 두 명의 마왕만 꺾으면 바쿤의 승리가 유력했지만 그전에 앞서 성국부터 처리해야 했다.

"어쩌면 이게 마지막 전투가 될지도 모르겠구만."

"터무니없는 소리 마. 아직 플레이어 놈들이 남아 있으니까."

"마계에서의 전투 말이다. 멍청한 다크 엘프 자식아!"

"누가 멍청하다는……."

콰앙!

루시엔이 딩크의 지적에 버럭 소리치는 순간 멀리서 마력탄이 날아왔다. 불현듯 터져나가는 마력탄의 위력에 로이아나는 지친 듯 신음을 토했고, 뒤늦게 얼음 가시들이 쏘아져 내리자 성기사들이 대신해 희생하기 시작했다.

"어머, 바쿤의 병사들이잖아."

"고작 저런 놈들을 가지고 시간을 너무 지체하는군."

"그런 소리 말게. 그래도 헨드릭의 병사들이지 않은가."

비통의 마왕 실비아, 초기 시절 최대 적수였던 픽스 파이멀린. 그 외 악몽의 탑에서 용찬과 함께 파티를 구성했었던 알마인, 타그란스, 루즈란 마왕까지.

마침 다른 상위권 마왕들도 자신들의 병사들을 이끌고 합류한 것인지 먼저 앞서 나가기 시작했다.

"뭐, 알아서 잘들 해보라고."

"으드득. 저 자식이 아주 끝까지!"

실비아가 유치한 도발을 선사하며 자리를 뜨자 루시엔이 이를 으드득 갈았다. 여기까지 와서 다른 마왕성에 선수를 뺏길 순 없는 노릇이었다.

"우리도 얼른 가자!"

"하아, 저 단순한 성격하곤."

"헤헤. 아무튼 저희도 따라가요."

전투 속에서 펼쳐지는 아군간의 치열한 경쟁. 이미 주도권을 잡은 마족들의 입장에선 더 이상 망설일 것도 없었다.

그렇게 바쿤이 다시금 자신들의 존재감을 드러내기 위해 기사단들 쪽으로 뛰어들 무렵.

털썩.

멀리 떨어진 곳에서 누군가가 바닥에 주저앉고 말았다.

"헉, 허억."

"왜 그러지. 아까 전의 기세는 다 어디로 간 거냐?"

광악. 마침내 괴물이 기사단장 중 한 명인 저거넛을 무릎 꿇게 만드는 순간이었다.

스르륵-

유독 섬유석이 반짝거리는 동굴 안. 녹슨 망치의 날을 갈고 있던 사각 안경테의 청년이 주위를 둘러봤다.

"이걸로 마지막…… 인 것 같군요."

"아아, 한동안 귀찮아 죽는 줄 알았다."

"진영은 어떻게 됐습니까?"

"뭐, 어떻게 되긴 뭘 어떻게 돼. 남은 빈자리 차지한 들개가 제멋대로 설치고 있지. 이번에는 성국의 성녀한테 홀려서 마계와의 전쟁을 지원한다고 하던데. 참나, 집 안 꼴 잘 돌아간다."

진영 내 주도권을 잡고 있던 타이탄 길드가 사라진 이후 비어 있던 공석. 그 자리를 잽싸게 차지한 하이드 길드의 아놀드는 남아 있던 길드들을 회유해 리오스 진영을 마치 자기 것처럼 멋대로 운영하고 있었다.

한때 동맹 관계였다곤 하나 그것은 유태현을 통해 만들어진 임시적인 동맹. 지금은 그 중심이던 유태현마저 사라져 타이탄 길드는 붕괴됐고, 그레엄과 종호는 아예 따로 활동하고 있었다.

"그것 말고 체이서에 관한 것 말입니다."

"……정보가 하나 들어와 있긴 해. 전보다 더 강해진 사태후가 진영에 들이닥쳐 감금된 수하들을 구출해 내고 주변 일대를 쑥대밭으로 만들었다더라."

"탐의 화신. 지금은 탐랑이라고 불린다죠?"

탐랑 사태후. 이름만 들어도 절로 이가 갈린다.

'그래. 얼른 꺼져 버려. 네 지긋지긋한 면상. 다신 꼴 보기도 싫으니까. 쿨럭!'

'게헤헤헤. 그래서 작별 인사는 끝난 거여?'

'잠깐, 기다려…… 안 돼!'

무차별적으로 폭행을 당하며 질질 끌려가던 한 여인, 마치 게임을 즐기듯 그 광경을 흐뭇하게 쳐다보던 악마. 그리고 무력하게 그 자리에서 도망치고 있던 예전의 자신까지. 그 악몽 같던 기억은 아직도 종호의 머릿속에서 떠나질 않고 있었다.

"이제 곧 다시 만날 수 있겠군요. 파이칸 고대 유적지에서도 무력하게 당하기만 했지만, 유태현의 말이 사실이라면 가능성은 있을 겁니다."

"근데 정말 그런 대가 조각으로 괴물 같은 놈을 제압할 수 있는 거야?"

"자기 목숨을 담보로 저희에게 맡긴 보험이니까 완전히 거짓은 아닐 겁니다."

여정을 떠나기 직전, 히든 퀘스트의 단서를 건네며 부탁해 왔던 유태현. 평소 가식적인 미소와 달리 진지하게 굳어져 있던 그때의 얼굴은 지금도 머릿속에 선명했다. 게다가 마치 죽음을 각오한 듯한 비장했던 눈빛까지.

어떻게 이런 상황까지 예상한 것인지는 아직도 의문이었지만 그래도 한 가지는 알 수 있었다.

'보험이라…… 이거 완전히 내게 짐을 떠맡기는 수준이군.'

아마 자신에게 모든 희망을 건 것일 터다. 비록 서로의 인연은 그렇게 좋지 못했지만, 마지막에 가선 서로의 목표가 동일시 되고 있었다.

"자, 슬슬 출발하도록 하죠."

"그래. 조만간 사태후의 정보가 또 들어올 테니까 그때까지 편하게 근처 마을에서 쉬……."

"아뇨. 곧장 진영으로 귀환합니다."

"엥? 지금?"

"예. 남은 싹도 깔끔히 제거해야 할 것 아닙니까."

히든 퀘스트와 더불어 추가로 부탁했던 또 한 가지의 부탁.

'만약 아놀드 파커가 죽지 않는다면…….'

그다지 신뢰적인 관계는 아니었지만 차후 진영의 발전을 생각한다면 충분히 받아들일 만한 일이었다. 때문에 종호는 자리에서 일어나 귀환 주문서를 꺼내 들었다.

"살쾡이부터 잡으러 갑시다."

[성창 롱기누스의 신성력에 지속 피해를 입습니다.]

[마신기가 피해를 억제합니다.]

신기의 고유 디버프들을 제거했다곤 하나 자체적인 신성력만큼은 없애지 못했다. 하지만 확실히 전보단 위력이 줄어든 상태였다. 게다가 불사자 세트의 효과까지 발동되어 타들어 가던 살도 금방 다시 회복되어 가고 있었다.

"이토록 강할 줄이야. 쿨럭, 쿨럭."

"일어서."

"그래, 일어서 주마. 끝까지 버티고 버텨 네놈의 목숨을……."

"잡설이 길어."

어둠의 쇠사슬에 끌려오는 신형. 금방 어둠의 속성력이 중화되어 색을 잃어갔지만 이미 팔꿈치는 복부에 박힌 후였다. 그리고 다시금 일점 격발을 꽂아 넣자 물고기처럼 저거넛이 펄떡 뛰어올랐다.

한 치의 실수도 없는 정확한 그로기 타이밍.

샤아아앙!

마지막 발버둥이라는 마냥 좌우로 수십 개의 성창들을 소환시켰지만 용찬은 피하지 않았다. 오히려 더 해보라는 듯한 발자국도 물러서지 않은 채 주위로 풍압을 일으켰다.

[바람의 소용돌이를 시전합니다.]

[바람의 속성력이 상승합니다.]

아리샤에게 페어리의 신발을 건네받은 이후 바람의 속성력도 꾸준히 성장하고 있었다.

'바람의 소용돌이란 기술도 꽤 쓸 만하고. 이대로 간다면 금방 네 번째 정령과도 계약할 수 있겠어.'

이미 회귀 이전의 장비들은 모두 되찾은 상황. 남은 것은 주력기인 속성력들을 이용해 S급이란 벽을 뚫는 일뿐이었다.

거의 최종적으로 남은 적 사태후를 처치하기 위해선 그와 걸맞은 등급부터 맞춰야 할 터.

하지만 어찌된 것인지 주요시하던 바람의 속성력에 앞서 빛의 속성력이 계속 상승하고 있었다.

까앙!

[빛의 속성력이 상승했습니다.]

쾅! 콰앙!

[빛의 속성력이 상승했습니다.]

저거넛의 성창을 막을 때도, 신성력을 이용한 기술들을 막을 때도 메시지는 한결같았다.

'마족에게 있어 신성력은 전혀 반대되는 성질일 텐데. 이게 가능한 일인 건가?'

도통 이해되지 않는 메시지에 의문을 표하는 것도 잠시.

[빛의 심판자 저거넛이 이레이저를 발동했습니다. 신성력이 부여된 광선들이 지정된 범위로 쏘아집니다.]

강력한 위력의 분홍빛 광선들이 대지를 뒤덮었다. 전과 달리 이 기술은 버티기 힘들다고 판단한 용찬은 빠르게 다크 윙을 펼쳐 공중으로 회피했고, 타이밍에 걸맞게 발동된 중력의 힘에 저너것의 다리가 땅에 박혀 들었다.

-마왕님. 괜찮으십니까?

'그레고리인가.'

-예. 마왕성에서 지켜만 보는 게 힘들어 이렇게라도 도움을

드리고 싶었습니다.

'잘했다.'

괜한 참견이었지만 그래도 만족스러운 결과였다.

"어차피 신기의 힘을 빌려 강제적으로 능력을 상승시켰던 놈이었겠지."

"크윽. 입 다물어라, 마족. 네놈이 대체 무엇을 안다고!"

"잘 알고 있지. 네놈들이 무엇 때문에 저런 대주교를 따르는지도. 그리고 어떤 미래를 계획하고 있는지도 말이지."

"뭐라고?"

서늘한 눈빛이 비수처럼 날아와 심장부에 꽂힌다.

"안타깝지만 저놈은 신의 은총을 받거나 축복을 받아서 대주교가 된 게 아니야. 그저 온갖 가식과 거짓을 섞어가면서 사제들을 회유한 것일 뿐이지."

"웃기지 마라! 대주교님께선 우리 앞에서 신의 대리자의 자격을 증명한 적도……."

"아, 그거 말인가."

농 짙은 조소에 얼굴이 페트병처럼 구겨졌다. 하지만 그런 표정 따윈 신경 쓰지도 않고 용찬은 좌측으로 고개를 돌렸다. 그리고 온몸을 벌벌 떨며 성기사들에게 호위를 받고 있는 대주교 필레몽을 쳐다봤다.

좌르르륵!

"어, 억!"

어둠의 쇠사슬에 무력하게 끌려오는 신형. 돼지 멱따는 비명에 세 명의 기사단장이 동시에 두 눈을 부릅떴지만, 그들을 상대하고 있던 세 명의 마족들은 한 치의 틈도 내주지 않았다. 결국, 용찬의 손에 붙잡힌 필레몽은 지레 겁을 먹은 얼굴로 양손을 비볐다.

"사, 살려만 주십시오. 제발!"

"그래. 이런 태도로 나와야지. 그게 너한테 맞는 자세잖아. 하지만 그전에……."

"예, 예?"

"우선 그거부터 꺼내봐. 네놈이 사제들을 속일 때마다 사용했던 아이템 말이야."

"그게 무슨 말씀이십…… 쿠엑!"

단 한 번의 일격에 뱃살이 출렁거린다. 속에 있던 것이 역류하던 것인지 구역질을 하던 필레몽은 시뻘게진 두 눈으로 바닥에 주저앉았다.

"꺼내."

그리고 위압적인 두 눈빛에 굴복이라도 한 것처럼 몸을 벌벌 떨더니 이내 품속에서 작은 봉 하나를 꺼내 들었다.

샤아아앙!

일명 자베스의 가호라 불리오는 유니크급 아이템. 효과만 해도 무려 다섯 가지 버프가 중첩되는 것은 물론 이펙트까지 화려해 주변에 착각을 불러오게 만드는 자베스의 가호였다.

마치 천사가 된 듯 등 뒤로 펼쳐지는 백은의 날개. 다만, 그 날개는 진짜 천사들의 날개가 아닌 이펙트로 인해 만들어진 인공 날개에 불과했다.

"이, 이게 무슨!"

"마치 축복을 받듯 하늘 위에서 떨어지는 빛줄기. 가까이서 볼 땐 진짜 자베스의 대리자처럼 보이겠지만 사실상 아이템의 효과로 만들어낸 연극일 뿐이지."

"아냐, 이럴 리 없어. 이럴 리 없다고!"

"멍청한 놈들. 너희에게 신기를 내려준 게 이놈 같나? 아니, 오히려 진정으로 자베스에게 선택받은 자들은 네놈들이었어. 그저 이 대주교 놈은 성국에 내려온 신기를 너희에게 건넸을 뿐이야."

"……아아."

거짓된 진실이 하나둘씩 들통나기 시작한다. 여태껏 속아왔던 자들은 절망하고 거짓된 진실을 만들었던 자는 애써 그들의 시선을 외면하고 있었다.

'난 그저 대주교란 작자가 흥미로워서 성녀 행세를 하며 성국으로 유희를 떠난 것뿐이야. 그놈은 인생 자체가 거짓이란 것처

럼 남들을 속이면서 살아왔거든.'

이미 릴리스는 성국의 모든 진실을 다 알고 있었다. 그럼에도 성녀 행세를 한 것은 그저 필레몽이란 인간에게 흥미가 끌린 것뿐. 사실 성국 자체엔 그리 애착은 없던 마녀였다.

"끄아아아악!"

마침 불의 왕의 백염에 잭서가 잿더미가 되어 가고 있었다. 나머지 로우마니를 맡았던 아가프 또한 슬슬 전투를 끝내가고 있는 상황. 이제 전쟁이 거의 막바지에 도달했단 것을 깨달은 용찬은 흑룡왕의 진노를 활성화한 채 저거넛에게 다가갔다. 놈은 아직도 밝혀진 진실이 믿기지 않는 것인지 어안이 벙벙한 표정을 짓고 있었다.

"난 대체 여태껏 무엇을 위해……."

"그딴 건 죽어서 생각해라."

"프, 플레이어 자식들. 한참 전에 지원 요청을 했는데도 왜 안 오는 거야. 분명 온다고 했거늘!"

손을 뻗던 찰나, 바닥에 주저앉아 있던 필레몽이 고래고래 과음을 쳤다. 양손에 쥔 통신 수정구를 보아 누군가에게 지속적으로 연락을 요청하고 있는 듯했다.

"리오스 진영 놈들을 말하는 듯한데."

"히이이익."

"과연 그놈들이 온다고 해서 전세가 역전될까?"

가볍게 주위만 둘러봐도 전황은 확실히 판단된다. 전쟁의 흐름은 이미 마계로 넘어와 있었고, 그것을 증명하듯 일부 마왕들은 성기사들의 시체로 탑을 쌓아 올리고 있었다. 여기서 세 명의 기사단장만 처리한다면 마계의 승리는 확실시 되는 상황.

화르르륵!

뒤쪽에 있던 필레몽에게 잔혹한 현실을 깨우쳐 준 용찬은 즉시 등을 돌려 흑염을 이끌어냈다.

"이번 전쟁의 승리는……."

전쟁에 마침표를 찍을 일격이 전장으로 작렬했다.

"우리다."

일순 점멸하는 시야. 그 속에서 대지를 뜨겁게 달구던 흑염이 성창을 들고 있던 어리석은 자의 육신을 깡그리 불태웠다. 그리고 마족들의 시선이 한 데 모인 가운데 용찬이 손을 번쩍 들어 올렸다.

"잔당들을 소탕해라."

"와아아아아!"

총사령관이 아닌 제1군단장의 지시였지만 모두가 납득했다. 이미 마계 전체가 인정한 반전의 마왕 카리스마이지 않던가. 때문에 마족들은 약간의 불만도 없이 한층 급상승한 사기로 나머지 성기사 및 사제들을 토벌하기 시작했다.

털썩!

"허허, 내가 가장 늦었구만."

마지막으로 빛의 인도자인 로우마니가 쓰러지자 아가프가 이마에 맺힌 땀을 닦아내며 휴식을 취했다.

[마신기의 효과 지속 시간이 끝났습니다. 마기가 다시 봉인됩니다.]

딱 적절한 순간에 사라지는 마신기의 마기. 아마 재사용 대기 시간이 끝날 때까지 한동안 마기는 사용이 불가능할 것이다.

"음. 장하구나. 헨드릭. 하지만 좀 더 정진하도록 하거라."

펠드릭의 지적에 다소 어이가 없어진다. 하지만 그것도 잠시. 바닥에 떨어진 세 개의 신기가 빛을 발하더니 이내 용찬의 몸속으로 파고들었다.

"윽. 이게 무슨?!"

"헨드릭?!"

"갑자기 신기가 왜?!"

마치 다시 주인을 찾는 듯 몸속으로 파고들어 내부를 헤집어놓는 강렬한 신성력. 순식간에 극한의 고통이 밀려오자 오만상이 찌푸려졌다.

[빛의 속성력이 한계에 달했습니다.]

[신기 부적합. 신기가 소멸됩니다.]

마족이란 종족 때문일까. 새로운 주인의 자격을 테스트하던 신기가 이내 몸에서 튕겨 나왔다.

[초특급 신법석 3개][S급 마력 코어][신성한 결정체]

신기가 소멸된 후 바닥에 남겨진 것은 유니크급에 속하는 재료 아이템들. 그중 전부터 원하고 있던 마력 코어가 눈에 보이자 자연스레 손길이 갔다.

"하아, 하아."

"괘, 괜찮은 거냐. 헨드릭?"

"전 괜찮습니다. 그것보단 나머지 성국 병사들을 부탁드립니다."

"으음. 알겠다. 우선 몸을 좀 회복하고 있거라."

남아 있던 성국의 병사들을 변명 삼자 펠드릭의 시선이 금방 돌아갔다. 그렇게 불의 왕의 시선을 돌려놓는 데 성공한 용찬은 가장 먼저 빛의 속성력을 확인하려 했다.

그 순간, 정체불명의 푸른 빛이 온몸을 뒤덮었다.

[여행객의 맹약이 발동됩니다. 로헬런을 함께 돌아다녔던 동료 백두산이 위기에 처했습니다. 동료 백두산에게로 이동됩니다.]

'뭐?'

약간의 의문을 품을 새도 없이 사라지고만 용찬이었다.

◀ 86장 ▶

결착

“이런 시×럴. 진짜 오늘 왜 이러냐.”

“제가 하고 싶은 말입니다. 단장님.”

세 명의 권좌가 사망한 이후로 쿤다 진영은 전체적으로 매우 불안정했다. 진영을 지탱하던 대형 길드들이 사라지자 그나마 유지하고 있던 질서가 사라지는 것은 물론 호시탐탐 기회를 노리던 하이에나들이 물고 늘어져 내부 체계가 엉망이 되어버린 것이다.

할 수 없이 질풍 용병대가 그 빈자리들을 메꾸며 아슬아슬하게 플레이어들을 통제하려 들었지만, 이미 중소 길드 사이에선 피 튀기는 경쟁이 벌어지고 있었고 이제 와선 전혀 예상치 못한 제3의 세력까지 수도에 난입한 상태였다.

그것도 최악의 괴물과 함께 말이다.

[탐랑 사태후]

A급의 디텍터가 감지계 기술을 펼쳤는데도 물음표다.

"크르르륵. 사바스탄 놈! 절대 용서 못 한다!"

주어진 호칭과 걸맞지 않게 거대한 너구리 형태의 생김새를 한 놈은 수도에 오기 전 깊은 상처를 입었던 것인지 무척 흉포해져 있었다.

"레이야. 네가 보기엔 내가 저 새끼를 이길 수 있을 거 같냐?"

"여태껏 나타난 적 없던 미지의 등급. 아무리 단장님이라고 하시더라도 좀 힘드실 것 같습니다."

"킁. 사실 나도 그렇단 말이지."

부단장 레이의 말대로 정면 승부론 승산이 없었다. 그렇다고 모든 플레이어들을 놈에게 집중시키자니 함께 끌고 온 머더러들이 걸려왔다.

"젠장. 오자고 해서 따라오긴 했는데 이게 무슨 난리인지."

특히 체이서의 왼팔이던 사혁은 A급에 속한 하이 랭커들 중에서도 상당히 수준이 높았다. 놈을 중심으로 함께 다니는 랭커 수준의 머더러들 또한 무시할 순 없을 터. 뒤늦게 다른 진영에 지원 요청을 할까 고민도 됐지만 되려 이 상황을 이용하려 드는 진영이 더욱 많을 것이다.

그렇게 판단한 백두산은 이를 악물고 우왕, 좌왕과 함께 달려들었다.

"무리하지 말고 그냥 어그로만 끌어!"

"그게 말처럼 쉬우면 진작 우리가 단장 해먹고 있지!"

"댁 걱정이나 하쇼!"

권좌들의 기술도 막아냈던 우왕과 좌왕이었다. 때문에 그들의 방어술을 믿고 있었지만 괴물 앞에선 어림도 없었다.

덥석!

바닥에서 솟구친 거대한 손아귀가 주변 건물들을 깨부수며 두 명을 잡아챘다.

"회복, 회복해야만 해!"

"커헉. 다, 단장!"

"전부 먹어치울 테다!"

눈 깜짝할 사이였다. 아주 찰나의 순간 기괴한 눈동자가 우왕과 좌왕의 신형을 뒤덮었고, 얼마 되지 않아 손아귀에 붙잡혀 있던 둘은 입고 있던 장비만 남긴 채 감쪽같이 사라져 버렸다.

"미친. 우왕. 좌왕!"

"두 명을 한순간에? 아니, 애초에 무슨 짓을 한 거야."

"시×럴 새끼. 이젠 이판사판이다. 반드시 여기서 박살 내버린다!"

"다, 단장님!"

단원의 허무한 죽음에 눈이 돌아간 단장에겐 더 이상 뒤가 없었다. 이미 기력이 깃든 발차기가 탐랑의 옆구리를 강타하고 있었고, 뒤따라 대지의 속성력이 깃들어 기술의 위력을 두 배 가까이 증폭시켜 주고 있었다.

콰직!

'들어갔다!'

움푹 패 들어가는 살덩어리. 다행히 발로 타격감이 전해지고 있었다.

하지만.

퍼억!

그 대가로 백두산은 몇 미터 가까이 날아가게 됐다.

눈 깜빡 사이에 안면을 강타한 탐랑의 거대한 양손. 전혀 덩치에 걸맞지 않은 공격 속도에 당황할 새도 없이 신형은 뒤쪽 건물에 처박히게 됐고, 쓰라린 복부를 부여잡고 건물 잔해 속에서 일어났을 땐 이미 지옥의 도가니가 펼쳐지고 있었다.

"아아아악! 사, 살려줘!"

"두령. 두령! 우리들은 왜?!"

"도, 도망쳐. 이러다간 모두 죽겠어!"

괴물. 미지의 등급을 가진 괴물이 플레이어, 머더러 할 것 없이 전부 먹어치우고 있었다. 심지어 자신의 동료이던 나머지 질풍 용병대의 단원들까지 말이다.

그런 혼란스러운 광경에 망연자실해하고 있었을까.

'저 여자는?'

어렴풋이 기억에 남아 있던 푸른 로브의 여인이 눈에 들어왔다. 실제로 얼굴은 본 적이 없었지만 분명 마그나카르트타가 있던 던전의 위치를 알려준 NPC였었다.

'저 망할 NPC가 저런 괴물을 여기까지 이끌고 온 건가?'

추측은 곧 확신으로 변했다. 그 증거로 탐랑이라 불리는 사태후도 끝내 저 NPC는 건들지 않고 있지 않은가. 속에서 분노가 물밀듯 차오른 백두산은 붉게 충혈된 두 눈으로 다리에 온 기력을 끌어모았다. 적어도 저 여자만큼은 이 자리에서 없애버려야 했다.

[플레이어 백두산이 헥토파스칼 킥을 시전하고 있습니다. 기력의 절반을 소모해 강력한 일격을 선사합니다. 대지의 속성력이 부여되어 물리 피해력이 대폭 상승합니다.]

전신의 기력을 한 곳에 집중시키자 붉은 아지랑이가 주변으로 피어올랐다. 비록 미지의 괴물에겐 먹히지도 않을 기술이었지만 A급으로 측정되는 NPC 정도라면 시도할 가치는 충분했다.

그리고 있는 힘껏 금발 여인 쪽으로 발을 내딛는 순간.

퍼억!

눈앞으로 익숙한 안면의 마족이 소환됐다.

"컥!"

"엥?!"

한때 동료로서 함께 로헬런의 퀘스트를 수행했던 헨드릭 프로이스. 한동안 잊고 있던 놈이 자신의 발에 얻어맞아 바닥에 내팽개쳐졌다.

그리고.

"아니, 네가 왜 거기서 나와?"

당황한 백두산이 멍하니 중얼거렸다.

[여행객의 맹약 발동 성공! 동료 백두산과 합류합니다.]

묘족들의 도시 로헬런. 거기서 백두산과 용찬은 감금된 묘족들을 구출하고 불의 수하들을 처리했었다. 그리고 얻은 보상이 바로 여행객의 맹약이란 특성이었는데, 아무래도 한쪽이 위기에 처하면 자동으로 동료에게 이동되는 효과인 듯했다.

"……어, 어이. 괜찮냐?"

"크윽. 환영 인사가 제법 거칠군."

"아니, 난 저 여자를 노리려고 쓴 건데. 시×럴. 왜 네가 처맞아."

"그건 내가 묻고 싶은……."

얼얼한 머리를 부여잡은 채 일어나던 용찬의 두 눈이 휘둥그레진다.

쿤다 진영의 수도에서 날뛰고 있는 탐랑 사태후. 백두산이 가리키고 있는 푸른 마녀 베로니카. 이미 반쯤 괴멸된 도시 속에서 보이는 두 명의 모습에 가장 먼저 인상이 구겨졌다.

'설마설마했지만 성국과 전쟁을 치르는 사이 쿤다 진영을 급습한 거였나. 확실히 사태후는 사바스탄이란 놈과의 전투로 큰 상처를 입은 것 같지만…….'

이젠 탐의 특성을 이용해 체력까지 회복하는 듯했다. 적어도 동일한 S급인 불의 왕을 데려와야 놈을 상대할 수 있을 터. 아직까지 S급에 도달하지 못한 자신은 어림도 없었다.

'대체 왜 뛰어넘지 못하는 거지? 이미 전생의 장비들은 전부 되찾았어. 게다가 이번 생에선 여러 속성력들을 통해 전생보다 더욱 큰 힘을 얻었는데 대체 왜?!'

비록 광악 시절보단 전체적인 육체 능력치는 낮았지만 그것을 메꾸는 마력과 속성력이 있었다. 한데, 도대체 왜 아직까지 S급이란 벽을 넘지 못하고 있단 말인가. 땅을 주먹으로 내려치며 의문을 던져봤지만 해결되는 것은 하나도 없었다.

"엎드린 채로 대체 뭐 하고 있는 겨. 그나저나 여긴 어떻게

온 거냐?"

"……하나하나 설명할 시간 따위 없어. 일단 저놈을 막는 게 급선무다."

"지미럴. 그걸 누가 모르냐. 단원들이 집어삼켜진 것만 생각하면 지금도 이가 갈리지만 저 괴물에겐 공격 자체가 안 통한다고."

"그렇다면 저놈과 동등한 조력자를 이곳으로 데려올 수밖에."

"킁. 보아하니 짐작 가는 놈이 있는 것 같은데 방법은?"

"게이트를 찾아야 돼."

그늘져 있던 안색으로 두 눈동자가 이채를 발한다. 이렇게 된 이상 차라리 여기로 펠드릭을 불러내 놈을 처리해야만 했다. 그렇게만 되면 자신을 이용해 왔던 베로니카의 계획도 허물 수 있을 것이다.

그렇게 판단한 용찬은 품속에서 최상급 엘릭서 두 개를 꺼내 하나를 백두산에게 건넸다.

"게이트라면 근처에 몇 군데가 있긴 한데. 정말 가능성이 있는 방법이냐. 여기서 연결된 게이트는 대부분 다른 쿤다 진영의 도시들일 텐데."

"가능성이 있으니까 말하는 거다."

"크응. 좋아. 일단 네놈을 따를 테니까 나중에 제대로 설명해 달라고."

다른 방법이 없단 것을 깨달은 질풍 용병단장이 다시금 조력자로 협력에 응해왔다.

권좌들과 비교해도 전혀 뒤떨어지지 않는 최상위 무투가다. 아니, 오히려 지금은 권좌들보다 더욱 실력이 높을 것이다. 때문에 용찬은 백두산에게 등을 맡긴 채 그가 알려준 장소로 움직였다.

쿠웅!

하지만 도시를 뒤덮은 기괴한 눈동자에게서 벗어날 순 없던 것일까. 뇌안으로 이동하던 신형 앞으로 거대한 탐랑의 손이 덮쳐왔다.

"이게 누구야? 헨드릭 프로이스, 아니, 플레이어 고용찬이잖아."

"칫. 벌써 베로니카에게 내 정체까지 들은 건가."

"게헤헤헤. 일부만 주워들은 수준이지. 그리고 난 네놈이 마족이든 플레이어든 아무런 관심도 없다고. 하지만 적어도 그때의 빚은 갚아야겠지?"

생전 처음 듣는 사실에 백두산이 두 눈을 이리저리 굴리고 있었지만 상세히 설명할 시간 따윈 없었다. 사방으로 덮쳐오는 마수 카울의 형상.

은둔자의 숲에서 봤던 그 기술이 다시금 시전되자 용찬과 백두산이 각기 좌우로 흩어졌다.

"플레이어 고용찬이라니. 이게 무슨 씻나락 까먹는 소리여?!"

"잔말 말고 피하기나 해라!"

"젠장. 갈수록 뭐가 뭔지 모르겠네. 야, 인마. 넌 우선 게이트로 달려가!"

"뭐?"

"내가 어떻게든 시간 벌어볼 테니까 네가 생각한 방법으로 그 조력자를 불러와 보라고. 이대로 가다간 우리는 물론이고 진영 자체가 붕괴된다. 이 망할 것아!"

완전히 방향을 튼 백두산이 입고 있던 경갑을 벗어던지고 무게가 가벼운 가죽 소재의 장비의 걸쳐 입었다.

[플레이어 백두산이 태백을 시전했습니다. 바닥을 세 번 내리찍어 지진 효과를 발생시키게 합니다. 태백의 추가 효과로 땅의 기운이 중첩됩니다.]

머리 위로 떠오르는 산 형태의 아이콘. 흔들거리는 땅을 딛고 뛰어오르자 전보다 가벼워진 신형에서 녹색 아지랑이가 샘솟았다. 그리고 이어지는 공중 2단 회전차기. 비록 장비가 가벼워진 탓에 위력은 상당히 줄어들어 있었지만 중첩된 땅의 기운이 건틀릿에 스며들며 뻗어오던 탐랑의 손을 뻥 차버렸다.

'저 자식. 죽음을 각오한 건가.'

이해가 안 되는 행동이었지만 기회인 것은 틀림없었다.

“송사리가 방해를! 고용찬. 네놈은 못 보낸다!”

“시×럴 연놈이. 어딜 한눈팔아!”

“크아아아. 귀찮은 무투가 자식!”

그렇게 속도가 상승한 백두산과 사태후가 실랑이를 벌이는 사이 용찬은 본래 계획대로 아직 작동 중인 게이트를 발견해냈다.

[쿤다 진영의 수도 마젠타의 이동 게이트, 작동 가능.]

[S급 마력 코어를 보유하고 있습니다.]

[바쿤의 네 번째 특성을 활성화시키겠습니까?]

‘당연히 활성화한다.’

다행히 왕좌에 직접 마력 코어를 부착하는 이전 특성들과 달리 ‘게이트’란 특성은 즉시 마력 코어를 사용해 활성화가 가능했다. 원래라면 진영 내의 게이트끼리만 연결되어 있어야 할 마젠타의 이동 게이트. 하지만 S급 마력 코어를 사용해 게이트 특성을 활성화시키자 푸른색으로 물들어 있던 문이 붉은색 빛을 띠기 시작했다.

‘그레고리. 내 말이 들리나?’

-마왕님이시로군요. 갑자기 선장에서 사라지셔서 비쿤 병사들은 물론 저도 크게 걱정하고 있었습니다. 혹여 다친 곳은 없으십니까?

'다행히 아직까진. 일단 상황은 나중에 자세히 설명해 줄 테니 우선적으로 1층의 게이트부터 확인해라.'

-아, 알겠습니다.

목소리에서 조급함이 느껴진 탓일까. 집사 그레고리가 급하게 계단을 내려가는 소리가 통신 수정구를 통해 들려왔다.

-헙. 게이트가 붉은색 빛을 띠고 있습니다. 대체 이게 무슨…….

'좋아. 그거면 됐다. 지금부터 내가 말하는 인원들을 전부 게이트로 이동시켜라.'

가볍게 대규모 단위로 인원 목록을 불러주자 그레고리가 화들짝 놀라며 물었다.

-진심이십니까? 아무리 위급한 상황이라지만 플레이어 용병들과 아이리스 님까지 불러들이시다니. 분명 가주님과 마왕들이 이의를 제기할 겁니다.

'상관없어. 이렇게 된 이상 이판사판이다.'

-……알겠습니다.

총력전. 더 이상 눈치를 볼 필요도 없었다. 지금 이곳엔 최종 보스라고 해도 과언이 아닐 사태후와 베로니카가 있었다. 여행객의 맹약으로 이동된 이상 여기서 결착을 지어야 했다.

콰직!

통신이 끝난 지 얼마 되지 않아 백두산의 등골이 새우처럼 휘어졌다.

"끄, 끄아아아악!"

"게헤헤헤. 그대로 자빠져 있어라. 지금은 메인 디쉬가 더욱 중요하니까."

"……사태후."

아예 백두산을 전투 불능 상태로 만들어 버린 탐의 괴물이 눈앞으로 착지한다.

[인페르날이 시전됩니다. 탐랑 사태후의 속성 면역(최상)이 발동됩니다.]

대지로 작렬한 흑염이 금방 놈의 가죽으로 달라붙었지만 끝내 살갗을 태우지 못하고 사그라지고 말았다. 그 뒤로 벡터, 필리모터, 마그나카르타, 흑룡포, 불사자 세트, 암살왕 세트 등의 장비 효과를 이용한 추가 기술이 작렬했지만 하나같이 치명타로 이어지지 못했다.

이것이 여러 속성을 다중 터득한 자의 현실.

아무리 친화력이 높다고 해도 한 가지 속성력으로 한계를 돌파한 펠드릭과는 질적으로 차이가 날 수밖에 없었다.

'차라리 한 가지 속성력으로 S급의 벽을 뛰어넘었다면…… 젠장. 이제 와서 후회해 봤자겠지. 과연 여기서 폭주 모드를 사용한들 놈에게 이길 수 있을까?'

아니, 불가능하다. 불사자 세트의 효과를 등진 채 거의 무한대로 체력을 회복한들 그전에 놈의 특성에 잡아먹힐 게 뻔했다.

"게헤헤헤. 이게 끝이냐? 역시 A급에 머물러 있는 놈답구만. 여기서 네놈을 먹어치우고 그다음 저 거슬리는 푸른 마녀도 함께 먹어치워 주마."

"……역시 처음부터 시스템을 노리고 있던 건가."

"그래. 하멜의 시스템을 차지할 수만 있다면 이 엿 같은 특성의 패널티에서도 벗어날 수 있겠지. 자, 그러면……."

사방으로 큼지막한 손아귀들이 솟구친다. 단거리 이동기술인 뇌안을 사용한다고 해도 전처럼 금방 페잉 다이블에 속박될 터. 아직까지 지원군은 도착하지 않은 것인지 게이트 쪽은 아무런 변화도 일어나지 않고 있었다. 이제 남은 선택지는 폭주 모드를 사용해 최대한 발버둥 치는 것뿐.

물론 마왕성 플레이어의 시스템을 이용해 일부 병사들을 불러 올 수 있었지만 이런 상황의 경우엔 되려 놈의 먹잇감이 될 수도 있었다.

'어쩔 수 없지. 일단 어떻게든 시간을…….'

결심을 마친 순간 사태후의 손아귀가 온몸을 뒤덮어 왔다.

스르르륵.

팔뚝으로 전해지는 정체불명의 감촉. 마치 가느다란 무언가가 팔을 타고 올라오는 듯한 느낌에 움직임이 멎어 들었다. 그리고 어깨를 타고 올라온 생물체를 발견한 순간.

파샤아아앙!

온 세상이 빛으로 물들었다.

"이건?!"

"크아아악. 내, 내 눈들이!"

전혀 예상치 못한 섬광에 휘청거리는 탐랑, 동시다발적으로 감겨진 기괴한 눈동자들. 그런 광경 속에서 용찬은 뒤늦게 섬광의 정체를 파악할 수 있었다.

"……너는?"

마족에게 있어서 절대적인 반대 성향. 빛.

결코 마족이란 종족이 가질 수 없는 속성력이며 만약 품에 내지한다고 해도 금방 종족 특성에 의해 자멸하게끔 되어 있는 성질이었다. 하지만 단 한 가지 예외가 있었다.

-츄르르르.

비록 마족의 육체이긴 했지만 동시에 플레이어의 영혼을 가지고 있는 자. 그자는 다름 아닌 헨드릭 프로이스의 육체를 차지하고 있는 고용찬이었다.

[빛의 정령 타쉬]

[등급: A]

[상태: 속성 강화, 분노, 애착.]

'빛의 정령이라고?'

마치 비단 뱀처럼 생긴 백색 구렁이가 팔을 타고 올라온다. 살기를 가득 담아 뾰족해진 두 눈동자와 위협을 하듯 포악하게 혀를 낼름거리는 동작까지. 신기의 영향으로 속성력까지 강화된 것인지 A급 빛의 정령 타쉬가 소환되자마자 주변으로 강렬한 빛을 내뿜으며 자신의 존재감을 드러내고 있었다.

'신기가 자격을 테스트하기 위해 잠시 몸에 들어온 순간 정령과 계약이 된 건가. 탐랑의 눈동자들을 감기게 만드는 신성한 빛. 나한테 영향이 없는 것을 봐선 이제 마족의 육체로도 빛을 다룰 수 있다는 건데.'

지금도 사태후는 섬광에 눈이 멀어 마구잡이로 팔을 휘두르고 있었다.

"고용찬! 빌어먹을 자식. 잡히기만 해봐라. 사지를 분해한 다음 차근차근 부위대로 잡아 먹어주마!"

"그럴 시간이 있을까 모르겠군."

"크아. 어디야. 어디냐고!"

"과연 내가 어디 있을까."

이리저리 뇌안으로 신형을 이동하며 목소리의 근원지를 바꿔가자 금방 혼동이 찾아왔다. 이대로 자리를 떠나 완전히 도망칠 수도 있긴 했지만 적어도 증원군이 도착할 때까지 발동된 게이트는 지켜야만 했다. 때문에 용찬은 계속해서 타쉬의 섬광을 이용하며 탐랑의 눈을 멀게 했다.

하지만 그것도 잠시.

[탐랑 사태후가 심안을 발동했습니다. 주변에 위치한 적의 존재를 포착해 냅니다.]

그동안 집어삼켰던 능력 중 하나인 심안을 발동하며 제3의 눈으로 용찬의 신형을 찾아냈다.

"게헤헤헤. 거기 있었구만!"

"이런!"

-샤아아악!

좌우로 페잉 다이블이 덮쳐오는 순간 펼쳐지는 빛의 향연. 다시금 위기에 처한 주인을 구하기 위해 타쉬가 자신의 두 번째 기술을 발현해 냈다.

[빛의 정령 타쉬가 매직 미러를 시전했습니다. 반사되는 효과를 가진 거울이 적의 기술을 역으로 튕겨냅니다.]

용찬을 속박하려던 큼지막한 손아귀가 되려 거대한 덩치의 탐랑을 사로잡은 상황. 역으로 자신의 속박에 처하자 사태후는 무식하게 힘으로 속박을 끊어내려 했다.

"이, 이게 무슨. 왜 내 기술에 내가?!"

"이젠 반사까지 하는 건가. 잘했다. 타쉬."

-츄르르. 츄르!

주인의 칭찬이 신이 난 타쉬가 몸을 베베 꼬며 방향을 틀었다. 충성심이 높기로 소문이 자자한 빛의 정령의 눈에 다음으로 포착된 것은 극한의 고통에 발버둥 치고 있는 또 한 명의 무투가. 여행객의 맹약으로 이어진 투명한 마력 실에 타쉬는 그가 용찬의 동료란 것을 금방 파악해 냈다. 그리고 전투 불능 상태에 처한 백두산에게로 빛의 구를 발사했다.

[빛의 정령 타쉬가 소생의 빛을 시전했습니다. 전투 불능 상태에 처해 있던 백두산이 회복됩니다.]

이젠 동료까지 치유하는 만능의 정령.

-츄르르르!

과연 A급다운 기술을 가지고 있는 빛의 정령 타쉬였다.

"얼레리? 갑자기 고통이 사라졌잖아?"

"거기서 멀뚱히 서 있지 말고 얼른 합류해라. 멍청한 놈아."

"시×럴. 저놈의 주둥이 하곤. 무슨 상황인지는 모르겠지만 일단 하던 대로……."

공동의 목표를 가진 두 명의 무투가가 동시에 자세를 잡았다. 무투가란 타이틀 상에서 1, 2위를 다투던 최상위 랭커. 그런 둘이 다시금 합을 맞추자 팽팽한 긴장감이 폐허가 된 도시 속으로 흘러 퍼졌다.

지이이잉!

붉은색 빛을 띠고 있던 게이트의 마력 코어들이 시계 방향으로 열렬히 회전하기 시작했다.

-마왕님. 이동 준비가 완료됐습니다. 게이트가 좌표를 인식하는 대로 금방 넘어가겠습니다!

'인식까지 남은 시간은?'

-5분 정도가 소유될 것 같습니다!

운명을 결정짓는 5분. 길면 길고 짧으면 짧다고 할 수 있는 시간이었다.

"어이, 백두산. 5분이다. 5분 동안만 버티면 지원군이 온다."

"말은 쉽지. 젠장. 알아서 따라와라. 개자식아."

"너나 뒤처지지 마라."

신호 따윈 없었다. 그저 늘 하던 대로 동시에 좌우로 튀어나갈 뿐이었다.

콰직!

시작은 백두산의 날렵한 발차기.

정확히 탐랑의 발 뒷면을 걷어차 올리며 균형을 무너트리려 했지만 워낙 탄탄한 가죽이었기에 그 시도는 무산됐다. 하지만 좌측으로 갈라졌던 용찬이 일점 타격을 꽂아 넣자 그 무겁던 덩치가 흔들려왔다.

"이거나 먹어라. 개자식아!"

"끄윽. 이놈들?!"

그 찰나의 순간을 놓치지 않고 작렬하는 헥토파스칼 킥. 그리고 붕 떠오른 덩치를 정확한 타이밍에 붙잡아 던져 버리는 용찬의 연계.

[파이렛 1식이 발동됩니다.]

[플레이어 백두산이 융단 폭격을 시전합니다.]

뒤따라 원거리 기술이 동시에 발동되자 허공으로 바위 파편들과 빛줄기가 쏘아졌다.

쾅! 콰쾅!

재아무리 저항력이 높다고 한들 지속적인 타격기 앞에선 S급의 괴물도 피해를 받게 마련이었다. 그 증거로 그로기 상태에 걸린 사태후의 다리에 큰 경련이 일고 있지 않은가.

"어이, 전기 쥐새끼. 잠시만 버티고 있어라."

"그렇게 하도록 하지."

다리를 일자로 쭉 치켜세운 백두산의 자세에 용찬이 나이기스를 시전했다.

'리벤지 카운터인가. 여행객의 맹약으로 강제 파티가 되어 있단 것을 이용하려나 보군.'

질풍 용병단장의 주특기 중 하나인 리벤지 카운터. 전생에서도 자주 봤었던 그 기술이 다시금 펼쳐지자 자연스레 입가가 올라갔다. 최대한 놈의 기술 위력을 상승시키기 위해선 적의 기술을 막으며 시간을 벌어야 했다.

[탐랑 사태후가 버팔로의 행진을 시전했습니다. 마력이 깃든 소의 형상들이 지정된 목표로 돌진합니다.]

얼마나 많은 플레이어의 능력을 흡수한 것일까. 이젠 방출계 광역 기술까지 구사해 내며 얼음 방패인 나이기스를 깨부수려 들었다.

쾅!

한 번.

콰앙!

또 한 번.

콰지지직!

마지막으로 달려든 소의 형상에 의해 나이기스가 산산조각 나자 괴물이 비틀린 조소를 흘렸다.

"여기까지다. 애송이 새끼들아. 게헤헤헤!"

"아직 끝나긴 이르지. 시×럴 연놈아!"

"그냥 얌전히 뒤……."

피슈우우웅!

깔끔히 손질된 칼날처럼 솟구치는 무형의 기. 자신의 뺨을 스치고 지나가는 기운에 멈칫한 사태후가 뒤늦게 아래를 내려다봤다.

[플레이어 백두산이 리벤지 카운터를 시전합니다. 발동이 된 순간부터 파티원 및 자신이 받은 피해를 세 배로 적에게 되돌려 줍니다.]

오직 이 순간만을 기다려 온 백두산이 날카로운 눈빛으로 놈을 올려다본다.

"적어도 한 방. 한 방 정도는 세게 맞아줘야 직성이 풀릴 것 같다. 아가야."

일직선으로 치켜세워진 다리가 내리꽂히고 중첩되어 있던 피해량이 단 한 번의 일격으로 터져 나온다. 거기서 대지의 속성력과 기력까지 부여되자 폭발적인 위력이 사태후의 신형을 덮쳤다.

쿠콰콰콰쾅!

그 단단하던 가죽까지 찢어발기는 압도적인 위력. 피할 틈조차 없이 리벤지 카운터에 직격당한 사태후는 몇십 미터나 떨어진 곳까지 나가떨어졌다. 불의 왕 이후로 처음 느껴보는 격렬한 고통에 인상을 구기며 자리에서 일어난 순간.

"이제 내 차례로군."

붉은 게이트 속에서 두 번째 S급이 걸어 나왔다.

화르륵!

은둔자의 숲에서 자신을 막아섰던 숙명의 라이벌. 현 마계의 절대자로 꼽히고 있기도 한 불의 왕이 백염을 이끌어내자 완전히 분위기가 달라지고 말았다.

"……펠드릭 프로이스."

"탐랑 사태후."

"그래. 잊을 수가 없어. 불의 왕. 네놈이 와야 재밌어지지. 게헤헤!"

"설마 내가 혼자 왔다고 생각하는 건 아니겠지?"

"뭣?"

홍염의 패자를 뒤따르는 것은 마계의 군세. 그것도 바쿤의 군세와 함께 진을 치고 있는 마왕들과 가주들이었다.

[아군 표식 생성기를 사용했습니다. 지정된 대상에게 별 모양의 표식을 새깁니다.]

용찬이 품속에서 1회용 아이템을 사용하자 주변에 있던 자들의 머리 위로 별 모양의 표식이 떠올랐다.

"별 모양의 표식이 새겨진 자들은 전부 아군이다. 나머진……."

군세의 중심이 된 마황이 손을 치켜든다.

"토벌해도 좋다."

"와아아아아-!"

결전을 알리는 선언이었다.

좌르르륵!

하늘 위로 채널링이 형성되고 로드멜이 치료술사들을 지휘하기 시작한다.

"놈은 측정 불능의 괴물인 탐랑 사태후다. 다른 존재의 능력을 흡수해 자신의 것으로 만드는 특성을 가지고 있으니 신중히 접근해라!"

사전에 미리 적의 정보를 알려둔 것인지 각 지휘관들을 따라서 마족들이 좌우로 산개했다.

"페페펭. 엄폐물을 이용해 속박 기술을 피해내라!"

"적은 물리 기술은 물론 마법까지도 구사가 가능해. 물리 저항력과 마법 저항력 버프 둘 다 미리 시전해!"

군세의 두뇌가 되는 것은 위르겐과 이진협. 비록 인간이 지휘관이 맡은 것에 불만을 가지는 마족들이 많았지만 아군을 뜻하는 별 모양 표식 때문인지 얌전히 따르는 분위기였다.

-인간과 플레이어를 용병으로 끌어들일 줄이야. 이 일에 대해선 모든 전투가 끝나고 나서 얘기하도록 하자꾸나.

'알겠습니다.'

펠드릭의 질책 또한 피할 수 없는 듯한 분위기였지만 이미 판은 벌어진 후였다.

S급 사태후. 그리고 S급의 펠드릭과 함께 이동한 마계의 군세. 성국과 전쟁을 치르느라 전체적으로 다소 체력은 빠져 있었지만 그 기세는 굉장했다.

"이렇게 많은 먹잇감을 선물로 가져오다니. 오히려 내겐 이득이잖아?"

"그럴 틈을 내가 내줄 거라 생각하느냐?"

"게헤헤헤. 길고 짧은 것은 대봐야 아는 거지."

수백개의 불의 구가 공간을 뒤덮는다. 마치 폭죽처럼 터져나가는 플레어들 속에서 분출되는 불기둥. 대지를 녹이는 백염 속에서 펠드릭이 튀어나와 탐랑의 안면을 강타하자 연쇄 폭발이 일어났다. 하지만 동일한 S급답게 사태후 또한 대지 위로 송곳니들을 일으켜 세우며 가공할 반격을 날리고 있었다.

그런 광경에 금세 입이 떡 벌어지고 만 백두산.

"누, 누굴 데려오나 했더니 똑같은 괴물 녀석이었구만."

"그렇게 멍 때릴 틈이 없을 텐데."

"저런 괴물들의 싸움에 끼어들자고?"

"저쪽도 심상치 않아서 말이지."

뒤늦게 용찬이 가리킨 쪽으로 고개를 돌리자 살아남은 머더러들이 보였다. 그중에서도 가장 눈에 띄는 것은 체이서의 왼팔이었던 사혁과 푸른 마녀 베로니카. 특히 사혁은 전세 역전된 상황에 위기감을 느낀 것인지 버럭 소리를 치며 그녀를 몰아세우고 있었다.

"이제 어쩔 거야! 빌어먹을 년아. 너 때문에……."

"여행객의 맹약이라. 이건 예상 못 했었네요."

"내 말이 안 들리는 거야. 뭐야. 이제 어떻게 할……."

"하아, 어쩔 수 없죠."

마치 귀찮다는 듯 로브 속에서 검은 보따리를 꺼내 드는 예언의 마녀. 그 속에서 정체를 알 수 없는 아이템들이 쏟아져 나오자 주위에 모여들었던 머더러들이 의문을 띠웠다.

"살아남은 머더러의 숫자는 대략 3천 정도려나요. 우선 이것으로 다시 흐름을 가져오도록 하죠."

"이, 이게 뭐길래?"

"사용하시면 알게 될 거예요."

쏟아져 나온 아이템들이 머더러들에게 각기 전달된다. 그 광경을 멀리서 지켜보고 있던 로저스가 붉게 충혈된 두 눈으로 이전 기억을 회상했다.

'안쪽.'

'안쪽이라고?'

'예. 안쪽에 보시면 일시적으로 등급을 상승시켜 주는 영약들과 펠드릭 프로이스의 현 위치를 알려주는 매직 스크린, 스킬과 특성을 강화시켜 주는 기타 아이템 등등까지. 전부 전 가주님께서 흑단과의 거래를 통해서 받은……'

샤들리 저택 지하에 숨겨져 있던 흑단의 물품들. 그것과 똑같은 아이템들이 다시금 마녀의 손에서 튀어나오자 분노가 일었다.

"……그래. 저 인간이 원흉이었어."

"로저스 님?"

"헨드릭 프로이스! 저 아이템들을 사용하는 것을 막아라. 저건 일시적으로 능력과 등급을 상승시켜 주는 아이템들이다!"

아이템들의 정체를 알리며 수룡을 구사하는 로저스였지만 이미 머더러들은 영약들과 스킬 강화서를 사용하고 있었다. 그리고 베로니카가 또 하나의 주문서를 꺼내 찢자 예상치 못한 마족의 비명이 들려왔다.

"끄어어억!"

"게헤헤헤. 이걸 어쩌나. 내 능력치가 거의 두 배로 증폭됐는데 말이지."

탐랑의 손에 불의 왕이 붙잡히는 순간이었다.

성국 자베스? 마계의 군세가 이길 것은 뻔했다. 오래전, 르네가 남겨둔 마신기가 있었기 때문에 언제고 사태후 앞을 가로막을 것은 예상한 바였다.

물론 여행객의 맹약으로 용찬이 이동해 온 것까진 예상 못 했지만 아직 남겨둔 수는 있었다.

'미리 흑단에게서 아이템을 챙겨오길 잘했어. 이대로 사태후가 헨드릭의 육신을 집어삼켜만 준다면…….'

계획은 완벽했다. 비록 리셋의 원인이 헨드릭의 죽음이지만 탐랑에 집어삼켜지는 순간 육신은 소멸하지 않고 그대로 사태후와 하나가 된다. 그 사실을 알고 있던 베로니카였기 때문에 이렇게 느긋히 웃을 수 있는 것이었다.

'자, 얼른 헨드릭에게 깃든 시스템의 권한까지 집어삼켜. 그래야 완성시킬 수 있다고.'

이미 흑단에게서 받은 아이템을 통해 머더러들의 등급이 강제로 상승한 상태였다.

"평생 A급은 꿈에도 못 꿔본 내가 A급이라고? 미친, 이 아이템들. 진짜 사기잖아?!"

"야, 다들 뭐 하고 있어. 저 새끼들부터 처리해!"

"이야호, 다시 한번 날뛰어보자고!"

마계의 군세에 비하면 고작 3천여 명의 숫자였지만 전력만큼은 엇비슷했다. 그 증거로 들이닥치던 2, 3군단을 역으로 밀어붙이며 자신들의 포악성을 드러내고 있지 않은가.

지금의 체이서 집단은 사태후를 제외한다고 해도 최강의 무력 집단임이 틀림없었다.

다만.

"아가프! 네놈이 좌측을 맡아라"

"허허, 성질도 급하구만. 우선 알겠네."

서열 1위에 빛나는 대현자란 존재가 전부터 계속 거슬렸다. 상대가 가진 능력 중 하나를 영구적으로 소멸시킬 수 있는 영멸의 권능. 그동안 거쳐온 수 많은 전생들 속에서 가장 행적이 미묘한 마족인 것은 물론 능력까지 예상밖의 인물인 탓에 자꾸만 시선이 가고 있었다.

'대현자 아가프. 내가 조사한 바로 놈의 권능은 S급에 해당하는 능력까진 지우지 못해. 다행히 탐의 특성은 온전하겠지만…… 그래도 역시 신경 쓰인단 말이지.'

이런 중대한 상황 속에선 혹시 모를 가능성까지 염두에 두

어야 했다. 그 때문일까. 초조해져 있던 눈동자가 자연스레 S급을 코앞에 두고 있던 청년에게로 향했다.

체이서의 왼팔 사혁. 흑단의 아이템 등을 통해 강제로 A급 히어로 수준까지 올라 선 플레이어라면 충분히 아가프를 견제할 수 있었다.

"당신, 잠깐. 제 얘기를 들어보지 않으시겠어요?"

"뭐?"

조용히 귓가에 속삭인다. 감미로우면서도 매혹적인 목소리로. 다시 한번 여우같이 긴 꼬리를 흔들고 있었다.

"그어어어어!"

"여긴 시체가 많아서 좋단 말이지. 자자, 다들 잠자코 있지 말고 싹 쓸어버려!"

시체가 너부러진 도시는 흑마법사에게 있어 최적의 전장이었다. 시체들 사이로 무수히 피어난 흑마력의 원천인 흑련, 일시적으로 시체에 생명력을 부여해 흑마도를 사용하는 효율적인 패턴, 채널링을 이용해 시체에 줄어든 생명력을 회복시켜 주는 로드멜까지. 거의 무적의 군대라고 볼 수 있는 한성의 시체들이 지금도 무자비하게 머더러들을 처리하고 있었다.

"크하하하하. 내 흑마법은 세계 제일이다!"

물론.

-쯔쯧. 한심한 놈 같으니라고.

제3자가 보기엔 그저 정신이 반쯤 나간 흑마법사 같았지만 굳이 태클은 걸지 않았다.

-그나저나 이토록 플레이어들을 강하게 만들어주는 아이템들이라니. 정말 예측불능의 상황이로군.

리치 델마누스의 입장에선 푸른 로브의 여인이 이 사건의 모든 원흉으로 보였다. 때문에 한 시도 그녀에게서 긴장을 늦추지 않고 있었지만 아직까지 직접 나서진 않는 분위기였다. 할 수 없이 용찬의 명을 따라서 들이닥치는 머더러들을 우선적으로 제압하고 있었지만, 강제로 등급이 상승한 탓인지 자신의 우월한 마력에도 쉽게 쓰러지지 않고 있었다.

[겜블 워리어 레버튼이 행운의 오오라를 발동했습니다. 모든 파티원들의 행운 수치가 대폭 상승합니다.]

[리치 델마누스가 시전한 프리즌 오브가 행운 수치의 영향을 받았습니다. 빙결의 결정체인 프리즌 오브가 두 개씩 소환됩니다.]

푸른 원형의 구에서 쏟아져 나오는 얼음 가시들. 행운의 오오라의 영향으로 위력까지 상승한 프리즌 오브 두 개가 달려

들던 머더러들을 휩쓸고 다녔다. 그 광경에 놀란 델마누스는 가까이서 스킬을 시전하고 있던 레버튼 쪽으로 등을 돌렸다.

-호오. 놀랍군. 그리 행운에 기대지 않는 성격이거늘. 자네의 기술만큼은 인정할 수밖에 없겠어.

"아하하하. 그래 봤자 이렇게 멀리서 기술을 사용하는 것뿐인데요."

-적어도 저런 미친놈보단 낫겠지.

자신을 되살린 주인이건만. 지금도 한성만 보면 절로 한숨부터 나왔다.

"야, 이 빌어먹을 리치 새끼야. 다 들린다!"

-쯔쯧. 귀 하난 밝아가지고.

울컥하는 한성과 고개를 절레절레 흔드는 델마누스의 모습에 애써 웃음을 흘리던 레버튼이 고개를 돌렸다.

콰아아앙!

조금 전까지만 해도 막상막하의 혈투를 벌이던 탐랑과 불의 왕. 하지만 지금은 베로니카가 사용한 아이템의 효과로 한쪽이 크게 밀리고 있었다. 그것도 홍염의 패자라 불리던 펠드릭이 말이다.

'이건 좀 위험한 거 아냐? 이대로 펠드릭의 능력이 흡수 당하기라도 한다면…….'

상상만 해도 두려움에 온몸이 떨려왔다.

"게헤헤헤. 고작 이 정도냐? 불의 왕이란 호칭이 아깝구만!"

"크으윽. 그 입 다물어라!"

"자자, 좀 더 날뛰어 보라고!"

마침 한참 밀리고 있던 펠드릭이 사태후의 커다란 손을 융해하며 반격을 시도했다. 주변 일대를 녹여 버릴 정도로 격하게 일렁이는 백염. 용찬의 흑염과는 비교도 안 될 정도로 온도가 급상승한 불길이 탐랑의 신형을 뒤덮자 단단하던 가죽이 순식간에 타들어갔다.

하지만 그것도 잠시.

"이 정도로 뭘 하겠다고!"

백색 불길을 뚫고 사태후가 흉포한 얼굴로 대지를 내리찍었다.

[탐랑 사태후가 매직 캔슬을 시전합니다. 불의 왕 펠드릭이 시전한 마법이 강제로 취소됩니다.]

아리샤에게 마력을 건네받은 이후로 불의 속성력을 마법처럼 사용하던 홍염의 패자. 그런 약점을 꿰뚫은 괴물이 주변 일대의 백염을 강제로 소멸시키며 왼쪽 팔을 번쩍 들어 올렸다.

쩌저적!

오직 힘만으로 상대를 제압하는 압도. 결코 거부할 수 없는 강제력이 어깨를 짓누르자 펠드릭의 신형이 단숨에 땅에 처박

혔다.

'이, 이런!'

능력치가 두 배 가까이 상승한 것만으로도 이 정도다. 동일한 S급이었지만 이미 수준 차이가 심각하게 벌어지고 있다는 증거일 것이다.

낭패 어린 표정으로 고개를 들어 올리던 펠드릭이 혼신의 힘을 짜내며 블링크를 시도했지만 그전에 앞서 레이 벌츠가 눈앞으로 들이닥쳤다.

파각!

마치 유리창 깨지듯 부서져 나가던 균열 속에서 어긋나는 오른쪽 팔.

"끄으으윽!"

완전히 팔의 뼈가 아작나자 격렬한 고통에 눈이 붉게 충혈되어 갔다. 이대로 간다면 얼마 되지 않아 사태후에게 패배해 그대로 탑의 특성에 의해 잡아먹히게 될 터. 그렇게 되면 남은 짐은 죄다 헨드릭이 짊어져야만 했다.

'그렇게는…… 그렇게는 놔두지 않을 테다.'

최소한 아버지로서의 면모를 보여야만 했다. 때문에 펠드릭은 다시금 자리에서 일어섰다. 프로이스의 가주이기 전에 한 마족의 아버지로서.

화르르륵!

흔들거리는 두 다리를 붙잡은 채 균형을 가까스로 되찾았다.

"그냥 포기하는 게 어때?"

"아니, 끝까지 일어서 주마."

오직 자신의 아들을 위해서.

-안 돼. 펠드릭의 내상이 더욱 깊어졌어. 이대로 놔두면 반격을 시도하기 전에 먼저 쓰러지고 말 거야.

'치료술사들의 회복을 펠드릭에게 집중시킨다면?'

-그래도 애매해. 치료술사의 기술로 상대를 회복시키는 것도 한계가 있어.

두 괴물이 전투를 시작할 때부터 상황을 분석해 오던 진협이었다. 관찰력에 있어 그 누구도 따라가지 못할 영역에 도달해 있던 바쿤의 디텍터. 그런 자가 확신을 담아 말하고 있었기에 사실이 곧 현실로 닥쳐오는 것이야 뻔했다.

"뒤져. 마족 새끼들아!"

"연놈이. 까고 있네!"

또 한 명의 머더러가 백두산의 발길질에 나가떨어진다. 가볍게 주위만 둘러봐도 아이템으로 등급이 상승한 놈들이 판을 치는 게 보였다. 어떻게든 펠드릭을 지원하려고 해도 계속해서 체이서가 발목을 붙잡으니 그럴 수도 없는 노릇이었다.

그렇게 인상을 구기며 백두산과 함께 머더러들을 제압하고 있었을까.

쿠웅!

언제부터 도시에 있던 것인지 커다란 고목이 대자로 쓰러지며 길목을 차단했다.

"아이리스?!"

"헨드릭. 나도 도우러 왔어!"

-이 꼬맹이야. 우린 눈에도 안 들어오냐?

수백 마리의 식물형 몬스터들을 이끌고 찾아온 NPC 아이리스. 그리고 그녀를 호위하던 푸른 갈퀴 용병단이 한숨을 푹푹 내쉬며 달려들자 악화되어 있던 1군세의 전황이 어느 정도 수그러들었다.

서걱!

날렵한 검술로 머더러 한 명의 팔을 베어넘긴 필립이 서둘러 사태후 쪽을 가리켰다.

-여긴 어떻게든 우리가 막고 있을 테니까 너는 얼른…….

"헹. 네놈들 가지곤 무리야."

가장 선두를 담당하고 있던 1군세로 또 하나의 무리가 난입한다. 괴력의 마왕 크로우, 저주의 마왕 벤젠, 침묵의 암살자 로저스, 비통의 마왕 실비아, 픽스 파이멀린. 그 외 악몽의 탑에서 함께했던 중위권 서열 마왕 4인조까지.

아예 가주들에게 후방을 맡기고 찾아온 것인지 뒤 쪽에 있던 제이먼이 대표로 엄지를 치켜드는 것이 보였다.

"플레이어와 인간들을 마왕성에 고용할 줄 누가 알았겠어."

"마왕으로서 수치인 줄 알아라. 헨드릭 프로이스."

"아무튼 다 끝나고 보자고."

무려 4년 동안 이어져 온 인연들이 다시금 빛을 발한다. 비록 그들 중 악연으로 마주한 자들도 있긴 했지만 지금은 마계의 공동체나 다름없었다.

그리고.

"마왕님. 저희가 앞장서겠습니다."

"에구궁. 정말 난리도 아니구나. 우선 가주부터 구하고 보자꾸나."

"헤헤헤. 마왕님. 저희도 왔어요!"

프로이스 가문의 다섯 부대장, 가문이 기둥이 되어왔던 세 명의 원로, 헥토르와 함께 몰려온 바쿤의 병사들까지. 다시금 앞으로 집결한 자신만의 군세에 입가가 올라갔다.

"최소한 죽을 각오는 하고 따라오도록."

"예, 알겠습니다!"

"원로님들. 다시 한번 부탁드립니다."

"걱정 말거라."

흑갑주의 투구가 안면을 뒤덮는다. 붉은 안광이 향하는 곳은 괴물들간의 전장. 뒤늦게 세계가 붉게 물들자 광악의 질주가 시작됐다.

"백두산. 잘 따라와라."

"혼자서 똥폼 잡긴. 알겠으니까 얼른 가기나 해. 전기 쥐새끼야."

퉁명스러운 대답에 프로이스 가의 부대장들이 금방 인상을 구겼지만 머리 위에 뜬 표식 때문인지 애써 분노를 참는게 보였다. 그 사이, 용찬은 앞을 가로막는 머더러들을 아예 흑염으로 불살라 버리며 점차 거리를 줄여갔다.

그리고 쓰러진 펠드릭이 시야에 가까워진 순간.

-츄르르르!

목에 감겨 있던 타쉬가 섬광을 내뿜었다.

"그 같잖은 수가 두 번 통할 줄 아는 거냐?!"

"애초에 기대도 안 했어."

접근해 오던 용찬을 미리 파악하고 있던 것인지 탐랑의 눈들이 하나같이 감겨 있었다. 하지만 타쉬의 섬광은 단순히 시간 끌기용에 불과했다.

덥석!

진정한 목표는 한계에 다다른 펠드릭을 구해내는 것.

"이 피래미 새끼들이!"

"끌끌. 그때나 지금이나 못생긴 것은 그대로구만."

"아무리 괴물이라 한들 정신력엔 한계가 있는 법이지."

용찬이 폭주를 멈춘 채 펠드릭을 안아 들자 하늘 위로 종소리가 울려 퍼졌다. 지정된 대상에게 종말의 표식을 심는 정신 추적자만의 종소리였다.

그렇게 탐랑에게 표식이 새겨지자 나이언이 가장 먼저 사태후의 정신 세계로 침투했고, 놈의 움직임이 일시적으로 멈춰든 순간 굴쉬와 포비온이 동시에 좌우로 일격을 선사했다.

콰콰쾅!

무장 기사 굴쉬, 섬광의 마도사, 정신 추적자의 완벽한 연계. A급 중에서도 상위권에 오른 원로들의 강력한 기술들이었다.

하지만.

"게헤헤헤. 가려운 수준이로구만. 그리고 네놈들은 처음부터 헛짓거리를 하고 있었다고."

"뭐라?"

일말의 기적도 없이 땅 위로 치켜 오른 가시들이 절망을 선사했다.

푸푸푸푹!

이런 전력으로도 막지 못하는 것이었을까. 정작 자신에게 달려든 원로들과 병사들은 신경도 쓰지 않고 날린 가시가 멀리 떨어져 있던 두 명의 신형을 꿰뚫었다.

주르륵!

마치 부숴진 모래 시계처럼 흘러넘치는 선혈.

-용찬, 고용찬!

'……이, 이건?'

뒤늦게 진협의 목소리에 정신을 차리자 금방 상황을 깨닫게 됐다. 신체의 절반되는 크기의 커다란 가시가 자신의 복부를 꿰뚫고 있었다. 그것도 등에 업힌 펠드릭의 신형과 함께 말이다.

털썩!

심각한 내상에 입가로 핏물이 흘러나온다. 불사자 세트의 효과로도 치유가 불가능한 치명상이었다. 용찬은 팽팽 도는 어지러운 시야 속에서 자기 옆으로 쓰러진 펠드릭을 쳐다봤다.

그리고.

콰직!

기괴한 눈동자에 집어삼켜지는 그를 멍하니 지켜만 봐야 했다.

다리를 베어 문 탐욕의 눈동자가 서서히 영역을 확장해 간다. 사지 한쪽을 시작으로 하체까지. 마치 식사를 즐기듯 천천히 신형 전체를 집어삼키려 했다.

불의 왕. 탐랑에 맞설 수 있는 유일한 희망. 아니, 그에 앞서 헨드릭의 아버지이기도 한 존재 자체가 눈앞에서 사라지려 했다.

'안 돼.'

격렬하게 요동치는 심장에 두 눈이 붉게 충혈되어 간다.

'또다시 잃을 순 없어.'

막아야 된다. 어떻게든 그를 살려야만 했다. 그런 생각에 저절로 손이 뻗어졌다.

"마, 마왕님?!"

"안 됩니다. 물러서십시오. 마왕님만큼은!"

"젠장. 다들 가만히 있지 말고 달려들어서 좀 막아보라고!"

흐릿한 의식 속에서 들려오는 환청 같은 목소리에 정신이 차려졌다. 이미 자신의 손은 펠드릭의 신형을 밀쳐내며 그를 대신해 기괴한 눈동자 속으로 빨려들어 가고 있었다.

대체 뭐가 어떻게 된 것일까. 아니, 이미 답은 알고 있었다. 아까 전까지 들려오던 목소리는 용찬의 것이 아니었다. 오히려 오래전부터 봉인되어 있던 또 하나의 영혼인 헨드릭 프로이스 본인의 것이었다.

'이 개자식이. 왜 이제 와서 갑자기!'

'그냥 내게 육체를 맡겨.'

'닥쳐. 여기까지 와서 이렇게 허무하게 죽을 순…….'

'나도 그렇게 어리석은 놈은 아니야. 그냥 보고만 있어.'

일시적으로 의지를 완전히 빼앗겨 버린 탓에 저항하는 것은 불가능했다. 그저 마음 속 한 편에서 전혀 의도를 이해하지 못할 헨드릭의 행동을 지켜볼 뿐.

"게헤헤헤. 이거 뭐, 눈물 나는 드라마의 한 장면이구만. 아버지를 대신해 아들이 희생한다는 건가."

"헛소리 지껄이지 마라. 괴물 새끼야!"

"잔챙이들은 빠져 있으라고. 지금이 가장 재밌는 부분이니까."

용찬을 구하기 위해 몰려들었던 프로이스 가의 병사들이 단숨에 날아간다. 뒤늦게 백두산이 남은 기력을 모두 짜내 헥토파스칼 킥을 날렸지만 되려 페잉 다이블에 붙잡힐 뿐이었다. 그리고 기괴한 눈동자가 완전히 신형을 덮은 순간.

"드디어!"

푸른 마녀가 광소를 흘리며 손뼉을 마주쳤다. 이로써 기존의 계획대로 탐랑의 특성에 리셋의 원인이 집어삼켜지고 말았다. 남은 것은 헨드릭의 육신에서 떨어져 나간 시스템 권한을 회수하는 것뿐.

그렇게 희비가 교차하는 상황 속에서 용찬은 결국 펠드릭을 대신해 탐랑에게 집어삼켜지고 말았다.

쾅!

정체를 알 수 없는 미지의 공간. 그 속에 빨려 들어간 두 명의 청년 중 한 명이 주먹으로 바닥을 내리찍었다. 깊은 분노에 떨려오는 신형. 살기 가득한 눈동자가 정면을 직시하자 마주서 있던 또 하나의 자신이 끝내 한숨을 토해냈다.

"좀 침착하지 그래?"

"대체 이게 무슨 짓이냐. 한동안 잠잠하던 녀석이 이제 와서 육신을 차지하고. 그것도 모자라 펠드릭을 대신해 탐랑에게 몸을 던지다니? 네놈이 지금 무슨 짓을 벌인지 알고나 있는 거냐?!"

"알아, 그리고 널 위해서 일부러 그렇게 한 거야."

"뭐?"

또 하나의 자신, 아니, 본래 육체의 주인이던 헨드릭이 바닥에 털썩 주저앉았다.

"정말 끝까지 자기 살기 바빠서…… 하아, 아무리 내가 망나니였다곤 하지만 너도 진짜 최악의 쓰레기다. 마텔 아저씨를 처형할 때부터 알고는 있었지만 정말 치가 떨리는 욕망이야."

"그래서 그게 네놈의 마지막 유언이냐?"

"아, 이제 됐어. 더 이상 네놈을 말리는 것도 무의미한 짓 같아. 그래서 내가 이렇게 결심한 거고 말야."

퀭하던 두 눈동자에 생기가 맴돈다. 전에 길서드를 앞에 두고 마주했을 땐 삶의 희망 따윈 보이지 않는 공허한 눈빛이었는데, 지금은 사뭇 달라진 눈빛으로 자신을 쳐다보고 있었다.

"이미 알고 있겠지만 내 권능은……."

"회귀."

"그래. 맞아. 사실 내겐 권능이 없던 게 아냐. 오히려 죽어서야 발동되는 특별한 권능이 있던 거지. 그걸 뒤늦게 깨닫긴 했지만 사실상 내겐 별 도움이 안 되더라고. 아무런 재주도 없는 마족이 미래를 알고 있어 봤자지. 하지만 넌 달라."

"……."

"고용찬. 넌 내 몸을 차지하고 나서부터 아주 패도적인 행보를 보였어. 그리고 지금은 당당히 마황의 자리까지 노리고 있지. 나 같은 쓰레기랑은 완전히 다른 놈이야."

"대체 하고 싶은 말이 뭐야."

굳이 이렇게 탐랑에게 집어삼켜진 후 본심을 말하는 이유는 무엇일까. 그런 속사정이라면 사태후의 앞이 아니더라도 언제든 말할 수 있지 않은가. 용찬은 도통 이해가 되지 않는다는 표정으로 결론을 물었다.

"걱정 마. 사태후의 특성에 집어삼켜지긴 했지만 넌 안 죽을 거야."

헨드릭이 웃었다. 그것도 매우 씁쓸히.

"여기서 나가게 되면 아가프의 권능을 이용해 영혼 결속 특성을 없애도록 해."

"대체 무슨 소리를……."

"아직 S급에 도달 못 했잖아. 내 영혼과 영혼 결속 특성이 있는 한 넌 절대 그 벽을 넘어서지 못할 거야."

알싸한 충격에 뒤통수가 얼얼해진다. 확실히 영혼 결속이 A급에 도달한 이후로 좀처럼 등급이 상승할 기미가 보이지 않았다. 그리고 뒤늦게 그 말이 무슨 뜻인지 깨닫자 두 눈이 휘둥그레졌다.

"네놈, 설마?"

"나같이 도움 안 되는 마족이 육체를 차지한다고 해도 현재 문제가 해결되진 않겠지. 그래서 맡기는 거야. 어머니의 가신인 마델 아저씨를 그렇게 무참히 처형할 때만 해도 증오심에 불타올랐지만……. 결국 내가 할 수 있는 건 아무것도 없더라고."

평생을 망나니 취급받아오며 살아온 마족이 등을 돌린다. 수백, 수천 번 동안 회귀를 반복해 온 자의 선택은 희생. 헨드릭은 애써 자신의 감정을 숨기며 손을 들어 올렸다.

"아, 그리고 너무 애써서 자기 감정을 숨기려 들지 마."

기나긴 인생 속에서.

"너 사실은 본래 세계로 귀환하는 게 목표가 아니잖아?"

절망을 맞이했던 마족은.

"그렇게 억지로 자기를 숨기려 안 해도 돼."

그렇게.

"그냥 네가 하고 싶은 대로 해."

사라져 갔다.

[영혼의 파트너 특성이 소멸됩니다. 동기화율이 최하로 하락

합니다. 영혼 결속의 등급이 F로 하락합니다.]

두 영혼이 한 육체에 공존되면서 생긴 영혼 결속이란 특성. 동기화율이란 수치를 이용해 헨드릭 육신을 움직여 온 용찬에게 있어 본 주인의 영혼은 걸림돌이나 다름없었다.

그리고 하나의 육체에 하나의 영혼만이 남은 순간.

[탐의 특성에 의해 헨드릭 프로이스의 영혼이 흡수됩니다.]

세상은 빠르게 반전되어 갔다.

'이제 네가 헨드릭 프로이스야.'

영혼의 목소리가 귓가에 맴돈다. 끝없는 어둠 속에서 헤매고 있던 육신은 남아 있던 영혼을 매개체 삼아 현세로 빠져나왔다.

덥석!

따스한 손길에 고개를 돌리자 다리 한쪽을 잃은 왕이 보였다.

"쿨럭, 아들아."

아마 진실을 모르는 자들은 끝까지 자신을 헨드릭 프로이스라고 알 것이다. 아니, 지금은 완전히 육체를 차지했으니 그게 맞는 것일까. 마치 슬로우 모션처럼 느리게 흘러가는 시간 속에서 긴 혼란이 찾아온다.

하지만.

"……난 헨드릭 프로이스가 아냐."

끝내 자신의 정체성을 잃진 않았다.

"그, 그게 무슨?"

"내 이름은 고용찬이야."

플레이어 고용찬. 비록 원래의 육신은 사라졌지만 영혼은 남아 있었다. 기억 또한 멀쩡했다. 성격, 습관, 특징 등등 모든 것이 원래 고용찬의 것들이었다.

때문에 손목을 붙잡은 펠드릭의 손을 거부했다. 그리고 당황해하는 탐랑을 앞에 둔 채 아가프에게 소리쳤다.

"아가프. 영멸의 권능을 사용해라! 소멸시킬 특성은……."

"안 돼. 막으세요!"

푹!

베로니카의 지시를 받아 미리 배후로 이동해 있던 사혁의 칼날이 대현자의 복부로 파고든다. 정확히 권능을 사용하는 틈을 타서 내지른 치명적인 일격. 하지만 그럼에도 아가프는 권능의 발현을 멈추지 않았다. 아니, 오히려 내상 따윈 신경도 쓰지 않은 채 손에 들고 있던 지팡이를 치켜들었다.

"끌끌끌. 이미 알고 있네. 그러니 이만 약속을 지켜주게."

"이, 이 녀석?!"

"젊은이. 노장을 그렇게 쉽게 보면 안 되지."

피눈물이 흐르고 격렬한 고통이 뼛속까지 스며들지만 이 정도는 약과였다. 수백, 수천 년 동안 똑같은 죽음을 반복해 온 자신. 그리고 그런 자신을 새로운 인생 때마다 돌아봐야만 했던 나날들. 이젠 끝을 내고 싶었다.

[대현자 아가프가 영멸의 권능을 발동합니다. 대상: 영혼 결속. 헨드릭 프로이스의 '영혼 결속' 특성을 소멸시킵니다.]

그동안 영혼을 속박해 오던 쇠사슬이 끊어진다.

두근두근!

더 이상은 동기화율에 의지하지 않아도 됐다. 이제 헨드릭의 육신은 완전히 자신의 것이었다. 그 증거로 영혼이 완벽히 안착된 육체의 심장이 빠르게 요동치고 있었다.

온다.

파지지직!

벽에 가로막혀 있던.

화르륵!

그 모든 것들이.

부글부글!

하나의 물결이 되어.

샤아아앙!

지금, 이 순간.

꿈틀꿈틀!

밀려오고 있었다. 그리고 뒤늦게 거센 폭풍이 신형을 감싸는 순간 여섯 가지 속성력이 변화의 바람에 휩싸여 새롭게 태어났다.

하늘 높이 뻗어지는 푸른 빛의 기둥. 새로운 초인을 맞이하기 위해 세계가 그를 성대히 환영하고 있었다.

"있을 수 없어. 어떻게. 어떻게 내 특성에 삼켜지지 않고 빠져나올 수 있던 거냐?"

"……."

"대답해라. 고용찬!"

격분한 괴물이 원로들을 밀치며 기둥으로 손을 뻗었다.

슈수수수숙!

다시금 대지 위로 솟구치는 날카로운 송곳니들. 갑작스러운 용찬의 변화에 당황이 앞섰지만 이렇게 빈틈투성이인 상대를 처리하는 것만큼은 손쉬운 것도 없었다.

하지만 그것도 잠시.

[하멜 최초 S랭크에 도달한 NPC 플레이어가 탄생했습니다. 고용찬(헨드릭 프로이스)이 초인의 경지에 도달했습니다. 이형(異形) 특성이 부여됩니다.]

뿌연 연기를 꿰뚫고 긴 팔이 뻗어져 나왔다. 변화의 끝에 도달한 것은 새로운 경지. 황금빛으로 물든 갑주가 전류를 토해내자 주변으로 솟아 있던 송곳니들이 동시에 박살 났다.

가장 먼저 느껴지는 것은 전율.

털썩!

무력하게 쓰러진 대현자의 눈으로 형형색색의 빛무리가 들어오자 절로 미소가 지어졌다.

“아아, 아름답구만.”

“저건 대체…….”

“정령과 하나가 될 줄이야. 쿨럭, 마족 역사상 최초로군. 아니, 이젠 마족이라 부를 수도 없겠어. 클클.”

의아해하던 사혁의 두 눈동자가 떨려왔다.

황갑주로 무장한 기사, 아니, 정확히는 뇌전의 정령을 몸에 부여한 무투가였다.

철컥!

가볍게 한 발을 내딛자 세계가 진동한다. 더 이상 광악이란 자는 하멜에 존재하지 않았다. 지금 이 자리에 남은 것은 오로지 정령을 이끄는 한 명의 군주뿐.

정령 군주 고용찬, 뒤늦게 새로운 호칭이 눈에 들어오자 사태후의 인상이 구겨졌다.

“정령 군주라고? 웃기는 소리 하지 마라. 그래 봤자……!”

능력치가 거의 두 배 가까이 향상된 탐랑의 거대한 손이 공간을 짓누른다. 불의 왕인 펠드릭조차 버티지 못했던 압도였다. 아무리 S급에 도달했다 한들 수준 차이가 상당히 벌어진 자신의 기술을 간단히 막아내진 못 할 터. 그 증거로 용찬도 정면에서 맞서는 것을 포기하고 잽싸게 자리를 피하고 있었다.

"게헤헤헤. 역시 그래야지. 이제 갓 S급에 도달한 놈이 나를 어떻게……."

철컥!

"엉?"

언제 머리 위로 이동한 것일까. 아까 전까지 눈앞에 있던 용찬이 어느새 자신의 머리 위로 올라가 있었다.

"몰아쳐라."

"아, 또 그 시시껄렁한 속성력이여? 좋아. 한번 해보라고. 모조리 흡수해 줄 테니까. 게헤헤."

이미 속성 면역은 최상에 도달해 있었다. 게다가 이형의 특성으로 인해 가죽의 방어력 또한 몇 단계씩이나 상승한 상태. 위력이 전보다 상승했다고 해도 탐의 특성을 이용해 흡수하면 끝이었다. 때문에 사태후는 여유를 부리며 기술을 기다렸다.

쿠구구궁.

검게 물든 하늘 위로 몰려오는 흑운.

"낙뢰."

정령 군주의 손짓 한 번에 세상이 점멸했다. 그리고 밝게 물든 시야 속에서 분노한 정령의 심판이 내려져 왔다.

콰콰콰콰쾅!

한 번.

콰콰쾅!

또 한 번.

콰콰콰쾅!

그리고 또 한 번.

'이, 이 정도쯤은…….'

그때까지만 해도 사태후는 안심하고 있었다. 다행히 S급에 도달한 용찬의 낙뢰가 예상보다 버틸 만했기 때문에. 고통에 인내하며 흡수할 틈만을 기다리고 있었다.

하지만.

"몰아쳐라."

그것은 착각에 불과했다.

"대, 대체 언제까지……."

"몰아쳐라."

"꺼어억. 자, 잠깐만!"

"쳐라."

"끄어어어어!"

"매우……."

무자비한 손짓 끝에 투구 속으로 푸른 안광이 빛을 발한다. 정령 군주는 그저 명할 뿐이었다.

"쳐라."

심판을 말이다.

'이제 됐어. 펠드릭 대신 자기를 희생할 줄은 몰랐지만 아무튼 잘된 일이야. 이대로 하멜의 시스템만 완성시키면……!'

이 세계를 멋대로 좌지우지할 수 있었다. 비록 폐쇄된 차원이긴 했지만 모든 시스템 권한을 되찾기만 하면 자신은 하멜의 신이 되는 것이다.

베로니카는 진한 미소를 자아내며 소유하고 있던 절반의 시스템 권한을 작동시켰다.

'자, 내게 오렴.'

헨드릭의 육신에 부여되어 있던 나머지 시스템 권한. 하지만 사태후의 특성에 집어삼켜진 지금이라면 분리되어 있던 시스템 제어권을 완성시킬 수 있었다.

'응?'

헌데, 무언가 이상했다.

'반응하질 않아?!'

퍼즐 조각처럼 나누어졌던 시스템 권한이 자신의 손으로 되돌아오지 않고 있었다. 원래라면 헨드릭의 육신에서 빠져나온 순간부터 서로 반응을 했을 것이다. 그리고 무언가 잘못됐단 것을 인지한 순간 팽창되어 있던 탐랑의 눈동자 속에서 한 인영이 튀어나왔다.

탐의 특성에 집어삼켜진 줄만 알았던 마왕이 S급이 된 채로 돌아온 것이다.

'육신에서 헨드릭의 영혼이 느껴지질 않아. 설마……?'

몸에 부여되어 있던 고유 시스템마저 그대로였다. 여기서 추측할 수 있는 것은 헨드릭이 자의적으로 희생을 한 경우다. 만약 자신의 영혼을 희생해 용찬을 현계로 되돌려놓은 것이라면 나머지 시스템 권한이 그대로인 것도 어느 정도 설명이 됐다. 하지만 헨드릭 고유의 권능은 달랐다.

"끄아아아아!"

"아, 안 돼."

"끄으으윽!"

"기다려!"

정령 군주의 낙뢰가 몰아칠 때마다 머릿속에서 사이렌이 울렸다. 더 이상은 계획 따위가 문제가 아니었다. 여기서 탐랑이 죽어버리기라도 하면 여태까지의 노력은 모두 허사가 되어버린다. 때문에 어떻게든 용찬을 방해하려 들었지만 이미 대부분의 머더러들은 제압된 상태였다. 게다가 이 자리에 더는 S급의 실력자 따윈 존재하지 않았다.

콰앙!

그저 바라볼 수밖에 없었다.

콰콰쾅!

정령 군주에게 압도 당하는 괴물의 처량한 모습을.

콰아아앙!

무력하게 쳐다만 봐야 했다. 그리고 용찬의 황금빛 갑주의 색깔이 바뀌는 순간 자연스레 다리의 힘이 풀려 버리고 말았다.

"아직 시작도 안 했다. 탐랑."

"끄르륵. 대체 언제까지……."

"이제부터 본 게임이다."

본래의 색을 되찾은 흑색 갑주. 하지만 예전과는 사뭇 달랐다. 아니, 본질적으로 전혀 다른 기운을 내지하고 있었다.

어둠보다 짙은 창백한 어둠이 몰려온다. 군주의 손짓 한 번에 형성되는 거대한 정령. 마치 먹구름이 몰려오듯 형태를 구성한 어둠의 폭군 체셔가 그 흉악한 기세를 토해냈다.

그리고.

"먹어치워라."

세상이 어둡게 물들었다.

정령 군주란 호칭과 함께 부여된 이형의 특성. 계약한 정령과 하나가 되면서 그 정령의 속성력을 무한대로 발현할 수 있는 일명 '신갑 모드'는 용찬에게 있어 가장 최적의 효과라고 볼 수 있었다.

'그만큼 지속 시간이 짧고 한 번 부여한 정령을 한동안 다시 못 사용 한다는 게 흠이긴 하지만…….'

신갑 모드가 된 그 순간만큼은 최대 위력을 발현할 수 있었다.

콰드득! 콰득!

일시적으로 S급이 된 체셔가 사태후의 육체를 베어 문다. 마치 고기를 씹어먹듯 섬뜩한 소리가 들려왔지만 사실상 실체가 아닌 기력 및 마력을 먹어치우는 것에 불과했다.

'이놈이 방심한 탓에 쉽게 몰아넣을 순 있었지만 이걸론 부족해.'

그 증거로 허공에 펼쳐진 탐랑의 눈동자들이 여전히 꿈틀거리고 있었다.

세상에 존재하는 모든 것을 집어삼키는 탐. 인간의 욕망에서 비롯된 특성은 기세가 줄어들었음에도 불구하고 끝까지 빈틈을 노리고 들었다. 그리고 얼마 되지 않아 움츠러들었던 사태후가 역으로 속성력을 흡수하며 자리에서 일어났다.

"고작, 고작 이 정도로 날 제압하겠다고?!"

"이 자식……."

"게헤헤헤. 웃기는 소리지. 그래. 네놈 말대로 시작도 안 했다고."

탐랑의 눈동자와 어둠의 속성력이 서로를 집어삼키기 위해 달려든다. 하지만 그런 치열한 경쟁 속에서 승리한 것은 탐의 특성이었다.

콰앙!

거칠게 휘두른 팔에 나가떨어지는 체셔. 제압 상태에서 완전히 벗어난 사태후가 흉악한 눈빛으로 양 주먹을 말아 올렸다.

[탐랑 사태후가 라이트 인챈트를 시전했습니다.]

[탐랑 사태후가 레이 벌츠를 시전했습니다.]

[정령 군주 고용찬이 어둠의 신벌을 시전했습니다.]

환하게 빛나던 거대한 양 손이 공간을 박살 내며 신형을 노리고 들었다. 유리창처럼 깨지는 균열 속에서 충돌하는 기력과 어둠. 방패 형태로 구현된 어둠의 신벌이 레이 벌츠의 기력을 가까스로 튕겨내자 땅 속으로 깊은 크레이터가 생겨났다.

그리고 시작된 두 S급간의 혈투.

타앙!

기존의 무투가 기술을 사용하며 반격에 나선 용찬이 일점 타격으로 충격을 가하자 탐랑의 커다란 덩치가 붕 떠올랐다.

콰득!

그 틈을 놓치지 않고 달려든 체셔의 검은 송곳니가 다시금 팔을 베어 문다.

"이거 완전 똥개 새끼구만?!"

"정확히는 사냥개지."

"엉?"

공중에서 덮쳐 온 사냥개가 붉은 안광을 드러냈다. 순식간에 사태후의 커다란 신형을 감싸는 어둠의 쇠사슬들. 그 위로 검게 물든 검들이 쏘아져 내리자 그 충격을 버티지 못하고 놈의 신형이 바닥으로 추락했다.

[화신갑.]

어둠에서 화염으로. 붉게 물든 갑주가 휘황찬란한 빛을 자아냈다. 비록 체셔의 형상은 사라지지만 괴물을 속박한 어둠의 쇠사슬만큼은 그대로였다.

"제대로 된 태양을 본 지 꽤 오래됐지 않나?"

"크하하하. 태양 좋지!"

"만족하니 다행이군."

아직까지 여유가 넘치는 태도에 절로 조소가 맺힌다.

쿠구구구궁!

뜨겁게 달아오르는 열기 속에서 머리 위로 빨간 구가 형성됐다.

일명 '더 썬'. 말 그대로 태양이라고 불리는 이 기술은 인공적인 태양을 소환해 내 주변의 모든 것들을 태우는 광역 기술이었다.

"이것도 한번 흡수해 봐라."

"게헤헤헤. 게헤헤!"

용찬의 손짓에 인공적인 태양이 바닥으로 작렬한다. 정녕 미친 것인지 탐랑은 일체의 반항조차 하지 않고 그대로 더 썬을 맞이했다. 그리고 타들어가는 고통 속에서 활짝 이를 드러냈다.

"아아, 좋구만. 사우나가 따로 없어!"

"……."

"잊었나 본데. 지금 내 능력치는 두 배 가까이 향상되어 있다고. 여기서 탐의 특성까지 사용하면!"

입안으로 빨려 들어가는 화염의 속성력. 이젠 인공적으로 소환한 태양까지 집어삼키며 순수한 근력만으로 어둠의 쇠사슬을 끊어냈다.

"이렇게 네놈의 잘난 기술도 금방 흡수한다고. 아까는 지속적인 피해에 흡수할 틈조차 없었지만 지금은 다르지."

"정말 한계가 없는 괴물이로군."

"그래. 동일한 S급도 먹어치우는 괴물!"

"윽?!"

"자, 이젠 어쩔 거냐. 고용찬!"

언제 마법사에게서 블링크 기술까지 흡수한 것인지 머리 위로 불쑥 사태후의 손바닥이 덮쳐왔다.

쿠웅!

압도까지 부여된 괴력에 금방 신형이 바닥에 깔린다. 무겁다. 금방이라도 가해오는 압력에 온몸이 터질 것만 같았다.

'역시 S급이 된 것만으론 이놈을 제압할 수 없는 건가.'

펠드릭조차 상대가 안 된 괴물이다. 단순히 동일한 S급이 된다고 해서 쉽게 이길 수 있는 상대가 아니었다.

좀 더 놈에게 치명적인 약점이 필요했다.

퍼억!

굳건한 갑주에 금이 가고 조각난 파편들이 떨어져 내린다. 이젠 블링크까지 시전하는 탐랑의 일방적인 공격에 격렬한 고통이 밀려왔지만 생각은 멈추지 않았다.

화르륵!

가끔 빈틈을 이용한 반격을 시도해도 상황은 똑같았다.

'이대로 가다간…….'

-내 말이 들리는 게냐?

'이 목소리는?'

뇌리로 들려오는 목소리에 정신이 확 깨어났다. 이 익숙한 말투는 다름 아닌 붉은 마녀 아리샤였다.

-전부터 조사해 오던 탐랑의 구슬들 말이다. 듣기론 특성의 패널티로 인해 몸에서 빠져나왔다고 하던데. 자세히 살펴보니 좀 이상하더구나.

'이상하다고?'

-보니까 몇 개의 구슬을 제외한 나머지 구슬들은 전부 저등급의 능력이더구나. 마치 몇 개의 강력한 기술들을 위해 일부러 저등급의 기술들을 흡수한 듯해.

'잠깐. 그렇다는 것은…….'

-그렇지. 놈의 특성에도 한계치가 존재한다는 게다. 마치 쿨단의 흡수력처럼 말이다.

한 줄기의 구원처럼 하늘에서 동아줄이 내려온다.

덥석!

엉망진창이 된 몸으로 팔을 들어 올리자 탐랑의 커다란 손이 잡혀 왔다.

-그리고 가장 중요한 것은 저번에 본 게 패널티의 전부가 아닐 가능성이 크단 게지. 좀 더 깊게 생각해 보거라. 아까 전에

넌 사태후에게 나머지 하나의 영혼을 흡수당했어.

'……'

-분명 그 영혼이 떨어져 나가면서 네가 소유하고 있던 능력 중 하나가 같이 흡수당했을 게다. 그게 무엇인지 생각해 보거라.

반쯤 아작 난 투구 사이로 빛나는 두 눈동자. 잠시 잊고 있던 베로니카 쪽으로 시선을 돌리자 사색이 된 채 벌벌 떨고 있는 그녀의 모습이 보였다. 저 반응으로 볼 때 육체에 깃들어 있던 고유 시스템은 흡수당하지 않은 듯했다.

오히려 저렇게 당황하는 것을 봐선 전혀 예상치 못한 능력이 사태후에게 흡수당한 것일 터. 그것은 아마 푸른 마녀의 계획에 큰 차질이 생기는 능력일 가능성이 컸다.

"게헤헤헤. 아직도 포기 안 한 거냐. 거의 죽다 살아난 처지 같은데."

"아직 끝내긴 이르지."

"어이, 어이. 그 몸 상태로 그딴 말 지껄여도 하나도 안 무섭다고."

"그래. 이제야 알겠어."

"엉?"

불에서 물로. 청색으로 변화한 갑주가 원래 상태로 복구되어 갔다. 그리고 싸늘한 한기가 폐허가 된 도시를 뒤덮자 붙잡혀 있던 탐랑의 커다란 팔이 얼어붙기 시작했다.

"정말 학습 능력이 떨어진단 말이지. 이따위 속성력, 흡수하면 그만……."

"어디 한 번 흡수해 봐라."

"네놈?"

"어디 누가 이기는지 한번 해보자고. 탐랑 사태후."

가벼운 도발에 입가가 씩 올라간다. 패배를 모르는 멍청이에겐 절망이 딱 알맞았다.

[탐랑 사태후가 탐의 특성을 발동합니다. 물의 속성력이 흡수됩니다.]

"좋아. 어디 한번 해보자고!"

흡수…… 발현…….

무한히 반복되는 과정에서 갑주의 색깔이 바뀌어간다.

샤아아앙!

물에서 빛으로.

휘이이잉!

빛에서 바람으로.

파지지직!

바람에서 다시 뇌전으로. 재사용 대기 시간에 맞춰 변형되는 신갑 모드였기에 가장 처음에 사용한 속성력이 가장 먼저 돌아오는 것은 당연했다. 하지만 무작정 속성력을 발현할 수만은 없던 것인지 사태후의 끊임없는 구타까지 이어졌다.

"언제까지 이 지겨운 짓을 반복할 거냐. 엉?"

"커억!"

"나는 특성을 발현하면서도 이렇게 몸을 자유자재로 움직일 수 있다고."

"쿨럭, 쿨럭!"

신갑의 향상된 방어력만을 믿을 수는 없던 것일까. 깊은 내상에 입 밖으로 울컥 피가 쏟아졌다. 너무도 일방적인 구타에 온몸의 뼈가 아스러지는 느낌이었다.

하지만 그럼에도 용찬은 붙잡은 손을 놓지 않았다. 아니, 놓을 수 없었다.

"게헤헤헤. 정말 질긴 새끼일세. 이대로 가다간 네놈이 먼저…… 윽?!"

오직 한순간만을 위해서. 기다리고 또 기다려 온 것이었다. 그리고 마침내 괴물에게서 기다리고 있던 반응이 찾아왔다.

투둑. 툭!

게걸스럽게 흘러나오는 침. 마치 속에서 무언가 올라오는 것인지 사태후가 급히 입을 막아왔다.

"우웁! 자, 잠깐만!"

"헨드릭에게 고마워해야겠어."

"우우우읍!"

"회귀란 권능 정도면 등급도 비정상적으로 높겠지. 그리고 그것을 삼킨 네놈의 흡수 용량은 단숨에 한계치까지 올라갔을 테고. 만약 여기서 속성력까지 추가로 흡수한다면……."

말이 끝나기도 전에 사태후의 신형이 풍선처럼 부풀어 올랐다.

투투투툭!

여태껏 흡수했던 기술들이 구슬이 되어 쏟아진다. 그중에선 상당히 높은 등급의 능력들도 보이고 있었지만 아직이었다.

"이, 이거 놔!"

"어딜 가려고 그러지?"

"개자식이. 이거 놓으란……. 우우읍!"

"네놈은 아무 데도 못 가."

검게 물든 눈동자가 괴물을 직시한다. 아니, 이젠 사태후의 눈에 용찬이 괴물로 보일 지경이었다.

악마, 악마가 자신을 향해 조소를 흘리고 있었다.

[탐랑 사태후가 블링크를 시전합니다.]

[불가! 구월의 창시자 다가즈가 마력 봉쇄를 시전했습니다. 일정 범위 내로 모든 마법사의 마력을 차단합니다.]

언제 근처로 되돌아온 것인지 대피해 있던 다가즈가 높이 지팡이를 치켜들고 있었다. 마법사는 아니었지만 탐랑으로 흡수한 마법 기술들 때문에 마력 봉쇄가 적용되어 버렸다.

'아, 안 돼. 이대로 가다간…….'

진정으로 두려운 패널티가 찾아오려 했다. 어느새 자신을 쳐다보고 있는 수백 개의 눈동자. 사태후는 두려움에 온몸을 떨며 급히 흡수한 능력들을 전부 뱉어냈다. 아니, 뱉어내려 했다.

타앙!

"그러면 안 되지."

용찬의 일점타격이 턱에 꽂히지만 않았더라면 충분히 뱉어낼 수 있었을 것이다.

"자, 잠깐만. 내 패배를 인정하마!"

"불가."

"이대로 가다간…… 이대로 가다간!"

"불가."

살기 가득한 마왕의 눈동자엔 자비란 없었다. 살아남기 위해선 사태후는 어쩔 수 없이 선택해야 할 것이다. 이대로 죽을 것인지 아니면 계속해서 속성력을 흡수할 것인지. 그리고 사태후가 내린 결론은 후자였다.

콰아아앙!

마지막으로 내리친 낙뢰에 덩치가 도시만큼 팽창됐다.

[탐의 특성이 한계치에 도달했습니다. 패널티가 부여됩니다.]

콰직!

투두둑 바닥으로 떨어지는 나머지 탐랑의 구슬들. 풍선 터지듯 홀쭉히 줄어드는 사태후의 신형. 그리고 역으로 특성의 주인을 집어삼키는 기괴한 눈동자들까지.

"안 돼에에에에-!"

비명과도 같은 베로니카의 절망 가득한 목소리와 함께 사태후란 존재 자체가 흡수되고 말았다.

꿈틀꿈틀. 형체를 알 수 없는 기괴한 생물체가 그 자리를 대신하고 있었다.

[탐(貪)]

'이게 탐랑의 실체였군.'

특성의 주인마저 집어삼키는 어마무시한 패널티. 아리샤의 말대로 단순히 흡수한 능력을 토해내는 게 패널티의 전부는 아니었다. 아마 사태후는 이런 상황을 예상하고 필요 없는 능력들을 지속적으로 버려왔던 것일 터.

하지만 헨드릭의 권능을 집어삼킨 채로 속성력까지 흡수하긴 무리였을 것이다.

"마, 마왕님. 대체 저건 무엇입니까?"

"나도 잘 모른다. 이제부터 알아봐야겠지."

다가즈의 물음에 간단히 답한 용찬이 바닥을 내려다봤다. 탐랑의 구슬들 중 유독 크기가 남다른 하나의 구슬. 직접 손에 쥐어 확인해 보니 헨드릭의 권능이었다.

'설마 이것까지 예상하고 희생한 거냐.'

어찌 보면 시스템의 가장 큰 피해자인 헨드릭 프로이스였다. 헌데도 자기 자신을 희생하며 사태후를 저지할 줄이야. 비록 무능한 마족으로 취급받던 수천 번의 인생이었지만 이번만큼은 달랐다. 때문에 용찬도 헨드릭의 희생을 무의미하게 만들지 않기 위해 행동에 나섰다.

덥석!

가녀린 목을 잡아채는 손길.

어느새 베로니카의 곁으로 이동한 용찬이 그녀의 목을 붙잡은 채로 신형을 들어 올렸다.

"이걸로 네 계획은 모두 무산됐다. 베로니카. 네가 그토록 원하던 시스템 권한은 아직도 내 육체 속에 있고 사태후는 저 모양 저 꼴이 되어버렸지."

"……아하하하."

"마지막으로 물으마. 대체 저게 뭐지?"

"정말 당신은 끝까지 예상 못 한 일을 만들어내시는군요. 욕망의 주인인 탐을 이 자리에 소환해 내실 줄이야. 차라리 사태 후로 끝났으면 좋했으련만."

완전히 저항을 포기한 것일까. 삶의 의지마저 잃어버린 듯한 공허한 눈동자로 그녀가 자리에 털썩 주저 앉아버렸다.

"제대로 말해. 그게 무슨 뜻이냐?"

"당신도 보셨으니 아실 텐데요. 제어권을 잃은 능력이 폭주하면 어떻게 되는지."

문득 감정 조절에 실패해 저택을 불태웠던 펠드릭의 그 사건이 떠올랐다.

욕망의 주인 탐(貪). 본질적으로 모든 것을 집어삼키는 능력이 폭주하기 시작한다면 끝도 없이 자신의 욕망을 채우려고 들 것이다.

쉬이이이잉!

기괴한 생물체를 중심으로 몰아치는 거센 바람.

"시작됐네요. 알아서 잘해 보시길."

금방이라도 빨려 들어갈 것 같은 흡입력에 절로 인상이 구겨졌다. 이미 푸른 마녀 베로니카는 도망가는 것조차 포기한 상태였다. 그녀가 이런 태도를 취한다는 것은 거리가 멀어져도 탐에게서 벗어나는 것은 불가능하단 뜻일 터.

물불 안 가리고 도시의 잔해들부터 먹어치우기 시작한 탐의 행태에 용찬은 급히 통신 수정구를 꺼내 들었다.

"그레고리. 거기 있나?"

-아, 예. 예! 마왕님. 지금 다른 마왕분들과 합류해 있습니다!

"아가프의 상태는 어떻지?"

-다행히 로드멜 님의 빠른 치유로 인해 목숨은 건지셨습니다.

"좋아. 긴급 상황이다. 당장 내가 지명한 마왕들과 함께 아가프를 이쪽으로 데려와라."

최후의 최후를 위한.

파지지직!

마지막 발버둥이 시작되려 했다.

"클클. 마지막까지 이 노인네를 이용하려 드는구만."

자신의 기억을 대가로 바쳐 상대가 가진 능력 중 하나를 영멸시켜 온 아가프. 사태후와의 접전 도중 영혼 결속이란 특성을 영멸하며 또다시 대가를 바쳤지만 다행히 소멸된 기억은 일부에 불과했다.

'영혼 결속이 F급까지 하향된 상태였으니 패널티도 그리 심하진 않았을 테지.'

때문에 다시금 영멸의 권능에 희망을 걸어봤지만.

"불가능해. 저 녀석에게선 아무것도 보이지 않아."

결과는 처참했다.

"어쩔 수 없지. 그렇다면 강제로 흡수를 멈출 수밖에."

"자, 잠깐만. 저 녀석을 처리한다고?"

"하아. 또 터무니없는 일에 휘말리게 만드시는군요."

아가프와 함께 데려온 실비아와 에린이 각기 다른 반응을 보였다. 현 서열전의 마왕이기도 한 두 여인의 권능은 증폭과 융합. 사태후와의 교전 당시엔 둘의 능력까지 흡수 될 가능성이 있어 부르지 않았지만 지금은 달랐다. 상체 부분에 눈동자가 펼쳐진 탐에게 빨려들지만 않는다면 계속해서 능력을 구사할 수 있을 터.

"아가프. 권능이 안 되면 보호 마법이라도 발동시키고 있어라."

"얄궂긴. 약속이나 잊지 말게."

임시 방패막으로 마력 보호막이 펼쳐지자 대충 준비는 끝나 있었다.

[정령 군주 고용찬이 파이렛 1식을 시전합니다.]

[비통의 마왕 실비아가 증폭을 발동합니다.]

'우선 간단한 테스트부터.'

증폭된 뇌전의 속성력이 건틀렛을 타고 흘러들어 온다. 한 곳에 집중된 어마어마한 기력, 마력, 속성력. 얼마 되지 않아 용찬의 의지를 따라서 세 가지 기운이 빔처럼 쏘아졌다.

[필리모터의 효과가 발동됩니다.]

슈우우웅!

일직선으로 쏘아진 파이렛 1식이 탐의 형체를 관통한다. 아니, 정확히는 관통하기 직전에 모조리 흡수당하고 있었다. 그 이후로 몇 차례 원거리 기술을 추가로 시전해 봤지만 결과는 똑같았다.

"하나도 안 통한다고? 저 녀석. 정말 괴물이잖아!"

"쯧. 접근한 것은 모조리 먹어치운다는 건가. 정말 성가신 놈이로군."

"후후훗. 그냥 포기하시는 게 편하실 거예요. 폭주하기 시작한 탐은 끝까지 멈추지 않고 이 세계를 전부 집어삼킬 테니까. 당신은 현재를 위해 미래를 포기한 것이나 마찬가지라구요."

족쇄에 묶인 채 주저앉아 있던 베로니카가 비아냥거린다. 여태껏 자신을 이용해 온 마녀가 역으로 잘못을 탓하자 어이가 없었지만 끝내 휘둘리진 않았다.

지금은 오직 이 사태의 원흉인 탐에게 집중해야 했다.

'저 녀석에겐 흡수할 수 있는 한계치도 없는 건가. 이미 도시의 절반은 먹어치운 상태인데 아무렇지도 않게 흡수를 계속

유지하고 있다니.'

그나마 희망을 걸어본다면 균형을 중시하는 하멜의 시스템 정도일 것이다. 아무리 욕망의 주인인 탐이라고 할지라도 이 세계의 존재로 인식된 이상 페널티는 결코 피할 수 없었다.

그렇게 잠시 상념에 빠져 있었을까.

파지직!

뒤늦게 탐의 형체를 타고 뇌전이 흐르기 시작했다.

[탐(貪)이 감전 상태에 처했습니다. 흡수가 일시적으로 정지됩니다.]

'상태 이상이 통한다?'

절망 가득한 상황 속에서 일말의 희망이 엿보인다. 감전에 걸린 인간처럼 형체를 부르르 떠는 탐. 모든 것을 마구잡이로 삼키던 흡입력까지 멈춰 주변이 고요해진 상태였다.

"흡수가 멈췄어?"

"대, 대체 이게 어떻게 된 일이죠?"

"허허, 보아하니 형체를 가지면서 육체의 특징까지 생긴 모양이로군. 통하는 게 상태 이상밖에 없단 게 흠이긴 하지만 저 상태라면……."

아가프의 설명에 두 눈이 휘둥그레졌다.

"지금은 공격이 통할 수도 있단 거군."

"바로 그걸세."

"그렇다면 저놈도 무적은 아니란 거겠군. 좋아."

시험 삼아 다시금 낙뢰를 시전해 봤다. 그러자 탐의 형체가 휘청거리며 뒷걸음질 치고 있었다. 즉, 상태 이상에 걸린 탐에겐 모든 기술이 통한다는 뜻이었다.

"이거 우리들만으론 안 되겠어. 그레고리."

-이미 통신 수정구로 상황에 대해 듣고 있었습니다.

"음?"

-이동하겠습니다.

말이 끝나기가 무섭게 상공으로 마왕성이 가까워져 왔다. 등장부터 탐의 형체에게 중력을 가하며 착지하는 바쿤. 안에서부터 마왕군과 병사 및 용병들이 우루루 쏟아져 나오자 사뭇 분위기가 달라졌다.

"……멀리 이동한 것 아니었나?"

"헤헤. 끝까지 마왕님을 기다리자고 해서요."

"네놈만 멋진 척하게 내버려 둘 순 없어서 말이지."

헥토르부터 시작해 픽스 파이멀린. 그 외 다른 마왕들과 가주들까지. 심지어 마족도 아닌 백두산까지 크로우와 함께 걸어 나오자 순식간에 전력이 보강됐다.

그리고.

"전에 들은 게 무슨 뜻인지는 모르겠지만…… 누가 뭐라고 해도 넌 내 아들이다. 헨드릭."

다리 한쪽을 잃은 펠드릭까지 기슈에게 부축을 받으며 합류해 왔다.

'아아, 그래. 헨드릭. 이게 네놈이 원하던 생이었겠지.'

어쩌면 헨드릭은 영혼이 된 채로 이런 광경들을 쭉 지켜봤던 것일지 몰랐다. 수천 번 동안 고통받아 온 끝에 완전히 다른 마생을 살게 된 자신의 육체. 비록 그 주인공은 놈이 아니었지만 어느 정도는 대리 만족을 했을 것이다. 그렇지 않고서야 이렇게 자기 자신을 희생할 순 없었을 터.

철컥!

주위를 둘러보던 용찬은 마지막 일격을 위해 차례대로 신갑을 변형시켰다.

화염. 물. 바람. 어둠. 빛.

[에린 리스엘이 융합의 권능을 발동했습니다. 다섯 가지 속성력이 융합됩니다.]

가장 먼저 다섯 가지 속성력들이 합쳐졌다.

[비통의 마왕 실비아가 증폭의 권능을 발동했습니다. 정령 군

주의 속성력들이 증폭됩니다.]

두 번째로 합쳐진 속성력들이 증폭되기 시작했다.

"중력이 적용된 이 틈이야. 얼른 공격을 퍼부어!"

"쉬지 말고 상태 이상 기술을 사용해. 어이, 네놈의 그 잘난 빙결로 저 새끼를 얼어붙게 하라고!"

"가우론. 놈의 주변 땅을 파서 하체를 땅 밑으로 묻어버리게!"

"프로이스 놈들만 활약할 순 없지. 우리들도 간만에 힘 좀 써보자고!"

바쿤의 병사 및 용병들, 마계의 가주들, 서열전에 참여한 마왕들, 군단 및 마왕성에 속한 마족들까지. 모두 한데 모여 공격을 집중하자 탑의 형체가 이리저리 흔들리기 시작했다.

콰드득.

보인다.

콰앙!

피해의 흔적이.

콰지직!

고스란히 탑의 형체에 남겨지고 있었다.

"저 녀석 몸에 균열이 생기고 있어!"

"효과가 있는 게다. 그러니 멈추지 말고 기술을 쏟아붓거……. 응?"

"잠시만 비켜주십시오. 지고의 존재시여."

격하게 소리치던 아리샤의 고개가 돌아간다. 그런 마녀를 밀치고 앞으로 나선 펠드릭이 체내에 남아 있던 모든 속성력을 이끌어내자 탑의 형체 주위로 백염이 작렬했다.

그리고.

파지지직!

마지막으로 준비하고 있던 용찬이 융합된 속성력에 뇌전을 더하자 대지가 진동해 왔다.

"지금이다. 헨드릭!"

긴 호흡 소리가 귓가로 맴돌고 휘청거리던 탑의 형상이 멈춰 선다. 헥토파스칼 킥을 작렬시킨 후 뒤로 물러나는 백두산, 구사섬을 완벽히 구현해 내는 루시엔, 이중 청광을 적중시키는 록시, 목에 핏줄이 솟아오를 만큼 격렬히 소리치는 펠드릭 등등. 익숙한 인물들이 하나같이 눈에 들어오고 있었다.

'길고 길었군.'

느리게 흘러가는 시간 속에서 뻗어지는 오른팔. 만감이 교차하는 상황 속에서 신형이 앞으로 이동됐다. 정확히 탑의 육체를 박살 내려면 직접적으로 기술을 작렬시켜야 할 터.

때문에 용찬은 뇌안을 통해 놈의 정면으로 이동했고, 얼마 되지 않아 발동된 일점 격발이 복부로 파고들었다. 아니, 파고들 뻔했다.

활짝!

그 기괴한 눈동자만 다시 펼쳐지지 않았더라면.

“무슨?”

“마, 마왕님!”

“헨드릭 프로이스!”

너무도 허무하게 팔이 빨려 들어간다. 전보다 더 위력이 거세진 흡입력이었다. 어떻게든 빠져나가고자 이동 기술을 발동해 봤지만 거리가 너무 가까운 탓에 마력과 기력조차 놈의 눈동자 속으로 빨려 들어가고 있었다.

‘분명 상태 이상에 걸려 있는데 대체 왜?’

설마 그 짧은 시간 만에 상태 이상에 적응이라도 한 것일까. 도통 이유를 알 수 없었지만 한 가지는 분명했다.

‘이렇게 내가 죽는다고?’

이대로 가다간 탐에게 흡수당하고 만다. 아니, 자신은 물론 주위에 모여든 모든 존재들까지 삼켜지고 말 것이다. 그 사실에 용찬은 공허한 두 눈동자로 검게 물든 탐의 얼굴을 올려다봤다.

‘아아, 허무하군.’

이젠 포기다. 더 이상은 손 쓸 도리가 없다.

‘그래. 여기까지 왔으면 그래도…….’

-누구 멋대로 포기한다는 거야.

‘음?’

-내 보험은 그걸로 끝이 아냐.

절대 잊을 수 없는 목소리에 두 눈이 붉게 충혈되어 간다. 하지만 그것도 잠시. 탐에게 빨려 들어가던 신형 속에서 무언가가 튀어나오더니 이내 아리샤 쪽으로 날아가 버렸다.

우우우웅!

공명하는 대거의 조각들. 한동안 잊고 있던 카스트랄 대거의 조각들이 뒤늦게 한 청년의 손에서 재탄생했다.

"정말 몰라보게 흉측해졌군요."

"네놈은?"

"그래도 이렇게라도 복수를 할 수 있어서 다행입니다. 안 그러면 이렇게 고생해 온 이유가 사라지잖습니까."

사각 테의 안경을 치켜 올린 종호가 빠른 걸음으로 거리를 좁혀왔다. 자신마저 흡수될지 모르는 상황인데도 불구하고 망설임 따윈 보이지 않았다. 그저 복수심에 깃든 눈빛으로 손에 든 대거를 찌를 뿐이었다.

[탐의 모든 스킬, 능력, 장비, 아이템이 봉인됐습니다.]

과거를 회상하듯 익숙한 장면이 눈앞에서 다시 펼쳐진다.

'……왜?'

'……'

'왜에에에에에에!'

'사실 게이트를 넘어갈 수 있는 건 한 명뿐이야. 근데 너부터 들어가면 내가 귀환을 못 하잖아. 안타깝지만 이게 엔딩이야.'

최후에 남은 동료에게 카스트랄 대거를 적중시켰던 유태현. 그런 유태현에게 배신당해 봉인진에 갇히게 되었던 고용찬. 하지만 이번 생에서 대거에 당한 것은 다름 아닌 탐의 형체였다.

"살쾡이들을 정리하느라 좀 늦긴 했지만…… 뭐, 아무튼 적절하게 찾아왔군요. 자, 마무리하시죠."

"……넌 대체."

"아, 그리고 유태현이 그러더군요. 고생했다고."

느긋히 말을 전해오는 종호의 태도에 기가 다 풀리는 느낌이다. 설마 아가프와의 대화 속에서 언급했던 마지막 보험이 카스트랄 대거였던 것일까. 형용할 수 없는 감정들이 머릿속을 복잡케 했지만 일단 탐의 형체가 먼저였다.

파지지직!

다행히 일점격발의 효과는 그대로였다. 빨려 들어가던 오른팔 또한 멀쩡한 상황.

'정말.'

안면으로 작렬하는 건틀렛. 섬광처럼 반전되는 시야 속에서 용찬은 지그시 눈을 감았다.

'끝이로군.'

쩌저저적.

결착을 맺는 일격과 함께 검게 물든 형체가 부서지기 시작한다. 우수수 떨어지는 형체의 파편들 속에서 크게 경련을 일으키는 기괴한 눈동자. 그동안 받은 피해가 한 순간에 몰려온 것인지 격렬한 고통 속에서 소멸되어 갔다.

털썩.

모든 것이 끝났다. 아니, 정확히는 푸른 마녀의 계획을 송두리째 박살 내고야 말았다. 그것도 사태후의 끝없던 욕망과 함께 말이다.

'본질적인 문제는 해결되지 않았지만…… 뭐, 이 정도면 만족해도 되겠지.'

마황의 자리에 오르는 것, 마왕으로서의 목표를 클리어하는 것, 현대로 귀환하는 것 등등 많은 것이 떠올랐지만 잠시 동안 머릿속에서 지워두기로 했다.

피곤하다. 이미 정령 군주의 이형은 풀린 지 오래였고, 황금색으로 찬란히 빛나던 갑주 또한 불사자 세트로 되돌아와 있었다.

"전 이만 돌아가 보도록 하죠. 여기 계속 남아 있다간 무슨 꼴을 당할지 모르니까 말이죠."

"유태현. 그놈은 어디에 있는 거지?"

"왜 그것을 제게 물어봅니까. 당신이 직접 죽여놓고선. 설마 그 짧은 사이에 기억이라도 잃어버리신 것은 아닐런지?"

아무래도 종호는 차원 여행자에 대한 진실까지진 알지 못하는 듯했다. 아마 유태현이란 가짜 몸이 소멸되기 전 그가 건넨 지시를 따라 움직여 왔던 것일 터.

그렇게 카스트랄 대거로 찰나의 기회를 선사했던 종호는 짧은 인사도 없이 자리를 떠났다.

"끄, 끝났어. 우리가 처치했어!"

"무슨 헛소리를. 정확히는 헨드릭 프로이스 마왕님께서 처치하신 거다!"

"중간에 엉뚱한 인간 놈이 끼어들긴 했지만 아무튼 마계의 승리다!"

마족들의 우렁찬 환호성이 울려 퍼지자 승리의 기쁨이 밀려왔다. 성국의 전쟁부터 시작해 탐랑 사태후까지. 그동안 고생해 왔던 군단의 병사들이 하나같이 팔을 높이 들어 올린 채 감격해하고 있었다. 그리고 뒤늦게 제이먼이 또 한 명의 인간을 불러내자 자연스레 고개가 돌아갔다.

"앞으로 더는 정체를 숨기고 다니지 않아도 돼. 이제 더 이상 내 곁을 떠나지 말아주게. 아람."

"……아직도 믿기질 않아요. 제가 정말 마족, 아니, 당신과 그런 인연을 맺었었다니."

"걱정 말게. 잃어버린 기억이야 차근차근 찾아가면 되는 것이니. 아, 그리고 이번 기회에 그 아이도 소개시켜 주겠네."

플레이어 신아람. 아직까지도 머릿속에서 잊혀지지 않던 여인의 두 눈동자가 떨려온다. 그리고 제이먼의 부름을 받아 찾아온 록시가 불쾌한 안색으로 고개를 들어 올리자 이내 온몸을 부르르 떨기 시작했다.

설마 잊혀진 기억이 되돌아오기라도 한 것일까. 무척 부자연스러운 아람의 반응에 절로 눈길이 갔지만 이내 고개를 돌려 버리고 말았다.

-아, 그런데 헨드릭. 저번 임무 이후로 조슈아가 보이지 않는 것 같던데. 혹시 그 아이에 대해 아는 것 있나?

'……'

-최근에 아람 때문에 신경을 못 써서 말일세. 혹시 아는 게 있다면…….

제이먼의 목소리를 애써 무시하는 것은 덤이었다.

저벅저벅.

남은 것은 이 사건의 원흉을 처리하는 것뿐. 용찬은 복잡해진 거리를 지나 뒷걸음치던 여인의 팔목을 붙잡았다.

"어딜 가려는 거지?"

"고, 고용찬."

"아직 내 용무는 안 끝났어."

소스라치게 놀라던 푸른 로브의 여인이 이내 웃음기를 머금었다. 이미 사태후의 특성으로 시스템 권한을 집어삼키게 만들려던 계획은 박살 난 지 오래였다. 헌데도 베로니카는 무슨 자신감에 차올라 있는 것인지 잔뜩 의기양양한 얼굴로 거리를 벌렸다.

"그래요. 욕망의 주인인 탐까지 소멸시켰으니까 자신의 승리라고 여길 만하겠죠. 하지만 너무 어리석어요. 당신이 간과하고 있던 것은 단 한 가지."

"……."

"헨드릭의 영혼과 함께 회귀란 권능이 육체 밖으로 빠져나왔다는 것!"

품속에서 꺼내든 마녀의 구슬이 공명한다.

스르륵.

공중에 떠오른 찢겨진 양피지 조각. 마치 홀로그램처럼 수십 개의 메세지를 띄어 올리던 양피지 조각은 얼마 되지 않아 용찬의 육체에 봉인되어 있던 나머지 조각을 불러들였다.

[하멜의 시스템 권한이 탄생했습니다.]

소실되어 있던 하멜의 권한이 되돌아온다.

"아하하하, 이거 어쩌죠. 헨드릭 영혼이 사라져서 봉인되어 있던 시스템 권한이 제 손으로 들어와 버렸는데 말이죠."

"……."

"아, 그래. 이참에 당신이 모르고 있던 사실 한 가지를 추가로 알려드릴게요. 당신은 여태껏 시스템이 멋대로 폭주하고 차원이 폐쇄된 이유가 헨드릭 때문이라고 알고 있었을 거예요. 하지만 사실 오류는 그것뿐만이 아니었어요."

손에 든 또 하나의 양피지 조각이 검게 물들었다. 아마 저것이 조율자였던 베로니카에게 시스템 일부를 부여시킨 원흉 중 하나였을 것이다.

"우연히 다른 차원에서 흘러들어 온 것을 제가 먼저 발견하게 됐죠. 참으로 행운이 아닐 수가 없었어요. 시스템으로 이루어진 하멜의 일부 권한을 변질시켜 훔쳐 온다는 것은. 정말 훌륭하다고밖에 표현할 수 없었어요."

"어이."

"자, 이제 어쩌실 거죠? 이미 권한은 제 손에 있는데."

"어이, 뒤를 봐라."

"이제 와서 농담 같은 것을 해봤자 통하지 않는……."

활짝 펴져 있던 미소가 금세 썩어 문드러진다.

"아아, 니쿤벨의 조각이었구나. 어쩐지 정상적이던 시스템이 폭주한다더니. 그것 때문이었나 보네."

"다, 당신은?!"

신성한 어둠 속에서 화사하게 펼쳐지는 두 쌍의 날개. 이 세계의 진정한 주인임은 물론 신의 반열에 오르기까지 한 흑발의 미녀가 사뿐히 자리에 착지해 왔다.

그리고.

"정말 멍청하네. 두 개의 오류 중 하나인 헨드릭의 영혼이 소멸되면 내가 찾아올 거란 생각은 안 해본 거니?"

르네가 가장 악랄한 미소로 베로니카를 쳐다보고 있었다.

처음엔 그저 의무대로 활동했다. 자신에게 주어진 조율자란 역할은 거의 숙명이나 다름없었기 때문에 어떤 불손한 생각 없이 하멜의 모든 것들을 기록해왔다.

그러던 어느 날, 외부 차원에서 흘러들어 온 양피지 조각을 발견해 냈다.

"니쿤벨의 조각? 이 세계의 아이템은 아닌 것 같은데."

용도는 불명. 근원지조차 확인이 되지 않는 가운데 니쿤벨의 조각에 대한 궁금증이 점점 커져만 갔고, 얼마 되지 않아 사용 용도가 정확히 밝혀졌다.

현 차원의 시스템에 간섭해 일부 권한을 가져오는 정체불명의 아이템. 현대로 치면 거의 오류라고 칭할 수 있는 니쿤벨의 조각에 베로니카는 금방 욕망에 눈을 뜨게 됐고, 자신의 정체성에 대해 다시금 생각해 보게 됐다.

그리고 내려진 결론은 자유를 원한다는 것이었다.

"자유, 아니, 그 정도로는 부족해. 오히려 내 마음대로 할 수 있는 하나의 세계가 필요해."

생각을 계획으로 옮기는 것은 어렵지 않았다. 어차피 시스템이 폭주하기 시작하면 나머지 소실되어 있던 권한 또한 되찾는 게 손쉬워지기 때문에 충분히 가능할 것이라 여겼다.

하지만 거기서 또 하나의 오류가 추가로 발생하고 말았다.

"무한으로 하멜이 리셋된다고?!"

헨드릭 프로이스란 마족의 영혼에 나머지 시스템 권한이 깃들어 버린 것이다. 본래 권능이 없던 헨드릭은 하나의 오류가 되어 육체가 정지되는 순간마다 몇 년 전으로 되돌아가기 시작했고, 베로니카는 할 수 없이 다른 방법을 물색하게 됐다.

"아, 그래. 시스템이 폭주하기 시작하면서 소환된 플레이어들. 그것도 마지막 목표에 도달한 인간을 이용하면 어떨까?"

물론 그 계획은 완벽하지 않았다. 이미 살아남은 플레이어들 중 한 명은 외부에서 침입한 차원 여행자로 밝혀진 지 오래였고, 헨드릭을 강하게 육성시키기 위해선 가이드가 되어줄 또 하나의 영혼이 필요했다. 때문에 베로니카는 얼마 전에 르네에게 받았던 두 가지 아이템을 이용하기로 했다.

"고용찬. 저 플레이어의 영혼을 헨드릭 육체에 심어주는 거야."

가장 먼저 실행한 것은 르네의 충실한 심복이었던 흑단을 이용해 수백, 수천 번의 실험을 거듭하는 일이었다. 그리고 가장 무난한 시나리오가 완성되자마자 그녀는 퀘스트란 수단을 통해 용찬에게 접근했다.

그리고 건네줬던 것이 영혼 이식 구슬. 그 이후론 기존에 실험해 봤던 시나리오대로 완벽히 흘러가게 됐다. 두 명의 회귀자로 인해 변해가는 미래와 그 누구도 예상치 못한 예상외의 괴물. 바로 탐의 특성을 가진 사태후로 인해 계획에 차질 없이 순조롭게 흘러간 것이다.

"설마 내가 모르고 있을 거라 생각한 거니? 그렇다면 정말 멍청한 거겠구나."

뇌리로 스쳐 지나가던 과거의 기억들이 단숨에 깨져 나간다. 정신을 차렸을 땐 이미 자신은 거대한 존재 앞에 주저앉아 있었다.

"잘 생각해 보렴. 네가 니쿤벨의 조각을 습득한 지 얼마 되지 않아서 찾아왔던 게 누구였는지."

"……영혼 이식 구슬, 소환 제단."

“거기다가 흑단의 존재까지 알려주었잖니.”

황홀한 미소에 정신이 번쩍 깨어났다. 백지장처럼 새하얗게 물든 머릿속으로 떠오르는 의문. 어째서 르네는 하필 그 타이밍에 자신에게 찾아와 이런 아이템들을 건네줬던 것일까. 그 의문에 베로니카의 얼굴이 경악으로 물들어갔다.

“아아아아!”

“후후훗. 그렇구나. 넌 결국 거기까지인 아이였어.”

“아아아아아!”

도시 전체로 울려 퍼지는 통곡의 비명 소리. 마치 절망의 끝에서 또 다른 절망을 맞이한 사람처럼 처참히 울부짖고 있었다. 그리고 절망 가득한 눈빛으로 고개를 들어 올린 순간 볼 수 있었다.

“사라지거라.”

최후를 알리는 신의 선언을.

[하멜의 시스템 권한이 주인을 인식합니다.]

[권한의 주인: 르네.]

[시스템 권한이 반응합니다.]

[오류 제거, 오류의 원인이던 니쿤벨의 조각과 마녀 베로니카를 소멸시킵니다.]

유에서 무로 되돌아간다. 자고로 조율자란 태초에서 태어나 신에게 임무를 부여받은 가상의 존재. 기나긴 시간 동안 세대를 교체하며 세계를 방관해 왔던 마녀에게 있어 죽음이란 낯설기 그지없는 것이었다. 때문에 베로니카는 후회했다. 하지만 이제 와서 후회한들 아무런 소용이 없었다.

"사라지고 싶지 않……."

그렇게 베로니카란 존재는 전 차원에서 완전히 소멸되고 말았다.

"후우. 드디어 끝이 났구나."

모든 일의 원흉이던 마녀가 가루가 되어 흩날린다. 이미 주변을 제외한 모든 공간의 시간은 멈춰진 상황. 처음으로 목격한 진정한 신의 능력은 그야말로 절대적이었다.

'저렇게 한순간에 소멸할 줄이야. 여태껏 해 온 것이 모두 허무해질 지경이군.'

그다지 통쾌하진 않았다. 아니, 오히려 아쉬움이 느껴질 정도였다. 그동안 자신을 이용해 온 상대를 고통도 없이 바로 소멸시켜 버릴 줄은 꿈에도 몰랐다.

하지만 굳이 걸고넘어지진 않았다. 그저 아쉬운 대로 한 가지 궁금증을 물어볼 뿐이었다.

"베로니카의 계획을 미리 알고 있었단 건가?"

"뭐, 그런 셈이지. 한 명의 제보자가 있어서 말이다. 물론 그렇다고 해서 내가 무작정 차원에 개입할 순 없었지만. 그 부분에 대해선 이해해 줬으면 좋겠구나."

"……그렇군. 좋아. 그래서."

"흐응?"

"이제 뭐가 남은 거지?"

비록 마왕으로서의 목표는 수행하지 못했지만 하멜의 시스템은 정상으로 돌아왔다. 또한 모든 사건의 원흉이던 푸른 마녀까지 깔끔히 소멸시킨 상태였다. 때문에 용찬은 보상을 바라며 르네를 지그시 쳐다봤다.

"후후훗. 그래. 너에겐 그에 합당한 보상이 필요할 테지. 그동안 고생한 것도 있고. 이 세계도 정상으로 되돌려 놨으니까. 그럴 자격이 충분해."

"눈치 하난 빨라서 좋군."

"그래. 그렇다면 내가 직접 선택지를 주마. 어디 한번 선택해 보거라."

마침내 선택의 시간이 주어졌다. 전에 흑단이 언급했던 르네의 후계자란 호칭이 신경 쓰이긴 했지만 현대로 돌아갈 수만 있다면 아무래야 상관없었다.

"첫째. 현재의 능력을 가진 채 과거로 돌아가는 것. 물론 그 세계엔 플레이어는 없어. 그동안 널 이용해 오던 베로니카란 존재도 없고 말이지. 그저 나를 대신해 하멜의 관리자가 되면서 편한 대로 생활하는 거야."

하멜.

"둘째. 네가 그토록 원해오던 현대로 귀환하는 것. 시스템의 폭주로 소환됐던 플레이어들을 전부 되돌릴 예정이니 그때처럼 이 세계로 소환되는 일 따윈 없을 거야."

현대.

"셋째. 내 전속 차원 여행자가 되어 반신의 경지에 이르는 것. 이 경우 넌 자유를 얻게 되지만 현대와 하멜론 돌아갈 수 없어. 그저 내 명을 받아 각지의 차원을 돌아다니게 될 뿐이지."

차원 여행자까지.

마치 상대의 욕망을 시험하는 듯한 선택지에 절로 인상이 구겨졌다. 하지만 그것도 잠시. 멈춰진 시간 속에서 바쿤의 병사들이 눈에 들어오자 깊은 고민이 시작됐다.

'그냥 네가 하고 싶은 대로 해.'

하필 이 순간 헨드릭의 조언이 떠오르는 것은 왜일까. 이유는 알지 못한다. 아니, 알고 있지만 일부러 외면하고 있었다.

'인정하는 순간 나 자신을 잃게 되겠지.'

유태현에 대한 진실이 밝혀진 순간부터 복수의 의미는 사라진 지 오래였다. 이미 삶의 목적이 사라진 상태에서 자신을 여기까지 이끌어준 것은 현대로 귀환한다는 또 하나의 목표였다. 때문에 용찬은 끝까지 자기 자신을 속이기로 했다.

"현대로 귀환한다."

"호오. 정말 그 선택으로 만족하는 거냐?"

"나는……."

씁쓸한 웃음 속에 온갖 감정이 맺혀든다.

"헨드릭이 아니야."

그 감정들이 무엇인지 깨달은 순간부터 르네는 더 이상 묻지 않았다. 그저 화사하게 미소를 지으며 고개를 끄덕일 뿐이었다. 그리고 용찬의 발밑으로 휘황찬란한 빛이 터져 나오는 순간 마지막 말을 전해주었다.

"네 기억은 보존되겠지만 다른 플레이어들은 전혀 하멜에 대해서 기억하지 못할 거다. 귀환하게 되는 시기는 정확히 네가 하멜에 소환되기 직전. 우연히 현대에서 마주친다고 해도 그냥 모른 척하거라."

"그래."

"현대로 돌아가게 되면 네 본래 모습으로 다시 생활할 수 있을 거다. 그러니 헨드릭의 육체에 대해선 걱정하지 말거라."

"그래."

"그리고 며칠이 지나지 않아서 유태현, 아니, 현성휘가 네 쪽으로 먼저 방문할 거다. 그때 잘 얘기해 보도록 하거라."

"그…… 뭐?"

전혀 예상치 못한 소식에 두 눈이 휘둥그레진다. 하지만 재차 묻기도 전에 용찬의 신형은 제 자리에서 사라지고 말았다.

툭!

남겨진 자리에 떨어진 것은 회귀란 권능이 담겨진 탑의 구슬. 그제야 밤의 지배자인 르네도 홀가분한 기분으로 숨을 내쉬며 바닥의 구슬을 주워들었다.

"대충 이쪽은 마무리가 된 것 같구나."

"……."

"언제까지 거기서 바라보기만 할 거니. 이쪽으로 오거라."

언제부터 거리에 서 있던 것인지 흑색 로브의 여인이 르네의 손짓에 천천히 다가온다. 얼마 되지 않아 그 여인의 손에 쥐어지는 것은 헨드릭의 권능이 담긴 구슬. 베로니카의 변화에 대해 제보한 존재이기도 한 흑의 마녀가 떨리는 손길로 구슬을 감싸 쥐었다.

"아아."

"정말 그것으로 만족하는 것이냐?"

"이것으로. 이것으로 만족할 수 있어요."

"하아, 사고사로 위장해 세상을 떠난 척을 하질 않나. 이제와선 조율자의 자리까지 포기한다고 하질 않나. 정말 대책이 안 서는구나."

한숨을 푹푹 내쉬며 잔소리를 늘어놓던 르네의 한쪽 눈이 떠진다.

뚝. 뚜욱.

길바닥으로 떨어지는 눈물. 이미 마녀의 귀엔 자신의 목소리가 들리지도 않는 듯했다. 그만큼 손에 쥔 구슬이 소중하단 뜻일 것이다. 어쩔 수 없이 르네는 그녀가 혼자만의 시간을 가질 수 있도록 자리를 비켜주었다.

"아이야. 더 이상은 울지 말거라."

우우우웅-

"그래. 그래. 착하다."

흑의 마녀 오르비안.

그녀의 울음소리가 한동안 거리 안을 맴돌았다.

에필로그

“14번 지원자. 들어오세요.”

어느 정도 복도에서 대기하고 있었을까. 안에서 다음 차례를 호명해 왔다. 14번 지원자. 1차 서류 전형에서 합격 후 자신에게 부여된 지원자 대기 번호였다.

제일 기업. 그리 큰 규모의 회사는 아니다. 단지 적성에 맞던 업무들 사이에서 고민하던 도중 스펙에 맞춰 지원한 회사 중 하나일 뿐이었다.

‘약간 좀 불편한데.’

옷매무시를 가다듬는 손길이 빨라진다. 양복 자체를 처음 입는 것은 아니었지만 목에 꽉 끼는 넥타이하며 칙칙한 인상을 좀 더 어둡게 만드는 검은색 정장까지.

여러모로 불편했지만 어떻게든 참고 면접실로 들어갔다.

"14번 지원자……."

"예."

"일단 이력서를 보니까……."

면접 과정은 예상한 것보다 더욱 지루했다. 마치 교과서처럼 짜여진 질문들 하며 스펙을 따지듯 요리조리 이력서를 훑어보는 면접관들의 예리한 눈빛까지. 거의 형식적인 질문 및 답변들만이 오가는 답답한 공간 속에서 점점 인상이 구겨졌다. 그리고 면접이 끝날 무렵 중앙에 있던 면접관이 마지막 질문을 건네왔다.

"저희 회사에 지원한 동기가 무엇입니까?"

정적이 흐르는 방 안. 잠시 말문이 닫히자 면접관들이 고개를 갸웃거리며 의아해했다. 하지만 그것도 잠시. 고민에 빠져 있던 14번 지원자가 무언가를 곰곰이 생각하더니 이내 대답했다.

"없습니다."

"음?"

"하지만 앞으로 알아갈 예정입니다."

유독 깐깐해 보이던 면접관이 헛기침을 내뱉는다. 그것을 시작으로 면접실 전체가 술렁거리고 있었지만 14번 지원자는 눈 한 번 깜빡하지 않았다.

대부분 '대체 뭐 이런 놈이 다 있어?'란 눈빛으로 어이가 없다는 듯 쳐다봤지만 끝까지 태도를 고수하는 청년이었다. 그렇게 제일 기업의 2차 면접은 끝이 났다. 아마 며칠이 지나지 않아 면접 결과가 발표될 것이다.

'또 저질러 버렸군.'

그리 기대하진 않았다. 그저 후회막심한 얼굴로 면접실을 나와 복도를 빠져나갈 뿐이었다.

"저 사람 봐봐. 잘생기지 않았어?"

"겉만 봐선 모델 일할 것처럼 생겼는데 용케 이런 회사에 지원했네."

"근데 분위기가 좀 어두운 것 같기도 해."

주위 시선이 한데 모아진다. 복도에서 대기하고 있던 다른 지원자들과 회사의 직원들이었다. 마치 품평을 하듯 자기 멋대로 외모 및 몸매에 대해 평가를 내리는 대화 소리에 절로 인상이 구겨졌지만 애써 무시하며 회사를 빠져나왔다.

14번 지원자, 아니, 정확히는 고용찬이란 이름의 청년이 주머니에 손을 넣은 채로 멍하니 하늘을 올려다봤다.

'벌써 한 달쯤 지났나. 꽤 오래됐다고 생각했는데.'

신들의 전장인 하멜. 그런 약육강식의 세계에서 헨드릭의 몸으로 회귀해 마왕으로 살았던 나날들. 결국 마지막에 가신 베로니카의 계획을 저지하며 현대로 귀환하게 됐지만 아직도 어제 일처럼 기억들이 선명했다.

다만, 안타깝게도 다른 자들은 하멜에 대해서 전혀 기억해내지 못했다.

-맞아. 전에 우연히 마주쳤던 플레이어들도 너를 전혀 알아보지 못했었어.

'이젠 현대인이지. 그나저나 언제까지 나한테 달라붙어 있을 거냐.'

-뭐, 어쩌라고. 나도 너 같은 새끼랑 함께 있고 싶지 않다고. 계약된 상태만 아니었으면 진작에 떠났을 텐데. 젠장.

어깨 위로 작은 실루엣이 떠오른다. 거의 보통 사람의 엄지손가락만 한 크기의 인영. 지금은 뇌전의 정령이기도 한 헨드릭이 성질을 부리며 발길질을 해댔다.

'걱정 마. 사태후의 특성에 집어삼켜지긴 했지만 넌 안 죽을 거야.'

'여기서 나가게 되면 아가프의 권능을 이용해 영혼 결속 특성을 없애도록 해.'

'아직 S급에 도달 못 했잖아. 내 영혼과 영혼 결속 특성이 있는 한 넌 절대 그 벽을 넘어서지 못할 거야.'

자신의 영혼을 희생하며 탐에게 대신 잡아 먹혔던 헨드릭 프로이스. 하멜의 시스템을 정상으로 되돌리면서 르네가 세계를 완전히 복구시켰다고 하긴 했지만, 이런 식으로 놈과 조우하게 될 줄은 꿈에도 모르고 있었다.

-나도 마찬가지야. 참나. 내가 뇌전의 정령이었다니. 어이가 없다니까. 진짜.

'입 다물어라.'

-예예, 주인님 명인데 들어야죠. 구시렁. 구시렁.

가장 먼저 각성한 속성력임에도 불구하고 여태껏 실체를 볼 수 없었던 뇌전의 정령. 이형의 특성인 정령 군주로 각성 했음에도 불구하고 모습을 드러내지 않던 이유는 다름 아닌 헨드릭의 영혼 때문이었다. 그 사실을 현대로 돌아와 깨달은 용찬으로선 한숨만 나왔다.

달칵.

현관문을 열고 들어서자 묘하게 고요한 실내가 눈에 들어왔다. 여기가 현대에서 용찬이 살아왔던 집이었다. 비록 전세로 들어 온 고층 아파트였지만 그리 불만은 없었다.

-어라. 손님이 온 것 같은데?

'…….'

평소 보이지 않던 구두 한 켤레가 신경 쓰여 왔다. 그리고 얼마 되지 않아 의심은 확신이 되고 말았다.

"어, 형 왔어?"

"어머니는 어디 갔어."

"잠시 장 보러 갔지. 그나저나 방 안으로 들어가 봐. 형 손님이 와서 기다리고 있어."

거실에서 쪼르르 달려 나온 소년이 방문을 가리켰다. 유일한 현대의 친형제인 동생 고용진이었다. 용찬과는 세 살 정도 차이가 나서 아직 고등학생 신분이었지만 눈치 하난 빨랐다.

"들어보니까 자기가 교사라고 하던데. 언제 그런 사람이랑 친해진 거야?"

"……방 안에 들어가 있어."

"으응? 아, 알았어."

살벌해진 분위기에 발걸음이 빨라진다. 그렇게 먼저 동생을 다른 방으로 들여보내자 바닥으로 나머지 정령들이 모습을 드러냈다.

-뀨우우우.

-냐아앙.

-째짹!

-츄으으으.

불의 정령 쥬시부터 시작해 어둠의 정령 체셔, 물의 정령 레비, 빛의 정령 타쉬까지. 주인이 외출한 사이 집을 지키고 있던 정령들마저 불안한 눈빛을 여실히 드러내고 있었다.

"꽤 늦었네."

어울리지도 않는 안경을 쓴 채로 방바닥에 앉아 있는 익숙한 청년이 눈에 들어왔다. 유태현이란 가명으로 활동해 왔던 차원 여행자 현성휘.

미리 르네에게 전해 들었던 대로 현대에서 직접 접촉해 온 상황이었다.

"누가 멋대로 찾아오라고 했지?"

"뭐, 전할 말도 있고. 마침 시간이 널널해져서 말야. 그리고 동생이 참 예의 바르던데? 너 아는 지인이라고 하니까 금방 방 안으로 들여보내 주더라고."

"……어이가 없군."

다시금 참교육의 필요성을 느끼는 순간이었다. 할 수 없이 용찬은 방문을 닫고 안으로 들어와 놈에게 물었다.

"그래서 뭐 때문에 찾아온 거지? 더 이상 나에겐 볼 일이 없을 텐데? 유태현, 아니, 아니시. 차원 여행자 현성휘가 맞는 이름이겠지."

"거참. 끝까지 물고 늘어지긴. 나도 그렇게 가명으로 활동하긴 싫었다고. 원래 하멜에 잠입하는 일은 진짜 유태현의 일이었어. 난 그저 놈에게 속아서 대신 일을 맡고 있던 것뿐이고."

"대신 일을 맡았다고?"

"뭐, 그런 셈이지. 그때 놈에게 계약 사기를 당하지만 않았더라면 하멜에 있던 것은 내가 아니라 진짜 유태현이란 차원 여행자였을 거야."

"……."

단순히 지어낸 가명인 줄 알았거늘. 실제로 유태현이란 이름의 차원 여행자가 존재하는 듯했다. 그렇다는 것은 즉, 성휘가 놈을 대신해 억지로 하멜의 일을 수행하고 있었단 것일 터. 참으로 묘한 인연이 아닐 수가 없었다.

'게다가 이딴 놈이 현대에선 교사직을 맡고 있다니. 세상 오래 살고 볼 일이로군.'

가소로운 듯한 비웃음이 절로 흘러나온다. 그런 표정을 눈치챈 것일까. 안경테를 집어 올리던 성휘가 역으로 조소를 흘리며 용찬을 위아래로 훑어봤다.

"이거이거, 면접이라도 보고 온 것 같은데. 그렇다면 지금은 백수?"

"……."

"아, 정확히는 한 세계를 구한 백수겠네."

허공에서 충돌하는 두 명의 날카로운 시선. 방 안으로 진동하는 살벌할 분위기에 몰래 지켜보고 있던 정령들이 오들오들 몸을 떨었다.

그리고.

뒤늦게 성휘가 편한 자세로 설명 못 한 하멜의 진실들을 마저 알려주기 시작했다.

"일의 시작은 니쿤벨의 조각이었어. 타인워스란 차원에서 처음으로 게임 시스템을 세계에 도입했던 악마 니쿤벨. 다행히 차원 여행자 유태현의 손에 영구적으로 소멸됐지만 그 세계 속 시스템의 잔해들은 각 차원을 떠돌게 됐지."

"그 조각 중 하나를 베로니카가 얻어냈다?"

"그런 셈이지. 밤의 지배자 르네 같은 경우 자신의 권능을 이용해 시스템을 창조해 냈지만 니쿤벨의 조각 같은 경우엔 좀 달라서 말야. 그것 때문에 일부 차원들은 생전에 있지도 않던 시스템 기능이 생겨 버렸고. 우리 같은 차원 여행자들은 그것들을 해결하기 위해 개처럼 일하고 있어."

차원에 게임 시스템을 생성하거나 혹은 기존에 생성된 시스템을 변질시키는 능력의 물질. 전 차원들을 관리하는 신들은 니쿤벨의 조각 때문에 큰 곤혹을 겪고 있는 듯했다.

하지만 차원을 관장하는 신들과 그런 신들 밑에서 일하는 차원 여행자들의 얘기보단 놀라움이 덜했다. 게다가 이미 현대로 돌아온 용찬이지 않던가. 더 이상 자신과 관계없는 일에 관심을 가질 리가 없었다.

"어쩌라는 듯한 반응이구만."

"하멜은 어떻게 됐지?"

"어떻게 되긴. 정상적으로 초기화가 됐지. 지금 하멜엔 플레이어들도 없고. 르네가 설계해 둔 시스템도 정상적으로 돌아가고 있어. 물론 아직 시간의 흐름은 정지되어 있지만."

그 이후로 성휘는 용찬에게 도움을 주었던 몇몇 인물들에 대해서 이야기를 해주었다.

"우선 아가프는 소원대로 평온한 죽음을 맞이했어."

"잘 됐군."

"모든 사건의 원흉이었던 베로니카는 소멸됐고 갑자기 생겨난 조율자의 빈자리들은 아리샤와 릴리스가 각각 분담하게 됐어. 한 순간에 인원이 팍 줄어서 관리가 좀 허술해지긴 했지만 얼마 뒤에 관리자가 뽑힐 거야. 그러면 어느 정도는 남은 빈자리들이 좀 메워지겠지."

"음."

"그리고 가장 궁금해할 것 같은 정령에 대해서도 내가 친히 설명해 주마."

어째서인지 어깨를 으쓱거리는 태도가 마음에 들지 않는다. 하지만 굳이 걸고넘어지진 않았다. 현대로 귀환했음에도 불구하고 능력이 남아 있던 것은 용찬도 궁금해하던 점이었으니까.

"우선 뇌전의 정령인 헨드릭 프로이스. 저놈의 영혼이 탐의 특성에 의해 권능과 같이 집어삼켜진 것은 알고 있을 거야. 그래서 르네도 하멜을 초기화하던 당시 헨드릭에 대해서 고민했었지."

"그런데?"

"그러다가 우연히 헨드릭의 영혼이 뇌전의 정령으로 재탄생했단 것을 깨닫고 너에게 돌려보냈던 거야."

"……그렇다고 치고. 남은 정령들은 어떻게 설명할 거지?"

"아, 그건 좀 애매해서 말이지. 넌 시스템이 초기화되기 전에 먼저 현대로 돌아갔잖아? 그래서 네 능력은 시스템적으로 초기화가 되지 않은 거야. 그것을 뒤늦게 깨달은 르네가 따로 조치를 취하려 했는데……."

슬쩍 입꼬리를 말아 올린 성휘가 손가락을 빙빙 돌렸다.

"조율자의 자리를 내려놓은 마녀 한 명이 그 일에 대해서 격하게 거부하더라고. 아마 헨드릭과 관련된 것 때문이었겠지."

"……."

"아무튼 대충 전해 받은 얘기는 끝."

서류 가방을 든 채로 자리에서 일어선 놈이 방 손잡이를 붙잡았다. 아마 르네에게 지시받은 대로 설명을 모두 끝내 원래 생활로 돌아가려는 것일 터.

따로 능력에 대해 조치도 취하지 않고 돌아가려는 성휘의 태도에 인상이 구겨졌지만 어쩐지 한편으론 홀가분한 기분이 들었다.

"아, 그리고 내가 인간관계 쪽으론 형편이 없어서 말이야."

머리를 긁적거리던 최후의 동료가 입을 우물쭈물한다. 무언가 할 말이라도 있는 것일까. 방 문 앞에 서서 한참을 고민하던 성휘가 뒤늦게 등을 돌리며 말했다.

"처음 기억을 가진 채 회귀하게 됐을 땐 어떻게든 내가 알아서 해결하려고 했었어. 정말 헨드릭 프로이스가 리셋의 원인인지도 제대로 파악된 게 없었고, 무작정 아가프의 말을 믿는 것도 애매했지. 그래서 다시 한번 차원 여행자들과 협력해 목표를 클리어하려 했던 거야."

"그걸 내가 방해한 셈이로군."

"뭐, 딱히 불만은 없었어. 네가 복수심을 가지는 것은 당연했으니까. 그렇다고 설명을 하자니 들어주지도 않을 것 같고. 할 수 없이 미래의 기억을 정보로 삼아 힘을 키웠던 거야. 어차피 시스템을 정상으로 되돌려 놓으면 소멸된 플레이어들의 영혼도 초기화시킬 수 있었으니까 말이지."

"그래서?"

"하지만 내 계획에 완벽한 확신이 없었어. 그래서 보험을 들어두기로 한 거였지."

헨드릭 프로이스, 아가프, 카스트랄 대거.

만약 용찬이 자신을 뛰어넘을 시를 대비하기 위해 설계해 둔 세 개의 보험이었다. 그리고 가짜 몸이 죽고 얼마 되지 않아 진정한 흑막이 밝혀지며 성휘의 또 다른 계획은 성공적으로 진행됐다.

"도중에 르네가 베로니카에 대해서 알려주지 않았더라면 이런 위험한 짓은 하지 않았을 거야."

"완전히 네놈의 손에 놀아난 격이로군. 그래서 대체 무엇을 말하고 싶은 거지?"

"오해하지 말라고."

"뭐?"

전혀 예상치 못한 대답에 의아해하는 것도 잠시.

"내가 동료를 죽일 리 없잖아."

무려 5년간 함께 활동해 왔던 최후의 동료가 진심을 전해왔다.

'……왜?'

'……'

'왜에에에에에에!'

'사실 게이트를 넘어갈 수 있는 건 한 명뿐이야. 근데 너부터 들어가면 내가 귀환을 못 하잖아. 안타깝지만 이게 엔딩이야.'

불현듯 뇌리를 스쳐 지나가는 기억들. 복수의 시작이었던 그 일이 머릿속으로 떠오르자 불쾌한 감정이 물씬 차올랐다. 하지만 그것도 잠시. 뒤늦게 성휘의 씁쓸한 표정이 눈에 들어오자 공허한 마음속으로 새로운 감정들이 솟구쳐왔다.

'이 녀석은.'

굳이 카스트랄 대거로 자신을 제압했던 이유.

'정말.'

게이트에 대한 진실을 끝까지 숨겼던 진정한 이유.

'멍청한 놈이야.'

그 이유들을 깨닫게 되자 실소가 흘러나왔다. 수천 번의 리셋 동안 서로 등을 맡겨왔던 최후의 생존자 두 명. 비록 신분은 전부 거짓이었지만 함께 보내온 시간만큼은 진짜였다. 때문에 용찬은 놈을 밀쳐냈다.

"꺼져."

"그래."

서로를 위해서.

둘은 그렇게 마지막 인사를 건네며 헤어졌다.

성휘가 돌아가고 한동안은 자리에 멍하니 앉아 있기만 했다. 이젠 정말로 하멜, 신, 차원 여행자들과 관련된 일에선 해방이었다. 그제야 현대로 돌아왔단 게 다시금 실감이 되고 있었다.

자유, 아니, 정확히는 원래의 삶을 되찾은 것이었다.

-그래서 결국은 네 능력들을 되돌릴 수 없다 이거네?

"그렇게 되겠지."

-하아, 이런 놈에게 빌붙어 살아가야 된다니. 앞길이 막막하다. 막막해.

"탓하려면 초기화에 대해서 거부한 마녀를 탓해라."

-그나저나 누굴까. 내 영혼을 되돌리는 것에 반대했다던 마녀가. 흐음. 당장 생각나는 인물은 없는데 말이지.

마녀의 정체가 누군지는 모른다. 다만, 한 가지는 알 수 있었다.

'반복되어 온 헨드릭의 절망적인 삶을 알고 있단 건가. 다신 되풀이하게 만들기 싫다 이거군.'

대충 모든 게 정리가 되자 속이 후련해졌다. 슬슬 장을 보러 간 어머니가 돌아올 시간일 터. 용찬은 방 안에 있던 편한 복장으로 갈아입고 동생을 찾아가려 했다. 그 순간, 헨드릭이 바닥에 있던 편지 한 장을 주워 들었다.

-응? 이거 그 현성휘란 놈이 남기고 간 것 같은데?

"추천서?"

봉투 뒷면에 대문짝만 하게 적혀진 추천서란 글자. 겉으로만 봐도 무척 수상쩍었다.

-확인해 볼까?

"자, 잠깐……!"

호기심을 참지 못한 헨드릭이 봉투에서 편지를 개봉했다.

[하멜의 대리자 인식. 차원 여행자 인식. 축하드립니다, 고용찬 님.]

'뭐?'

매우 익숙한 시스템 메시지에 두 눈이 휘둥그레진다. 순식간에 뒤바뀌는 광경. 환한 빛에 감고 있던 두 눈을 뜨자 뒤늦게 눈앞으로 낡고 허물어진 방 안의 모습이 보였다.

"냐하하하. 왔구나!"

"정말 이런 놈이 르네님의 후계자라고? 하아. 도통 이해가 안 되네."

가장 먼저 보이는 것은 두 명의 마녀. 특히 바쿤에 머무르며 마법 공방을 책임졌던 아리샤가 품속에 달려들자 정신이 멍해졌다.

"여긴?"

"바쿤이다."

"……."

"자, 지금은 모든 게 이해가 안 될 테지. 일단 르네님의 말씀부터 들어보거라."

혼란스러운 광경에 두 눈을 깜빡거리고 있었을까. 맞은편 벽에서부터 네모난 화면이 튀어나오더니 이내 흑발의 여인이 헛기침하며 나타났다.

마치 현대의 영상 통화를 연상케 하는 통신 기능.

"아아, 들리느냐?"

이윽고 자리에 앉은 르네가 물어왔다.

"이게 대체……."

"내가 곰곰이 생각을 해봤단다. 너에게 제시했던 세 가지 선택권. 물론 너는 현대로 귀환하는 것을 선택했지만 아무래도 아쉬워서 말이지."

"뭐?"

"간만에 나타난 나의 후계자인데 어찌 현대에 썩혀둘 수 있단 말이냐. 오히려 줄 수 있다면 모든 것을 주는 게 낫지. 그렇게 생각하지 않느냐?"

불현듯 집에 방문했던 성휘의 말이 떠올랐다.

'하멜은 어떻게 됐지?'

'어떻게 되긴. 정상적으로 초기화가 됐지. 지금 하멜엔 플레이어들도 없고. 르네가 설계해 둔 시스템도 다시 정상적으로 돌아가고 있어. 물론 아직 시간의 흐름은 정지되어 있지만.'

어째서 초기화된 지 한 달가량이 지났는데도 불구하고 시간의 흐름을 계속 정지시켜 두고 있었던 것일까. 복잡한 머릿속으로 떠오르던 의심은 확신이 됐고, 얼마 되지 않아 우려하던 일이 현실로 닥쳐왔다.

“취직이다. 고용찬!”

취직! 취업난에 시달리던 백수에게 있어선 매우 최고의 보상이었다. 하지만 결코 이런 것을 원하던 게 아니었다.

“아, 그래도 너무 걱정하지 말거라. 사대 보험은 물론 현대와 하멜을 자유롭게 드나들 수 있는 권한, 빵빵한 연봉, 적정선에 한해서 하멜을 자유롭게 주무를 수 있는 전지전능한 능력까지!”

“……”

“물론 차원 여행자만의 의뢰를 수행할 땐 일시적으로 돌아갈 수 없지만 그동안 하멜과 현대의 시간은 멈춰져 있을 테니 괜찮을 거다. 그러니 기뻐하거라. 이런 최상의 직장이 또 어디 있단 말이더냐!”

그렇다. 애초에 선택권 따윈 없었다. 르네의 제안을 받아들였을 때부터 자신은 이미 그녀의 후계자로 낙인찍힌 상태였다.

“거기 두 명의 마녀가 앞으로 너를 보좌할 거다. 혹시 모르는 게 있으면 그 아이들에게 물어보도록 하거라. 그럼 잘 부탁한다. 새로운 하멜의 관리자 고용찬.”

간단한 설명이 끝나자 밤의 지배자는 감쪽같이 사라졌다. 불이 꺼진 화면 속에선 치지직 거리는 소리가 들려오고 있었고, 품속에 안겨 있던 아리샤가 마저 설명을 해주었다.

“일단 이쪽 세계의 설정은 전처럼 헨드릭 프로이스로 되어 있단다. 그러니 따로 불편한 것은 없을 게다. 어차피 한 번 겪어본 생이지 않더냐."

"흥. 다른 존재들에게 우리는 안 보이니까 알아서 잘 해보라고."

이미 아리샤와 릴리스의 목소리는 귀에 들려오지도 않았다. 오히려 용찬은 멍한 두 눈으로 바닥에 나뒹구는 술병만을 바라볼 뿐이었다.

차원 여행자이자 동시에 하멜의 관리자가 된 자신. 과연 이것을 취직이라고 할 수나 있을까. 그것도 플레이어가 없는 하멜에서 다시 시작되는 헨드릭 프로이스 삶이라니.

-미, 미친!

심지어 어깨 위에 앉아 있던 진짜 헨드릭마저 경악을 하고 있었다. 그렇게 한참을 멍하니 침대 위에 앉아 있었을까. 뒤늦게 백발의 마족이 방문을 열며 안으로 들이닥쳤다.

"고얀 노오오옴! 대체 언제까지 이렇게 망나니처럼 살아갈 거냐?!"

"……."

"매일 술과 여자라니. 정말 부끄럽지도 않은 거냐?"

펠드릭 프로이스. 프로이스 가문의 가주이자 헨드릭의 아버지이기도 한 그의 노성에 웃음이 흘러나왔다.

즐거워서?

"지, 지금 내 말이 우스운 것이냐?!"

"……아하하하."

아니었다. 그저 어이가 없어서 웃는 것이었다. 물론 눈앞에서 큰소리를 치던 펠드릭은 자기 멋대로 착각을 하고 있었지만 이미 용찬의 두 눈엔 생기가 사라져 있었다.

그리고 얼마 되지 않아 멈추는 웃음소리.

-어, 어이. 고용찬?

"……현성휘. 르네."

-자, 잠깐만!

"웃기지 마라."

주변으로 요동치는 마력 속에서 깊은 분노가 느껴졌다. 어깨 위에 있던 헨드릭이 급하게 용찬을 말려보려 했지만 이미 바쿤의 건물은 반쯤 날아가 있었다.

"아, 아니? 내 아들에게 이런 힘이 숨겨져 있었다니?!"

당황하면서도 기뻐하는 펠드릭.

"이런, 이런. 도망가야겠구나."

"시작부터 난리도 아니네."

혼란스러워진 틈을 타서 달아나는 아리샤와 릴리스.

-뀨, 뀨우우우!

-째엑. 째에엑!

-냐아아앙!

-츄르르르.

-제발 그마…… 꾸엑!

거센 폭풍에 집어삼켜진 고유 정령들까지.

"웃기지 말라고!"

첫 취직에 성공한 용찬은 그렇게 울부짖었다.

<마왕성 플레이어 완결>

Wish Books

9클래스 소드 마스터

이형석 퓨전 판타지 장편소설
WISHBOOKS FUSION FANTASY STORY

검성(劍聖), 카릴 맥거번.
검으로 바꾸지 못한 미래를 다시 쓰기 위해
과거로 돌아오다.

이민족의 피로 인해 전생에 얻지 못한 힘.

'이번 생에 그걸 깨주겠다.'

오직 제국인들만이 사용할 수 있었던,
그 힘을!

'나는 마법을 익힐 것이다.'

이제, 검(劍)과 마법(魔法).
두 가지의 길 모두 정점에 서겠다.

9클래스 소드 마스터: 검의 구도자